鲸歌
我们拥有同样的音频和心跳

张晓风 著

也是水湄

四川人民出版社

图书在版编目（CIP）数据

也是水湄：张晓风散文精选 / 张晓风著. —成都：
四川人民出版社，2017.6
ISBN 978－7－220－10097－0

Ⅰ.①也… Ⅱ.①张… Ⅲ.①散文集－中国－当代
Ⅳ.①I267

中国版本图书馆CIP数据核字（2017）第065476号

YESHI SHUIMEI
也 是 水 湄

张晓风 著

策划统筹	刘姣娇
特约组稿	王　沙
责任编辑	张春晓
责任校对	韩　华
装帧设计	戴雨虹　张　妮
责任印制	祝　健
出版发行	四川人民出版社（成都槐树街2号）
网　　址	http://www.scpph.com
E-mail	scrmcbs@sina.com
新浪微博	@四川人民出版社
微信公众号	四川人民出版社
发行部业务电话	（028）86259624　86259453
防盗版举报电话	（028）86259624
照　　排	四川胜翔数码印务设计有限公司
印　　刷	四川华龙印务有限公司
成品尺寸	145mm×210mm
印　　张	10
字　　数	230千
版　　次	2017年6月第1版
印　　次	2017年6月第1次印刷
书　　号	ISBN 978－7－220－10097－0
定　　价	38.00元

■版权所有·侵权必究

本书若出现印装质量问题，请与我社发行部联系调换
电话：（028）86259453

2016年12月19日晓风女士莅临四川人民出版社文学出版中心

> 上字為甲骨文之"行"字，代表四面八方無盡的前途，書此與出版社同仁共勉。
>
> 張曉風 2016.12.19.

晓风女士为四川人民出版社题字

目 录

001/ 给我一个解释（代序）

一笔简单的雨荷可绘出多少形象之外的美善，一片亭亭青叶支撑了多少世纪的傲骨！倘有荷在池，倘有荷在心，则长长的雨季何患？

雨之调

003/ 画　晴
009/ 林中杂想
018/ 秋天・秋天
023/ 林木篇
029/ 春之怀古
031/ 雨之调
036/ 咏物篇
042/ 春　俎

也是水湄

今夜，系舟水湄，我发现，只要有一点情意，我是可以把车声宠成水响，把公寓爱成山色的。
就如此，今夜，我将系舟在也是水湄的地方。

049 / 地毯的那一端

057 / 初绽的诗篇

074 / 爱情篇

078 / 念你们的名字

083 / 衣履篇

089 / 母亲的羽衣

095 / 也是水湄

099 / 一个女人的爱情观

104 / 杜鹃之笺注

人和人之间有时候竟可以淡得十年不见,十年既见却又可以淡得相对无一语,即使相对应答,又可以淡得没有一件可以称之为事情的事情,奇怪的是淡到如此无干无涉,却又可以是相知相重、生死不舍的朋友。

111／　我　在
117／　替古人担忧
122／　问　名
128／　矛盾篇（之一）
132／　矛盾篇（之二）
137／　矛盾篇（之三）
142／　人体中的繁星和穹苍
147／　动情二章
152／　星　约
162／　半　局

半局

我愿我的朋友也在生命中最美好的片刻想起我来,在一切天清地廓之时,在叶嫩花初之际,在霜之始凝,夜之始静,果之初熟,茶之方馨,在船之启碇,鸟之回翼,在婴儿第一次微笑的刹那,想及我。

175 / 地　泉（一）
182 / 地　泉（二）
184 / 地　篇
191 / 诗　课
195 / 错　误
　　　——中国故事常见的开端
200 / 初　心
205 / 色　识
217 / 万物伙伴
223 / 恋爱盛业式微史

初心

只因为年轻啊

人生世上,一颗心从擦伤、灼伤、冻伤、撞伤、压伤、扭伤,乃至到内伤,哪能一点伤害都不受呢?如果关怀和爱就必须包括受伤,那么就不要完整,只要撕裂。

249 / 到山中去

256 / 种种有情

264 / 许士林的独白

271 / 遇

——遇者,不期而会也(《论语义疏》)。

277 / 第一个月盈之夜

284 / 一句好话

290 / 只因为年轻啊

给我一个解释（代序）

物理学家可以说，给我一个支点，给我一根杠杆，我就可以把地球举起来——而我说，给我一个解释，我就可以再相信一次人世，我就可以接纳历史，我就可以义无反顾地拥抱这荒凉的城市。

一

后来，就再也没有见过那么美丽的石榴。石榴装在麻包里，由乡下亲戚扛了来。石榴在桌上滚落出来，浑圆艳红，微微有些霜溜过的老涩，轻轻一碰就要爆裂。爆裂以后则恍如什么大盗的私囊，里面紧紧裹着密密实实的、闪烁生光的珠宝粒子。

那时我五岁，住南京，那石榴对我而言是故乡徐州的颜色，一生一世不能忘记。

和石榴一样难忘的是乡亲讲的一个故事，那人口才似乎不好，但故事却令人难忘：

"从前，有对兄弟，哥哥老是会说大话，说多了，也没有人肯信了，但他兄弟人好，老是替哥哥打圆场。有一次，哥哥说：'你们大概从来没有看过刮这么大的风——把我家的井都刮到篱笆外头去啦！'大家不信，弟弟说：'不错，风真的很大，但不是把井刮到篱笆外头去了，是把篱笆刮到井里头来了！'"

我偏着小头，听这离奇的兄弟，自己也不知道自己被什么所感动，只觉心头沉甸甸的，跟装满美丽石榴的麻包似的，竟怎么也忘不了那故事里活灵活现的两兄弟。

四十年来家园，八千里地山河，那故事一直尾随我，连同那美丽如神话如魔术的石榴，全是我童年时代好得介乎虚实之间的东西。

四十年后，我才知道，当年感动我的是什么——是那弟弟娓娓的解释，那言语间有委曲、有温柔、有慈怜和悲悯。或者，照儒者的说法，是有恕道。

长大以后，又听到另一个故事，讲的是几个人在联句（或谓其中主角乃清代画家金冬心），为了凑韵脚，有人居然冒出一句"飞来柳絮片片红"的句子。大家面面相觑，不知此人为何如此没常识，天下柳絮当然都是白的，但"白"不押韵，奈何？解围的才子出面了，他为那人在前面凑加了一句，"夕阳返照桃花渡"，那柳絮便立刻红得有道理了。我每想及这样的诗境，便不觉为其中的美感瞠目结舌。三月天，桃花渡口红霞烈山，一时天地皆朱，不知情的柳絮一头栽进去，当然也活该要跟万物红成一气。这样动人的句子，叫人不禁要俯身自视，怕自己也正站在夹岸桃花和落日夕照之间，怕自己的衣襟也不免沾上一片酒红。《圣经》上说:"爱心能遮过错。"在我看来,因爱而生的解释才能把事情美满化解。所谓化解不是没有是非,而是超越是非。就算有过错也因那善意的解释如明矾入井,遂令浊物沉淀,水质复归澄莹。

女儿天性浑厚,有一次,小小年纪的她对我说:

"你每次说五点回家,就会六点回来,说九点回家,结果就会十点回来——我后来想通了,原来你说的是出发的时间,路上一小时你忘了加进去。"

我听了,不知该说什么。我回家晚,并不是因为忘了计算路上的时间,而是因为我生性贪溺,贪读一页书、贪写一段文字、贪一段山色……而小女孩说得如此宽厚,简直是鲍叔牙。两千多年前的鲍叔牙似乎早已拿定主意,无论如何总要把管仲说成好人。两人合伙做生意,管仲多取利润,鲍叔牙说:"他不是贪心——是因为他家穷。"管仲三次做官都给人辞了。鲍叔牙说:"不是他不长进,是他一时运气不好。"管仲打三次仗,每次都败亡逃走,鲍叔牙说:"不要骂他胆小鬼,他是因为家有老母。"鲍叔牙赢了,对于一个永远有本事把你解释成圣人的人,你只好自肃自策,把自己真的变成圣人。

物理学家可以说,给我一个支点,给我一根杠杆,我就可以把地球举起来——而我说,给我一个解释,我就可以再相信一次人世,我就可以接纳历史,我就可以义无反顾地拥抱这荒凉的城市。

二

"述而不作",少年时代不明白孔子何以要做这种没有才气的选择,我却只希望作而不述。但岁月流转,我终于明白,述,就是去悲悯、去认同、去解释。有了好的解释,宇宙为之端正,万物由而含情。一部希腊神话用丰富的想象解释了天地四时和风霜雨露。譬如说,朝露,是某位希腊女神的清泪;月桂树,则被解释为阿波罗钟情的女子。

农神的女儿成了地府之神的妻子,天神宙斯裁定她每年可以回娘家六个月。女儿归宁,母亲大悦,土地便春回。女儿一回夫家,立刻草木摇落众芳歇,农神的恩宠也翻脸无情——季节就是这样来的。

而莫考来是平原女神和宙斯的儿子,是风神,他出世第一天便跑到阿波罗的牧场去偷了两头牛来吃(我们中国人叫"白云苍狗",在希腊却成了"白云肥牛")——风神偷牛其实解释了白云经风一吹,便消失无踪的神秘诡异。

神话至少有一半是拿来解释宇宙大化和草木虫鱼的吧?如果人类不是那么偏爱解释,也许根本就不会产生神话。

而在中国,共工与颛顼争帝,怒而触不周之山,在一番"折天柱、绝地维"之后(是回忆古代的一次大地震吗?),发生了"天倾西北,地陷东南"的局面。天倾西北,所以星星多半滑到那里去了,地陷东南,所以长江黄河便一路向东入海。

而埃及的沙碛上,至今屹立着人面狮身的巨像。中国早期的西王母则"其状如人,豹尾、虎齿,穴处",女娲也不免"人面蛇身"。这些传说解释起来都透露出人类小小的悲伤,大约古人对自己的"头部"是满意的,至于这副躯体,他们却多少感到自卑。于是最早的器官移植便完成了,他们把人头下面换接了狮子、老虎或蛇鸟什么的。说这些故事的人恐怕是第一批同时为人类的极限自悼,而又为人类的敏慧自豪的人吧?

而钱塘江的狂涛,据说只由于伍子胥那千年难平的憾恨;雅致的斑竹,全是妻子哭亡夫洒下的泪水……

解释,这件事真令我入迷。

三

有一次,在大英博物馆里看东西,而这大英博物馆,由于东西多为大英帝国全盛时期搜刮来的,几乎无所不藏。书画古玩固然多,连木乃伊也列成军队一般,供人检阅。木乃伊还好,毕竟是密封的,不料走着走着,居然看到一具枯尸,赫然趴在玻璃橱里:浅色的头发,仍连着头皮,头皮绽开处,露出白得无辜的头骨。这人还有个奇异的外号叫"姜",大概兼指他姜黄的肤色和干皱如姜块的形貌吧!这人当时是采用西亚一带的沙葬,热沙和大漠阳光把他封存了四千年,他便如此简单明了地完成了不朽,不必借助事前的金缕玉衣,也不必事后塑起金身——这具尸体,他只是安静地趴在那里,便已不朽,真不可思议。

但对于这具尸体的"屈身葬",身为汉人,却不免有几分想不通。对汉人来说,"两腿一伸"就是死亡的代用语,死了,当然得直挺挺地躺着才对。及至回台，偶然翻阅一篇人类学的文章，内中提到"曲身葬"。那段解释不知为何令人落泪。文章里说："有些民族所以采曲身葬，是因为他们认为死亡而埋入土里，恰如婴儿重归母胎，胎儿既然在子宫中是曲身，人死入土亦当曲身。"我于是想起大英博物馆中那不知名的西亚男子，想起在兰屿雅美人的葬地里一代代的死者，啊——原来他们都在回归母体。我想起我自己，睡觉时也偏爱"睡如弓"的姿势，冬夜里，尤其喜欢蜷曲如一只虾米的安全感。多亏那篇文章的一番解释，这以后我再看到"曲身葬"的民族，不会觉得他们"死得离奇"，反而觉得无限亲切——只因他们比我们更像大地慈母的孩子。

四

　　神话退位以后，科学所做的事仍然还是不断地解释。何以有四季？他们说，因为地球的轴心跟太阳成二十三度半的倾斜。原来地球恰似一侧媚的女子，绝不肯直瞪着看太阳，她只用眼角余光斜斜一扫，便享尽太阳的恩宠。何以有天际彩虹，只因万千雨珠一一折射了日头的光彩。至于潮汐呢？那是月亮一次次致命的骚扰所引起的亢奋和委顿。还有甜沁的母乳为什么那么准确无误地随着婴儿出世而开始分泌呢？（无论孩子多么早产或晚产。）那是落盘以后，自有讯号传回，通知乳腺开始泌乳……科学其实只是一个执拗的孩子，对每一件事物好奇，并且不管死活地一路追问下去……每一项科学提出的答案，我都觉得应该洗手焚香，才能翻开阅读，其间吉光片羽，在在都是天机乍泄。科学提供宇宙间一切天工的高度业务机密，这机密本不该让我们凡夫俗子窥伺知晓，所以我每听到一则生物的或生理的科学知识，总觉敬慎凛栗，心悦诚服。

诗人的角色，每每也负责作"歪打正着"式的解释。"何处合成愁？"宋朝的吴文英做了成分分析以后，宣称那是来自"离人心上秋"。东坡也提过"春色三分，二分尘土，一分流水"的解释，说得简直跟数学一样精确。那无可奈何的落花，三分之二归回了大地，三分之一逐水而去。元人小令为某个不爱写信的男子辩解也煞为有趣："不是不相思，不是无才思，绕清江，买不得天样纸。"这么寥寥几句，已足令人心醉，试想那人之所以尚未修书，只因觉得必须买到一张跟天一样大的纸才够写他的无限情肠啊！

五

除了神话和诗，红尘素居，诸事碌碌中，更不免需要一番解释了。记得多年前，有次请人到家里屋顶阳台上种一棵树兰，并且事先说好了，不活包退费的。我付了钱，小小的树兰便栽在花圃正中间。一个礼拜后，它却死了。我对阳台上一片芬芳的期待算是彻底破灭了。

我去找那花匠，他到现场验了树尸，我向他保证自己浇的水既不多也不少，绝对不敢造次。他对着夭折的树苗偏着头呆看了半天，语调悲伤地说：

"可是，太太，它是一棵树呀！树为什么会死，理由多得很呢——譬如说，它原来是朝这方向种的，你把它拔起来，转了一个方向再种,它就可能要死!这有什么办法呢?"

他的话不知触动了我什么,我竟放弃退费的约定,一言不发地让他走了。

大约,忽然之间,他的解释让我同意,树也是一种自主的生命,它可以同时拥有活下去以及不要活下去的权利。虽然也许只是调了一个方向,但它就是无法活下去,不是有的人也是如此吗?我们可以到工厂里去订购一定容量的瓶子,一定尺码的衬衫,生命却不能容你如此订购的啊!

以后,每次走过别人墙头冒出来的、花香如沸的树兰,微微的失怅里我总想起那花匠悲冷的声音。我想我总是肯同意别人的——只要给我一个好解释。

至于孩子小的时候,做母亲的糊里糊涂地便已就任了"解释者"的职位。记得小男孩初入幼稚园,穿着粉红色的小围兜来问我,为什么他的围兜是这种颜色。我说:"因为你们正像玫瑰花瓣一样可爱呀!""那中班为什么就穿蓝兜?""蓝色是天空的颜色,蓝色又高又亮啊!""白围兜呢?大班穿白围兜。""白,就像天上的白云,是很干净很纯洁的意思。"他忽然开心地笑了,表情竟是惊喜,似乎没料到小小围兜里居然藏着那么多的神秘。我也吓了一跳,原来孩子要的只是那么少,只要一番小小的道理,就算信口说的,就够他着迷好几个月了。

十几年过去了,午夜灯下,那小男孩用当年玩积木的手在探索分子的结构。黑白小球结成奇异诡秘的勾连,像一扎紧紧的玫瑰花束,又像一篇布局繁复却条理井然、无懈可击的小说。

"这是正十二面烷。"他说,我惊讶这模拟的小球竟如此匀称优雅，黑球代表碳、白球代表氢，二者的盈虚消长便也算物华天宝了。

"这是赫素烯。"

"这是……"

我满心感激，上天何其厚我，那个曾要求我把整个世界一一解释给他听的小男孩，现在居然用他化学方面的专业知识向我解释我所不了解的另一个世界。

如果有一天，我因生命衰竭而向上苍祈求一两年额外加签的岁月，其目的无非是让我回首再看一看这可惊可叹的山川和人世。能多看它们一眼，便能多用悲壮的、虽注定失败却仍不肯放弃的努力再解释它们一次，并且也会欣喜地看到人如何用智慧、用言辞、用弦管、用丹青、用静穆、用爱，一一对这世界做其圆融的解释。

是的，物理学家可以说，给我一个支点，给我一根杠杆，我就可以把地球举起来——而我说，给我一个解释，我就可以再相信一次人世，我就可以接纳历史，我就可以义无反顾地拥抱这荒凉的城市。

雨之调

一笔简单的雨荷可绘出多少形象之外的美善,
一片亭亭青叶支撑了多少世纪的傲骨!
倘有荷在池,倘有荷在心,
则长长的雨季何患?

画晴

落了许久的雨,天忽然晴了。心理上就觉得似乎捡回了一批失落的财宝,天的蓝宝石和山的绿翡翠在一夜之间又重现在晨窗中了。阳光倾注在山谷中,如同一盅稀薄的葡萄汁。

我起来,走下台阶,独自微笑着、欢喜着。四下一个人也没有,我就觉得自己也没有了。天地间只有一团喜悦、一腔温柔、一片勃勃然的生气,我走向田畦,就以为自己是一株恬然的菜花。我举袂迎风,就觉得自己是一缕宛转的气流,我抬头望天,却又把自己误为明灿的阳光。我的心从来没有这样宽广过,恍惚中忆起一节经文:"上帝叫日头照好人,也照歹人。"我第一次那样深切地体会到造物的深心。我就忽然热爱起一切有生命和无生命的东西来了。我那样渴切地想对每一个人说声早安。

不知怎的,忽然想起住在郊外的陈,就觉得非去拜访她不可,人在这种日子里真不该再有所安排和计划的。在这种阳光中如果不带有几分醉意,凡事随兴而行,就显得太不调和了。

转了好几班车,来到一条曲折的黄泥路。天晴了,路刚晒干,温温软软的,让人感觉到大地的脉搏。一路走着,不觉到了,我站在竹篱面前，连吠门的小狗也没有一只。门上斜挂了一把小铃，我独自摇了半天，猜想大概是没人了。低头细看，才发现一个极小的铜锁——她也出去了。

我又站了许久，不知道自己该往哪里去。想要留个字条，却又说不出所以造访的目的。其实我并不那么渴望见她的。我只想消磨一个极好的太阳天，只想到乡村里去看看五谷六畜怎样欣赏这个日子。

抬头望去，远处禾场很空阔，几垛稻草疏疏落落地散布着，颇有些仿古制作的意味。我信步徐行，发现自己正走向一片广场。黄绿不匀的草在我脚下伸展着，奇怪的大石在草丛中散置着。我选了一块比较光滑的斜靠而坐，就觉得身下垫的和身上盖的，都是灼热的阳光。我陶醉了许久，定神环望，才发现这景致简单得不可置信——一片草场，几块乱石。远处唯有天草相连，近处只有好风如水。没有任何名花异草，没有任何仕女云集。但我为什么这样痴骏地坐着呢？我是被什么吸引着呢？

我悠然地望着天，我的心就恍然回到往古的年代，那时候必然也是一个久雨后的晴天，一个村野之人，在耕作之余，到禾场上去晒太阳。他的小狗在他的身旁打着滚，弄得一身是草。他酣然地躺着、傻傻地笑着，觉得没有人经历过这样的幸福。于是，他兴奋起来，喘着气去叩王室的门，要把这宗秘密公布出来。他万万没有想到所有听见的人都掩袖窃笑，从此把他当作一个典故来打趣。

他有什么错呢？因为他发现的真理太简单吗？但经过这样多个世纪，他所体味的幸福仍然不是坐在暖气机边的人所能了解的。

如果我们肯早日离开阴深黑暗的蛰居，回到热热亮亮的光中，那该多美呢！

头顶上有一棵不知名的树，叶子不多，却都很青翠，太阳的影像从树叶的微隙中筛了下来。暖风过处一满地圆圆的日影都欣然起舞。唉，这样温柔的阳光，对于庸碌的人而言，一生之中又能几遇呢？

坐在这样的树下，又使我想起自己平日对人品的观察。我常常觉得自己的浮躁和浅薄就像"夏日之日"，常使人厌恶、回避。于是在深心之中，总不免暗暗地向往着一个境界——"冬日之日"。那是光明的，却毫不刺眼；是暖热的，却不致灼人。什么时候我才能那样含蕴，那样温柔敦厚而又那样深沉呢？"如果你要我成为光，求你叫我成为这样的光。"我不禁用全心灵祷求"不是独步中天，造成气焰和光芒。而是透过灰冷的天空，用一腔热忱去温暖一切僵坐在阴湿中的人"。

渐近日午，光线更明朗了，一切景物的色调开始变得浓重。记得曾读过段成式的作品，独爱其中一句："坐对当窗木，看移三面阴。"想不到我也有缘领略这种静趣。其实我所欣赏的，前人已经欣赏了。我所感受的，前人也已经感受了。但是，为什么这些经历依旧是这么深，这么新鲜呢？

身旁有一袋点心，是我顺手买来，打算送给陈的。现在却成了我的午餐。一个人，在无垠的草场上，咀嚼着简单的干粮，倒也是十分有趣。在这种景色里，不觉其饿，却也不觉其饱。吃东西只是一种情趣、一种艺术。

我原来是带了一本词集子的，却一直没打开，总觉得直接观赏情景，比间接的观赏要深刻得多。饭后有些倦了，才顺手翻它几页。不觉沉然欲睡，手里还拿着书，人已经恍然踏入另一个境界。

等到醒来，发现几只黑色瘦胫的羊，正慢慢地啮着草，远远的有一个孩子跷脚躺着，悠然地嚼着一根长长的青草。我抛书而起，在草场上迂回漫步。难得这么静的下午，我的脚步声和羊群的啮草声都清晰可闻。回头再看看那曲臂为枕的孩子，不觉有点羡慕他那种"富贵于我如浮云"的风度了。几只羊依旧低头择草，恍惚间只让我觉得它们嚼的不只是草，而是冬天里半发的绿意，以及草场上无边无际的阳光。

日影稍稍西斜了，光辉却仍旧不减，在一天之中，我往往偏爱这一刻。我知道有人歌颂朝云，有人爱恋晚霞。至于耀眼的日升和幽邃的黑夜都惯受人们的钟爱。唯有这样平凡的下午，没有一点彩色和光芒的时刻，常常会被人遗忘。但我却不能自禁地喜爱并且瞻仰这份宁静、恬淡和收敛。我回到自己的位置坐下，茫茫草原，就只交付与我和那看羊的孩子吗？叫我们如何消受得完呢？

偶抬头，只见微云掠空，斜斜地徘徊着，像一首短诗，像一阕不规则的小令。看着看着，就忍不住发出许多奇想。记得元曲中有一段述说一个人不能写信的理由："不是不相思，不是无才思，绕青江，买不得天样纸。"而现在，天空的蓝笺已平铺在我头上，我却又苦于没有云样的笔。其实即使有笔如云，也不过随写随抹，何尝尽责描绘造物之奇。至于和风动草，大概本来也想低吟几句云的作品。只是云彩总爱反复地更改着，叫风声无从传布。

如果有人学会云的速记,把天上的文章流传几篇到人间,却又该多么好呢。

正在痴想之间,发现不但云朵的形状变幻着,连它的颜色也奇异地转换了。半天朱霞,粲然如焚,映着草地也有三分红意了。不仔细分辨,就像莽原尽处烧着一片野火似的。牧羊的孩子不知何时已把他的羊聚拢了。村落里炊烟袅升,他也就隐向一片暮霭中去了。

我站起身来,摸摸石头还有一些余温,而空气中却沁进几分凉意了。有一群孩子走过,每人抱着一怀枯枝干草。忽然见到我就都停下来,互相低语着:

"她有点奇怪,不是吗?"

"我们这里从来没有人来远足的。"

"我知道,"有一个较老成的孩子说,"他们有的人喜欢到这里来画图的。"

"可是,我没有看见她的纸和她的水彩呀!"

"她一定画好了,藏起来了。"

得到满意的结论以后,他们又作一行归去了。远处有疏疏密密的竹林,掩映一角红墙,我望着他们各自走入他们的家,心中不禁怃然若失。想起城市的街道,想起两侧壁立的大厦,人行其间,抬头只见一线天色,真仿佛置身于死阴的幽谷了。而这里,在这不知名的原野中,却是遍地泛滥着阳光。人生际遇不同,相去多么远啊!

我转身离去,落日在我身后画着红艳的圆。而远处昏黄的灯光也同时在我面前亮起。那种壮丽和寒碜成为极强烈的对照。

遥遥地看到陈的家，也已经有了灯光，想她必是倦游归来了。我迟疑了一下，没有走过去摇铃，我已拜望过郊外的晴朗，不必再看她了。

　　走到车站，总觉得手里比来的时候多了一些东西，低头看看，依然是那一本旧书。这使我忽然迷惑起来了，难道我真的携有一张画吗？像那个孩子所说的："画好了，藏起来了！"

　　归途上，当我独行在黑茫茫的暮色中，我就开始接触那轴画了。它是用淡墨染成的"晴郊图"，画在平整的心灵素宣上，在每一个阴黑的地方向我展示。

林中杂想

一

我躺在树林子里看《水浒传》。

事情是这样开始的，暑假前，我答应学生"带队"，所谓带队，是指带"医疗服务队"到四湖乡去。起先倒还好，后来就渐渐不怎么好了。原来队上出了一位"学术气氛"极浓的副队长，他最先要我们读胡台丽的《媳妇入门》，这倒罢了，不料他接着又一口气指定我们读杨懋春的《乡村社会学》、吴湘相的《晏阳初传》、苏兆堂翻译的《小龙村》等。这些书加起来怕有一尺高，这家伙也太烦人了，这样下去，我们医学院的同学都有成为人类学家和社会学家的危险。

奇怪的是口里虽嘟嘟嚷嚷地抱怨，心里却也动心，甚至下决心要去看一本早就想看的萨孟武的《〈水浒传〉与中国社会》。问题是要看这本书就该把《水浒传》从头再看一遍。当时就把这本厚厚的章回塞进行囊，一路同去四湖乡。

而此刻，我正躺在林子里看《水浒传》，林子是一片木麻黄，有几分像好汉出没的黑松林，这里没有好汉，奇怪的是倒有一批各自说着乡音的退伍军人（在这遍地说着海口腔的台西地带，哪来的老兵呢？），正横七竖八地躺在石凳上纳凉。我睡的则是一张舒服的折床，是刚才一个妇人让给我的，她说：

"喂，我要回家吃饭了，小姐，你帮我睡好这张床。"

咦，世间竟有如此好事，我当即把内含巨款的皮包拿来当枕头（所谓巨款，其实也只有五千元，我一向不爱多带钱，这一次例外，因为自觉是"领队老师"，说不定队上有"不时之需"），舒舒服服躺下，看我的《水浒传》。当时我也刚吃过午饭，太阳正当头，但经密密的木麻黄一过滤，整个林子阴阴凉凉的，像一碗柠檬果冻。

我正看到二十八回，武松被刺配两千里外的孟州，路上其实他有机会逃跑，他却宁可把松下的枷重新戴上，把封皮贴上，一步步自投孟州而来。

二

一路看下去，不能不叫痛快，武松那人容易让人记得的是景阳冈打虎的那一段。现在自己人大了，回头看那一段，倒也不觉可贵，他当时打虎，其实也是非打不可，不打就被虎吃，所以就打了，此外看不出他有什么高贵动机，只能证明，他是天生的拳击好手罢了。倒是二十八回里做了囚徒的武松，处处透出洒脱的英雄骨气。

初到配军，照例须打一百杀威棒，武松既不去送人情，也不

肯求饶,只大声大气地说:

"都不要你众人闹动,要打便打,也不要兜拕。我若是躲闪一棒的,不是好汉,从先打过的都不算,从新再打起。我若叫一声,便不是好男子!"——两边看的人都笑道:"这痴汉弄死,且看他如何熬!"

武松不肯折了好汉的名,仍然嚷着:

"要打便打毒些,不要人情棒儿,打我不快活!"

不想事情有了转机,管营想替他开脱,故意说:

"新到囚徒武松,你路上途中曾害甚病来?"

武松不领情,反而犟嘴:

"我于路不曾害!酒也吃得,饭也吃得,肉也吃得,路也走得!"管营道:"这厮是途中得病到这里,我看他面皮才好,且寄下他这顿杀威棒。"两边行杖的军汉低低对武松道:"你快说病。这是相公将就你,你快只推曾害便了。"武松道:"不曾害!不曾害!打了倒干净!我不要留这一顿寄库棒,寄下倒是钩肠债,几时得了!"两边看的人都笑。管营也笑道:"想是你这汉子多管害热病了,不曾得汗,故出狂言。不要听他，且把去禁在单身房里。"

及至关进牢房，其他囚徒看他未吃杀威棒，反替他担忧起来，告诉他此事绝非好意，想必是使诈，想置他于死，还活灵活现地形容"塞七窍"的死法叫"盆吊"，用黄沙压则叫作"大布袋"。不料武松听了，最有兴趣的居然是想知道除了此两法以外，还有没有第三种，他说：

"还有什么法度害我？"

当下，管营送来美食。

武松寻思道："敢是把这些点心与我吃了，却来对付我？我且落得吃了，却又理会！"武松把那旋酒来一饮而尽，把肉和面都吃尽了。

武松那一饮一食真是潇洒！人到把富贵等闲看、生死不萦怀之际，并且由于自信，相信命运也站在自己这一边时，才能有这种不在乎的境界，才能要这种高级的天地也奈何他不得的无赖。吃完了，他冷笑一声：

看他怎地来对付我！

等正式晚饭送来，他虽怀疑是"最后的晚餐"，还是吃了。饭后又有人提热水来，他虽怀疑对方会趁他洗澡时下毒手，仍然不在乎，说：

我也不怕他！且落得洗一洗。

这几段，真的越看越喜，高兴起来，便翻身拿笔画上要点，加上眉批，恨不得拍掌大笑，觉得自己也是黑松林里的好汉一条，大可天不怕地不怕地过一辈子。

三

回想起前天随队来四湖乡的季医生跟我说的话，她说：

"你看看，这些小朋友，他们问我，目前群体医疗的政策虽不错，但是将来卫生署总要换人的呀，换了人，政策不同，怎么办？"

两人说着不禁摇头叹气，我们其实不怕卫生署的政策不政策，我们怕的是这才二十岁左右的年轻人，为什么先自把初生之犊的锐气给弄得没有了？

是因为一直是好孩子吗？是因为觉得一切东西都应该准备好，布置好，而且，欢迎的音乐已奏响，你才顺利地踏在夹道花香中起步吗？唐三藏之取经，岂不是"向万里无寸草处行脚"？盘古开天辟地之际，混沌一片，哪里有天地？天是由他的头颅顶高的，地是由他的脚来踩实踩平的。为什么这一代的年轻人，特别是年轻人中最优秀的那一批，却偏偏希望像古代的新媳妇，一路由别人抬花轿,抬到婆家。在婆家,有一个姓氏在等她,有一个丈夫在等她,有一碗饭供她吃——其实,天晓得,这种日子会好过吗?

武松算不得英雄算不得豪杰,只不过一介草莽武夫,这一代的人却连这点草莽气象也没有了吗?什么时候我们才不会听到"饱学之士"的"无知之言":

"我没办法回去呀,我学的东西太尖端,台湾没有我吃饭的地方呀!"

孙中山革命的时候,是因为有个"中华民国筹备处"成立好了,并且聘他当主任委员,他才束装回国赴任的吗?曹雪芹是因为"文艺基金会"委托他着手撰写一部"当代最伟大的小说",才动笔写下《红楼梦》第一回的吗?

能不能不害怕不担忧呢?甚至是过了许多年回头一望的时候,才猛然想起来大叫一声说:

"哎呀,老天,我当时怎么都不知道害怕呢?"

把孔子所不屑的"三思而行"的踌躇让给老年人吧!年轻不就是有莽撞往前去的勇气吗?年轻就是手里握着大把岁月的筹码,那么,在命运的赌局里做乾坤一掷的时候,虽不一定赢,气势上总该能壮阔吧?

四

前些日子,不知谁在服务队住宿营地的门口播放一首歌,那歌因为是早晨和中午的代用起床号,所以每天都要听上几遍,其实那首歌唱得极有味道,沙嗄中自有其抗颜欲辩的率真,只是走来走去刷牙洗澡都要听他再三重复那无奈的郁愤，心里的感觉有点奇怪：

> 告诉我，世界不会变得太快，
> 告诉我，明天不会变得更坏，
> 告诉我，人类还没有绝望，
> 告诉我，上帝也不会疯狂，
> ……
> 这未来的未来，我等待……

听久了，心里竟有些愀然，为什么只等待别人来"告诉我"呢？一颗恭谨聆受的心并没有"错"，但，那么年轻的嗓音，那么强盛的肺活量，总可以做些什么可以比"等待别人告诉我"更多的事吧？少年振衣，岂不可作千里风幡看？少年瞬目，亦可壮作万古清流想。如此风华，如此岁月，为什么等在那里，为什么等人家来"告诉我"呢？

为什么不是我去"告诉人"呢？去啊！去昭告天下，悬崖上的红心杜鹃不会等人告诉它春天来了，才着手筹备开花，它自己开了花，并且用花的旗语告诉远山近岭，春天已经来了。明灿逼人的木星，何尝接受过谁的手谕才长倾其万斛光华？小小一只绿绣眼，也不用谁来告诉它清晨的美学，它把翠羽的身子浓缩为一撇"美的据点"。万物之中，无论尊卑，不都各有其美丽的讯息要告诉别人吗？

有一首英文的长歌，名字叫 *To Tell the Untold*，那名字我一看就入迷。是啊，去告诉那些不曾被告知的人，真的，仲尼仆仆风尘，在陌生的渡口，向不友善的路人问津，为的是什么？为的岂不是去告诉那些不曾被告知的人吗？达摩一苇渡江，也无非和圣人同样的一点初衷。而你我十几年乃至几十年孜孜于知识的殿堂，为的又是什么？难道不是要得到更真切的道和理，以便去告诉后人吗？我们认真，其实也只为了让自己告诉别人的话更诚恳更扎实而足以掷地有声！（无根的人即使在说真话的时候也类似谎言——因为单薄不实在。）

那唱歌的人"等待别人来告诉我"并不是错误，但能"去告诉别人"岂不更好？去告诉世人，我们的眼波未枯，我们的心仍在奔驰。去告诉世人，有我在，就不准尊严被抹杀，生命被冷落。告诉他们，这世界仍是一个允许梦想、允许希望的地方。告诉他们，这是一片可以栽下树苗也可以期待清阴的土地。

五

回家吃饭的妇人回来了，我把床还她，学生还在不远处的海清宫睡午觉，我站起身来去四面乱逛。想想这世界真好，海边苦热的地方居然有一片木麻黄，木麻黄林下刚好有一张床等我去躺，躺上去居然有千年前的施耐庵来为我讲故事，故事里的好汉又如此痛快可喜。想来一个人只要往前走，大概总会碰到一连串好事的，至于倒霉的事呢，那也总该碰上一些才公平吧？可是事是死的，人是活的，就算碰到倒霉事，总奈何我不得呀！

想想年轻是多么好，因为一切可以发生，也可以消弭，因为可以行可以止可以歌可以哭,那么还有什么可担心的呢?

真的,还有什么可担心的呢?

秋天·秋天

满山的牵牛藤起伏，紫色的小浪花一直冲击到我的窗前才猛然收势。

阳光是耀眼的白，像锡，像许多发光的金属。是哪个聪明的古人想起来以木象春而以金象秋的？我们喜欢木的青绿，但我们怎能不钦仰金属的灿白！

对了，就是这灿白，闭着眼睛也能感到的。在云里，在芦苇上，在满山的翠竹上，在满谷的长风里，这样乱扑扑地压了下来。

在我们的城市里，夏季上演得太长，秋色就不免出场得晚些。但秋是永远不会被混淆的——这坚硬明朗的金属季。让我们从微凉的松风中去认取，让我们从新刈的草香中去认取。

已经是生命中第二十五个秋天了，却依然这样容易激动。正如一个诗人说的：

"依然迷信着美。"

是的，到第五十个秋天来的时候，对于美，我怕是还要这样执迷的。

那时候，在南京，刚刚开始记得一些零碎的事，画面里常常出现一片美丽的郊野,我悄悄地从大人身边走开,独自坐在草地上。梧桐叶子开始簌簌地落着,簌簌地落着,把许多神秘的美感一起落进我的心里来了。我忽然迷乱起来,小小的心灵简直不能承受这种兴奋。我就那样迷乱地捡起一片落叶。叶子是黄褐色的,弯曲的,像一只载着梦的小船,而且在船舷上又长着两粒美丽的梧桐子。每起一阵风我就在落叶的雨中穿梭,拾起一地的梧桐子。必有一两颗我所未拾起的梧桐子在那草地上发了芽吧?二十年了,我似乎又能听到遥远的西风,以及风里簌簌的落叶声。我仍能看见那些载着梦的船,航行在草原里,航行在一粒种子的希望里。

又记得小阳台上的黄昏,视线的尽处是一列古老的城墙。在暮色和秋色的双重苍凉里,往往不知什么人又加上一阵笛音的苍凉。我喜欢这种凄清的美,莫名其妙地喜欢。小舅舅曾带我一直走到城墙的旁边,那些斑驳的石头,蔓生的乱草,使我有一种说不出的感动。长大了读辛稼轩的词,对于那种沉郁悲凉的意境总觉得那样熟悉,其实我何尝熟悉什么词呢?我所熟悉的只是古老南京城的秋色罢了。

后来,到了柳州,一城都是山,都是树。走在街上,两旁总夹着橘柚的芬芳。学校前面就是一座山,我总觉得那就是地理课本上的十万大山。秋天的时候,山容澄清而微黄,蓝天显得更高了。

"媛媛,"我怀着十分的敬畏问我的同伴,"你说,教我们美术的龚老师能不能画下这座山?"

"能,他能。"

"能吗?我是说这座山的全部。"

"当然能，当然，"她热切地喊着，"可惜他最近打篮球把手摔坏了，要不然，全柳州、全世界他都能画呢！"

我沉默了好一会。

"是真的吗？"

"真的，当然真的。"

我望着她，然后又望着那座山，那神圣的、美丽的、深沉的秋山。

"不，不可能。"我忽然肯定地说，"他不会画，一定不会。"

那天的辩论后来怎样结束，我已不记得了。而那个叫媛媛的女孩子和我已经阔别了十几年。如果我能重见到她，我仍会那样坚持的。

没有人会画那样的山，没有人能。

媛媛，你呢？你现在承认了吗？前年我碰到一个叫媛媛的女孩子，就急急地问她，她却笑着说已经记不得住过柳州没有了。那么，她不会是你了。没有人能忘记柳州的，没有人能忘记那苍郁的、沉雄的、微带金色的、不可描摹的山。

而日子被西风刮尽了，那一串金属性的、有着欢乐叮当声的日子。终于，人长大了，会念《秋声赋》了，也会骑在自行车上，想象着陆放翁"饱将两耳听秋风"的情怀了。

秋季旅行，相片册里照例有发光的记忆。还记得那次倦游回来，坐在游览车上。

"你最喜欢哪一季呢？"我问芷。

"秋天。"她简单地回答，眼睛里凝聚了所有美丽的秋光。

我忽然欢欣起来。

"我也是,啊,我们都是。"

她说了许多秋天的故事给我听,那些山野和乡村里的故事。她又向我形容那个她常在它旁边睡觉的小池塘,以及林间说不完的果实。

车子一路走着,同学沿站下车,车厢里越来越空了。

"芷,"我忽然垂下头来,"当我们年老的时候,我们生命的同伴一个个下车了,座位慢慢地稀松了,你会怎样呢?"

"我会很难过。"她黯然地说。

我们在做什么呢,芷?我们只不过说了些小女孩的傻话罢了,那种深沉的、无可奈何的摇落之悲,又岂是我们所能了解的。

但,不管怎样,我们一起躲在小树丛中念书,一起说梦话的那段日子是美的。

而现在,你在中部的深山里工作,像传教士一样地工作着,从心里爱那些朴实的山地灵魂。今年初秋我们又见了一次面,兴致仍然那样好,坐在小渡船里,早晨的淡水河边没有揭开薄薄的蓝雾,橹声琅然,你又继续你的山林故事了。

"有时候,我向高山上走去,一个人,慢慢地翻越过许多山岭。"你说,"忽然,我停住了,发现四壁都是山!都是雄伟的、插天的青色!我吃惊地站着,啊,怎么会那样美!"

我望着你,芷,我的心里充满了幸福。分别这么多年了,我们都无恙,我们的梦也都无恙——那些高高的、不属于地平线上的梦。

而现在,秋在我们这里的山中已经很浓很白了。偶然落一阵秋雨,薄寒袭人,雨后常常又出现冷冷的月光,不由人不生出一种悲秋的情怀。你那儿呢？窗外也该换上淡淡的秋景了吧？秋天是怎样地适合故人之情，又怎样地适合银银亮亮的梦啊！

　　随着风，紫色的浪花翻腾，把一山的秋凉都翻到我的心上来了。我爱这样的季候，只是我感到我爱得这样孤独。

　　我并非不醉心春天的温柔，我并非不向往夏天的炽热，只是生命应该严肃、应该成熟、应该神圣，就像秋天所给我们的一样——然而，谁懂呢？谁知道呢？谁去欣赏深度呢？

　　远山在退，遥遥地盘结着平静的黛蓝。而近处的木本珠兰仍香着（香气真是一种权力，可以统辖很大片的土地），溪水从小夹缝里奔窜出来，在原野里写着没有人了解的行书，它是一首小令，曲折而明快，用以描绘纯净的秋光。

　　而我的扉页空着，我没有小令，只是我爱秋天，以我全部的虔诚与敬畏。

　　愿我的生命也是这样的，没有太多绚丽的春花，没有太多飘浮的夏云，没有喧哗，没有旋转着的五彩，只有一片安静淳朴的白色，只有成熟生命的深沉与严肃，只有梦，像一树红枫那样热切殷实的梦。

　　秋天，这坚硬而明亮的金属季，是我深深爱着的。

林木篇

行道树

　　每天,每天,我都看见它们,它们是已经生了根的——在一片不适于生根的土地上。

　　有一天,一个炎热而忧郁的下午,我沿着人行道走着,在穿梭的人群中,听自己寂寞的足音,我又看到它们,忽然,我发现,在树的世界里,也有那样完整的语言。

　　我安静地站住,试着去了解它们所说的一则故事:

　　我们是一列树,立在城市的飞尘里。

　　许多朋友都说我们是不该站在这里的,其实这一点,我们知道得比谁都清楚。我们的家在山上,在不见天日的原始森林里。而我们居然站在这儿,站在这双线道的马路边,这无疑是一种堕落。我们的同伴都在吸露,都在玩凉凉的云。而我们呢?我们唯一的装饰,正如你所见的,是一身抖不落的煤烟。

　　是的,我们的命运被安排定了,在这个充满车辆与烟囱的工业城里,我们的存在只是一种悲凉的点缀。但你们尽可以节省下你们的同情心，因为，这种命运事实上也是我们自己选择的——否则我们不必在春天勤生绿叶，不必在夏日献出浓阴。神圣的事业总是痛苦的，但是，也唯有这种痛苦能把深度给予我们。

当夜来临的时候，整个城市里都是繁弦急管，都是红灯绿酒。而我们在寂静里，我们在黑暗里，我们在不被了解的孤独里。但我们苦熬着把牙龈咬得酸疼，直等到朝霞的旗冉冉升起，我们就站成一列致敬——无论如何，我们这城市总得有一些人迎接太阳！如果别人都不迎接，我们就负责把光明迎来。

这时，或许有一个早起的孩子走了过来，贪婪地呼吸着鲜洁的空气，这就是我们最自豪的时刻了。是的，或许所有的人都早已习惯于污浊了，但我们仍然固执地制造着不被珍视的清新。

落雨的时分也许是我们最快乐的，雨水为我们带来故人的消息，在想象中又将我们带回那无忧的故林。我们就在雨里哭泣着，我们一直深爱着那里的生活——虽然我们放弃了它。

立在城市的飞尘里，我们是一列忧愁而又快乐的树。

故事说完了，四下寂然，一则既没有情节也没有穿插的故事，可是，我听到它们深深的叹息。我知道，那故事至少感动了它们自己。然后，我又听到另一声更深的叹息——我知道，那是我自己的。

枫

秋天，茜从日本来信说："能想象吗？满山满谷都是红叶，都是鲜丽欲燃的红叶。"

放下信，我揣想着，那是怎样的一座山呢？远看起来像一块剔透的鸡血石呢？还是像一抹醉眠的晚霞呢？

从来没有偏爱过红色，只是在清清冷冷的落叶季里，心中不免渴切地向往那一片有着热度的红。当满山红叶诗意地悬挂着，这是多少美丽的忧愁啊！

那种脆薄的、锯齿形的叶子也许并不是最漂亮的，但那憔悴中仍然殷红的脉络总使我想起殉道者的血，在苍凉的世纪里独自红着。

有一天，当我不得不离开我曾经热爱过的世界，我愿有一双手，为我栽两株枫树。春天来时，青绿的叶影里仍然蕴藏着使我痴迷过的诗意。秋天，在霜滑的晚上，干干的红色堆积得很厚，像是故人亲切的问候，从群山之外捎来。那时，我必定是很欣慰的。

愿如那一树枫叶，在晨风中舒开我纯洁的浅碧，在夕照中燃烧我殷切的灿红。

白千层

在匆忙的校园里走着，忽然，我的脚步停了下来。

"白千层"，那个小木牌上这样写着。小木牌后面是一株很粗壮很高大的树。它奇异的名字吸引着我，使我感动不已。

它必定已经生长很多年了，那种漠然的神色、孤高的气象，竟有些像白发斑驳的哲人了。

它有一种很特殊的树干，棉软的，细韧的，一层比一层更洁白动人。

必定有许多坏孩子已经剥过它的干子了,那些伤痕很清楚地挂着。只是整个树干仍然挺立得笔直,在表皮被撕裂的地方显出第二层的白色,恍惚在向人说明一种深奥的意思。

一千层白色,一千层纯洁的心迹,这是一种怎样的哲学啊!冷酷的摧残从没有给它带来什么,所有的,只是让世人看到更深一层的坦诚罢了。

在我们人类的森林里,是否也有这样一株树呢?

相思树

很小的时候就开始喜欢那一片细细碎碎的浓绿。每次坐在树下望天,那些刀形的小叶忽然在微风里活跃起来,像一些熙熙攘攘的船,航在青天的大海里,不用桨也不用楫,只是那样无所谓地飘浮着。

有时走到密密的相思林里,太阳的光屑细细地筛了下来,在看不见的枝丫间,有一只淘气的鸟儿在叫着。那时候就只想找一段粗粗的树根为枕,静静地借草而眠。并且猜测醒来的时候,阳光会堆积得多厚。

有一次,一位从乡间来的朋友提起相思树,他说:

"那是一种很致密的木材,烧过以后是最好的木炭呢,叫作相思炭。"

我望着他,因激动而沉默了。相思炭!怎样美好的名字,"化作焦炭也相思",一种怎样的诗情啊!

以后，每次看见那细细密密的叶子，心里不知怎么总是深深地感动着。

每一棵树都是一个奇迹，不是吗？

梧　桐

其实，真正高大古老的梧桐木，我是没有见过的。

也许由于没有见过，它的身影在我心中便显得愈发高大了。有时，打开窗子，面对着满山蓊郁的林木，我的眼睛便开始在那片翠绿中寻找一株完全不同的梧桐，可是，它不在那里。

想象中，它应该生长在冷冷的山阴里，孤独地望着蓝天，并且试着用枝子去摩挲过往的白云。在离它不远的地方有山泉的细响，泠泠如一曲琴音。渐渐地，那些琴音嵌在它的年轮里，使得梧桐木成为最完美的音乐木材。

我没有听过梧桐所制的古琴，事实上我们的时代也无法再出现一双操琴的手了。但想象中，那种空灵而缥缈的琴韵仍然从不可知的方向来了，并且在我梦的幽谷里低回着。

我又总是想起庄子所引以自喻的凤鸟鹓鶵，"夫鹓鶵，发于南海而飞于北海。非梧桐不止，非练实不食，非醴泉不饮"。

一想到那金羽的凤鸟，栖息在那高大的梧桐树上，我就无法不兴奋。当然，我也没有见过鹓鶵，但我却深深地爱着它，爱它那种非梧桐不止的高洁，那种不苟于乱世的逸风。

然而，何处是我可以栖止的梧桐呢？

它必定存在着，我想——虽然我至今还没有寻到它，但每当我的眼睛在窗外重重叠叠的峦嶂里搜索的时候，我就十分确切地相信，它必定正隐藏在某个湿冷的山阴里。在孤单的岁月中，在渴切地等待中，聆听着泉水的弦柱。

春之怀古

春天必然曾经是这样的：从绿意内敛的山头，一把雪再也撑不住了，扑哧的一声，将冷脸笑成花面，一首澌澌然的歌便从云端唱到山麓，从山麓唱到低低的荒村，唱入篱落，唱入一只小鸭的黄蹼，唱入融融的春泥——软如一床新翻的棉被的春泥。

那样娇，那样敏感，却又那样混沌无涯。一声雷，可以无端地惹哭满天的云，一阵杜鹃啼，可以斗急了一城杜鹃花。一阵风起，每一棵柳都吟出一则则白茫茫、虚飘飘，说也说不清，听也听不清的飞絮，每一丝飞絮都是一株柳的分号。反正，春天就是这样不讲理、不逻辑，而仍可以好得让人心平气和。

春天必然曾经是这样的：满塘叶黯花残的枯梗抵死苦守一截老根，北地里千宅万户的屋梁受尽风欺雪压犹自温柔地抱着一团小小的空虚的燕巢。然后，忽然有一天，桃花把所有的山村水郭都攻陷了，柳树把皇室的御沟和民间的江头都控制住了——春天有如旌旗鲜明的王师，因长期虔诚的企盼祝祷而美丽起来。

而关于春天的名字，必然曾经有这样的一段故事：在《诗经》之前，在《尚书》之前，在仓颉造字之前，一只小羊在啮草时猛然感到的多汁,一个孩子在放风筝时猛然感觉到的飞腾,一双患痛风的腿在猛然间感到的舒活,千千万万双素手,在溪畔在塘畔在江畔浣纱的手所猛然感到的水的血脉……当他们惊讶地奔走互告的时候,他们决定将嘴噘成吹口哨的形状,用一种愉快的耳语的声量来为这季节命名——"春"。

鸟又可以开始丈量天空了。有的负责丈量天的蓝度,有的负责丈量天的透明度,有的负责用那双翼丈量天的高度和深度。而所有的鸟全不是好的数学家,他们叽叽喳喳地算了又算,核了又核,终于还是不敢宣布统计数字。

至于所有的花,已交给蝴蝶去点数。所有的蕊,交给蜜蜂去编册。所有的树,交给风去纵宠。而风,交给檐前的老风铃去——记忆、——垂询。

春天必然曾经是这样,或者,在什么地方,它仍然是这样的吧?穿越烟囱与烟囱的黑森林,我想走访那踯躅在湮远年代中的春天。

雨之调

雨　荷

有一次，雨中走过荷池，一塘的绿云绵延，独有一朵半开的红莲挺然其间。

我一时为之惊愕驻足，那样似开不开，欲语不语，将红未红，待香未香的一株红莲！

漫天的雨纷然而又漠然，广不可及的灰色中竟有这样一株红莲！像一堆即将燃起的火，像一罐立刻要倾泼的颜色！我立在池畔，虽不欲捞月，也几成失足。

生命不也如一场雨吗？你曾无知地在其间雀跃，你曾痴迷地在其间沉吟——但更多的时候，你得忍受那些寒冷和潮湿，那些无奈与寂寥，并且以晴日的幻想度日。

可是，看那株莲花，在雨中怎样地唯我而又忘我，当没有阳光的时候，它自己便是阳光。当没有欢乐的时候，它自己便是欢乐！一株莲花里有那么完美自足的世界！

一池的绿，一池无声的歌，在乡间不惹眼的路边——岂只有哲学书中才有真理？岂只有研究院中才有答案？一笔简单的雨荷可绘出多少形象之外的美善，一片亭亭青叶支撑了多少世纪的傲骨！

倘有荷在池，倘有荷在心，则长长的雨季何患？

《清明上河图》

雨中，独自到故宫博物院去看《清明上河图》。

长长的卷轴在桌上平展开，一片完好的汴梁旧风物。管理员将我做笔记用的圆珠笔取去，而代以铅笔，为了怕油墨污染了画——他们独不怕泪吗？谁能故地神游而不怆然涕下呢？

青青的土阜、初暖的柳风、微曛的阳光似乎都可感到，安静古老的河水以迟缓的节拍流过幽美的幸福土地，承平的岁月令人不忍目触。

所谓画，不外是一些人，一些车，一些驴，一些耍猴戏的，一些商贾，一些跳叫的狗和孩子——但这一切是怎样单纯的和谐。

宋朝的阳光，古老一如梦中，汴京，遥远有如太古。唯清明时节的麦青，却染绿无数画家的乡愁。使我惊讶的是这个因雨而感伤的下午，何竟有一个女子会站在海外的一隅，看前朝宫中的绢画，想五百年来多少人对画而泪垂，想宇内有多少博物馆中正在展示着那和平而丰腴的中原。

走出博物馆，雨中的青山苍凉地兀立着。渭北的春树今何在？江东的暮云今何在？我呢喃着，一路步下渐行渐低的阶梯。

《秋声赋》

一夜，在灯下预备第二天要教的课，才念两行，便觉哽咽。

那是欧阳修的《秋声赋》，许多年前，在中学时，我曾狂热地耽于那些旧书，我曾偷偷地背诵它！

可笑的是少年无知，何曾了解秋声之悲，一心只想学几个漂亮的句子，拿到作文簿上去自炫！

但今夜，雨声从四窗来叩，小楼上一片零落的秋意，灯光如雨，愁亦如雨，纷纷落在《秋声赋》上，文字间便幻起重重波涛，掩盖了那一片熟悉的字句。

每年十一月，我总要去买一本 $Idea$ 杂志，不为那些诗，只为异国那份辉煌而黯然的秋光。那荒漠的原野，那大片宜于煮酒的红叶，令人恍然有隔世之想。可叹的是故园的秋色犹能在同纬度的新大陆去辨认，但秋声呢？何处有此悲声寄售？

闻秋声之悲与不闻秋声之悲，其悲各何如？

明朝，穿过校园中发亮的雨径，去面对满堂稚气的大一新生的眼睛，《秋声赋》又当如何解释？

秋灯渐暗，雨声不绝，终夜吟哦着不堪一听的浓愁。

《青楼集》

在傅斯年图书馆当窗而坐，远近的丝雨成阵。

桌上放着一本被蠹鱼食余的《青楼集》，从焦黄破碎的扉页里，我低首去辨认元朝的、焦黄破碎的往事。

一壁抄着，一壁忍不住的思古情怀便如江中兼天而涌的浪头，忽焉而至。那些柔弱的名字里有多少辛酸的命运：朱帘秀、汪怜怜、翠娥秀、李娇儿……一时之间，元人的弦索、元人的箫管，便盈耳而至。音乐中浮起的是那些苍白的，架在锦绣之上的，聪明得悲哀的脸。

当别的女孩在软褥上安静地坐着，用五彩的丝线织梦时，为什么独有一班女孩在众人的奚落里唱着人间的悲欢离合？而如果命运要她们成为被遗弃的，却为什么要让她们有那样的冰雪聪明去承受那种残忍？

"大都"，辉煌的元帝国，光荣的朝代，何竟有那些黯然的脸在无言中沉浮？当然，天涯沦落的何止是她们，为人作色的何止是她们。但八百年后在南港，一个秋雨如泣的日子，独有她们的身世这样沉重地压在我的资料卡上，那古老而又现代的哀愁。

雨在眼，雨在耳，雨在若有若无的千山。南港的黄昏，在满楼的古书中无限凄凉！萧条异代，谁解此恨！相去几近千年，她们的忧伤和屈辱却仍然如此强烈地震撼着我。

雨仍落着，似乎已这样无奈地落了许多个世纪。山渐消沉，树渐消沉，书渐消沉，只有蠹鱼的蛀痕顽强地咬透八百年的酸辛。

油　伞

从朋友的乡居辞出，雨的弦柱在远近奏起，小径忽然被雨中大片干净的油绿照得惹眼起来。原想就这样把自己化在雨里一路回去，但推却不了他的盛意，逐支着一把半旧的油伞走了。

走着，走着，黄昏四合，一种说不出的苍茫伸展着，一时不知是真是幻。二十多年前，山城的凌晨，不也是这样的小径？不也是这般幽暗？流浪的中途站上，一个美得不能忘记的小学。天色微茫，顶着一把油伞，那小女孩往学校走去。为了去看教室后面大家合种的一畦菠菜，为了保持一礼拜连续最早的到校的纪录，以赢得一本纸质粗劣的练习本，她匆促地低头而行。

而二十年后，仍是雨，仍是山，仍是一把半旧的油伞，她的脚步却无法匆促了。她不能不想起由于模糊而益显真切的故园的倦柳愁荷。

那一季的菠菜她终于没吃到，便离去了；而那本练习本，她也始终得不着，因为总有一个可恨的男生偶然比她早到，来破坏她即将完成的纪录。她一无所获——而二十多年后，她在芬芳的古籍中偶然读到柳柳州笔下的山水，便懊恨那些早晨为什么浪费在无益的奔跑上？为什么她不解人生的缘分？为什么她不解那一瞥的价值？为什么她不让故园最后的春天在那网膜上烙下最痛最美的印记？却一心想着那本不值钱的练习本。

油伞之后，再无童年。岛上的日子如一团发得太松的面，不堪一握。

但岛仍是岛，而当我偶然从仔细的谛视中发现那油伞只不过是一把塑胶仿制品的时候，黄昏的幻象便悠然消逝了。有车，有繁灯，这城市的雨季又在流浪者眼前绵绵密密地上演了。

咏物篇

柳

所有的树都是用"点"画成的,只有柳,是用"线"画成的。

别的树总有花或者果实,只有柳,茫然地散出些没有用处的白絮。

别的树是密码紧排的电文,只有柳,是疏落的结绳记事。

别的树适于插花或装饰,只有柳,适于霸陵的折柳送别。

柳差不多已经落伍了,柳差不多已经老朽了,柳什么实用价值都没有——除了美。柳树不是匠人的树,它是诗人的树,情人的树。柳是愈来愈少了,我每次看到一棵柳都会神经紧张地屏息凝视——我怕我有一天会忘记柳,我怕我有一天读到白居易的"何处未春先有思,柳条无力魏王堤",或是韦庄的"晴烟漠漠柳毵毵",竟必须去翻字典。

柳树从来不能造成森林,它注定是堤岸上的植物,而有些事,翻字典也是没用的,怎么注释才使我们了解苏堤的柳在江南的二月天梳理着春风,隋堤的柳怎样茂美如堆烟砌玉的重重帘幕。

柳丝条子惯于伸入水中，去纠缠水中安静的云影和月光。它常常巧妙地逮着一枚完整的水月，手法比李白要高妙多了。

春柳的柔条上暗藏着无数叫作"青眼"的叶蕾，那些眼随兴一张，便喷出几脉绿叶，不几天，所有谷粒般的青眼都拆开了。有人怀疑彩虹的根脚下有宝石，我却总怀疑柳树根下有翡翠——不然，叫柳树去哪里吸收那么多纯净的碧绿呢？

木棉花

所有开花的树看来都该是女性的，只有木棉树是男性的。

木棉树又干又皱，不知为什么，它竟结出那么雪白柔软的木棉，并且以一种不可思议的优美风度，缓缓地自枝头飘落。

木棉花大得骇人，是一种耀眼的橘红色，开的时候连一片叶子的衬托都不要，像一碗红曲酒，斟在粗陶碗里，火烈烈的，有一种不讲理的架势，却很美。

树枝也许是干得狠了，根根都麻皱着，像一只曲张的手——肱是干的，臂是干的，连手肘、手腕、手指头和手指甲都是干的——向天空讨求着什么，撕抓些什么。而干到极点时，树枝爆开了，木棉花几乎就像是从干裂的伤口里吐出来的火焰。

木棉树常常长得极高。那年在广州初见木棉树，不知是不是因为自己年纪特别小，总觉得那是全世界最高的一种树了，广东人叫"英雄树"。初夏的公园里，我们疲于奔命地去接拾那些新落的木棉，也许几丈高的树对我们是太高了些，竟觉得每团木棉都是晴空上折翼的云。

木棉落后，木棉树的叶子便逐日浓密起来，木棉树终于变得平凡了，大家也都安下一颗心，至少在明春以前，在绿叶的掩覆下，它不会再暴露那种让人焦灼的奇异的美了。

流苏与《诗经》

三月里的一个早晨，我到台大去听演讲，讲的是《词与画》。

听完演讲，我穿过满屋子的"权威"，匆匆走出，惊讶于十一点的阳光柔美得那样无缺无憾——但也许完美也是一种缺憾，竟至让人忧愁起来。

而方才幻灯片上的山水忽然之间都遥远了，那些绢，那些画纸的颜色都黯淡如一盒久置的香，只有眼前的景致那样真切地逼来，直把我逼到一棵开满小白花的树前。一个植物系的女孩子走过，对我说："这花，叫流苏。"

那花极纤细，连香气也是纤细的，风一过，地上就添了一层纤纤细细的白，但不知怎的，树上的花却也不见少。对一切单薄柔弱的美我都心疼着，总担心它们在下一秒钟就不存在了，匆忙的校园里，谁肯为那些粉簌簌的小花驻足呢？

我不太喜欢"流苏"这个名字，听来仿佛那些花都是垂挂着的，其实那些花全都向上开着，每一朵都开成轻扬上举的十字形——我喜欢十字花科的花，那样简单交叉的四个瓣，每一瓣之间都是最规矩的九十度，有一种古朴诚恳的美——像一部四言的《诗经》。

如果要我给那棵花树取一个名字，我就要叫它"诗经"，它有一树美丽的四言。

栀子花

有一天中午,坐在公路局的车上,忽然听到假警报,车子立刻调转方向,往一条不知名的路上疏散去了。

一刹间,仿佛真有一种战争的幻影在蓝得离奇的天空下涌现——当然,大家都确知自己是安全的,因而也就更有心情幻想自己的灾难之旅。

由于是春天,好像不知不觉间就有一种流浪的意味。季节正如大多数的文学家一样,第一季照例总是华美的浪漫主义,这突起的防空演习简直有点郊游趣味,是不经任何人同意就自作主张而安排下的一次郊游。

车子开到一个奇异的角落,忽然停了下来,大家下了车,没有野餐的纸盒,大家只好咀嚼山水,天光仍蓝着,蓝得每一种东西都分外透明起来。车停处有一家低檐的人家,在篱边种了好几棵复瓣的栀子花,那种柔和的白色是大桶的牛奶里加上那么一点子蜜,在阳光的烤炙中凿出一条香味的河。

如果花香也有颜色,玫瑰花香所掘成的河川该是红色的,栀子花的花香所掘的河川该是白色的,但白色有时候比红色更强烈、更震人。

也许由于这世界上有单瓣的栀子花,复瓣的栀子花就显得比一般的复瓣花更复瓣。像是许多叠的浪花,扑在一起,纠住了,扯不开,结成一攒花——这就是栀子花的神话吧!

假的解除警报不久就拉响了，大家都上了车，车子循着该走的正路把各人送入该过的正常生活中去了。而那一树栀子花复瓣的白和复瓣的香留在不知名的篱落间，径自白着香着。

花　拆

花蕾是蛹，是一种未经展示未经破茧的浓缩的美。花蕾是正月的灯谜，未猜中前可以有一千个谜底。花蕾是胎儿，似乎混沌无知，有时却喜欢用强烈的胎动来证实自己。

花的美在于它的无中生有，在于它的穷通变化。有时，一夜之间，花拆了，有时，半个上午，花胖了。花的美不全在色、香，在于那份不可思议。我喜欢郑重其事地坐着看昙花开放。其实昙花并不是太好看的一种花，它的美在于它的仙人掌的身世所给人的沙漠联想，以及它猝然而逝所带给人的悼念。但昙花的拆放却是一种扎实的美，像一则爱情故事，美在过程，而不在结局。有一种月黄色的大昙花，叫"一夜皇后"的，每颤开一分，便震出噗然一声，像绣花绷子拉紧后绣针刺入的声音，所有细致的芯丝，登时也就跟着一震，那景象常令人不敢久视——看久了不由得要相信花精花魄的说法。

我常在花开满前离去，花拆一停止，死亡就开始。

有一天，当我年老，无法看花拆，则我愿以一堆小小的春桑枕为收报机，听百草千花所打的电讯，知道每一夜花拆的音乐。

春之针缕

　　春天的衫子有许多美丽的花为锦绣,有许多奇异的香气为熏炉,但真正缝纫春天的,仍是那一针一缕最质朴的棉线——

　　初生的禾田,经冬的麦子,无处不生的草,无时不吹的风,风中偶起的鹭鸶,鹭鸶足下恣意黄着的菜花,菜花丛中扑朔迷离的黄蝶……

　　跟人一样,有的花是有名的,有价的,有谱可查的,但有的花没有,那些没有品秩的花却纺织了真正的春天。赏春的人常去看盛名的花,但真正的行家却宁可细察春衫的针缕。

　　酢浆草常是以一种倾销的姿态推出那些小小的紫晶酒盅,但从来不粗制滥造。有一种菲薄的小黄花凛凛然地开着,到晚春时也加入抛散白絮的行列,很负责地制造暮春时节该有的凄迷。还有一种小草莓的花,白得几乎像梨花——让人不由得心里矛盾起来,因为不知道该祈祷留它为一朵小白花,或化它为一盏红草莓。小草莓包括多少神迹啊!如何棕黑色的泥土竟长出灰褐色的枝子,如何灰褐色的枝子会溢出深绿色的叶子,如何深绿色的叶间会沁出珠白的花朵,又如何珠白的花朵已锤炼为一块碧涩的祖母绿,而那颗祖母绿又如何终于兑换成浑圆甜蜜的红宝石。

　　春天拥有许多不知名的树,不知名的花草,春天在不知名的针缕中完成无以名之的美丽。

春姐

春天是一则谎言

那女孩说,春天是一则谎言,饰以软风,饰以杜鹃;那女孩斩钉截铁地说,春天,是一则谎言。

——可是,她说,二十年过去,我仍不可救药地甘于被骗。那些偶然红的花,那些偶然绿的水,竟仍然令我痴迷。春天一来,便老是忘记,忘记蓝天是一种骗局,忘记急湍是一种诡语,忘记千柯都只不过在开些空头支票,忘记万花只不过服食了迷幻药。真的,老是忘记——直到秋晚醒来时,才发现他们玩的只不过是些老把戏,而你又被骗了,你只能在苍白的北风中向壁叹息。

她说她的,我总不能拒绝春天。春水一涨潮,我就变得盲目,变得混沌,像一个旧教徒,我恭谨地行到溪畔去办"告解",去照鉴自己的心,看看能不能仍拼成水仙——虽然,可能她说的对,虽然春天可能什么都不是,虽然春天可能只是一则谎言。

过　客

别墅的主人买了地，盖了房子，却无奈地陷在楼最高、气最浊、车马最喧腾的地方，把别墅的所有权状当作清供。

而第一位在千山夜雨中拧亮玻璃吊盏的人，却竟是我这陌生的过客，一时之间恍惚竟以为别墅是我的——或者也是云的。谁是客？谁是主？谁是物？谁是我？谁曾占有过什么？谁又曾管领过什么？

长长的甬道，只回响我的软履。寂然的阳台，只留我独饮风露，穆然的大柜，只垂挂我的春衫，初涨的新溪，只流过我的梦槛——那主人不在。那主人不在，我把一切的美好霸占得那样彻底。

纤草初渥，足下的春泥几乎在升起一种柔声的歌。而这片土地，两年以前属于禾稻，千纪以前属于牧畜，万年以前属于渔猎，亿载以前属于洪荒，而此刻，它属于一张一尺见方的所有权状。

而我是谁？为什么我感到自己强烈的占有，不是今夜的占有，而是亿载之前的占有，我几乎能指出哪一带蓝天曾腾跃过飞龙，哪一丛密林曾隐居着麒麟，哪一片水滩曾映照七彩的凤凰，哪一座小桥曾负载夹弓猎人的歌；而今夜，我取代他们，继承他们，让我的十趾来膜拜泥土。

今夜，我是拙而安的鸠鸟，我占着别人的别墅，我占着有巢氏的巢，我占着昭阳宫，我占着含章殿，我占着裴令的绿野堂，我占着王摩诘的辋川和终南别业，我占着亘古长存的大地庙堂——我，一个过客。

坠　星

　　山的美在于它的重复，在于它是一种几何级数，在于它是一种循环小数，在于它的百匝千遭，在于它永不干休的环抱。

　　晚上，独步山径。两侧的山又黑又坚实，有如一锭古老的徽墨，而徽墨最浑凝的上方却被一点灼然的光突破。

　　"星坠了！"我忽然一惊。

　　而那一夜并没有星，我才发现那或者只是某一个人一盏灯。一盏灯？可能吗？在那样孤绝的高处？伫立许久，我仍弄不清那是一颗低坠的星或是一盏高悬的灯。而白天，我什么也不见，只见云来雾往，千壑生烟。但夜夜，它不瞬地亮着，令我迷惑。

山　月

　　山月升起的地方刚好是对岸山间一个巧妙的缺口。中宵惊起，一丸冷月像颗珠子，莹莹然地镶嵌在山的缺处。

　　有些美，如山间月色，不知为什么美得那样无情，那样冷绝白绝，触手成冰。无月之夜的那种浑厚温暖的黑色此刻已被扯开，山月如雨，在同样的景片上硬生生地安排下另一种格调。

　　真的，山月如雨，隔着长窗，隔着纱帘，一样淋得人兜头兜脸，眉发滴水，连寒衾也淋湿了，一间屋子竟无一处可着脚，整栋别墅都漂浮起来，滉漾起来，让人有一种绝望的惊惶。

山月总是触动人最深处的忧伤，山月让人不能遗忘。

山月照在山的这一边，山月照在山的那一边。山的这一方是长帘垂地的别墅，山的那一方是海峡深蕴的忧伤。

山月照在岛上，山月也绕过岛去照一千一百万平方公里的旧梦，在不眠的中宵。在万窍含风的永夜，山月吹起令人愁倒的胡笳。

山月何以如此凛冽，山月何以如此无情，山月何以如此冷绝愁绝，触手成冰！

夜　雨

雨声有时和溪声是很难分辨的，尤其在夜里。有时为了证实雨，我必须从回廊探出双臂。探着雨，便安心地回去躺下，欣喜而满足，夜是母性的，雨也是，我遂在双重的母性中拥书而眠。

书不多。但从"毛诗"到皮蓝得娄，从陶渊明到乌托邦都有，只是落雨的夜里，我却总想起秦少游，以及他的"可堪孤馆闭春寒，杜鹃声里斜阳暮"。雨声中唯一的缺憾是失去鸟声。有一种鸟声，平时总听得到，细长而无尾音，却自有一种直抒胸臆的简捷的悲怆，像一个不善言辞的人的低喟。雨夜中有时不免想起那只鸟，不知在何处抖动它潮湿的羽毛和潮湿的叹息。

盛夏中偶落的骤雨，照例总扬起一阵浓郁的土香。而三月的夜雨不知为什么也能渗出一丝丝的青草味，跟太阳蒸发出来的强烈的草薰不同，是一种幽森的、细致的、嫩生生的气味。我想如果有一天我失明了，光凭嗅觉，我也能毫无错误地辨认出三月的夜雨。

野　溪

　　从来没有想到溪声会那样执着，夜以继日，夜以继日，像一个喧嚷的小男孩，使我感到一种疲倦。我爱那水，但它使我疲倦——它使我疲倦，但我仍然爱那水——我之所以疲倦，或者是因为无论梦着醒着，我不能一秒钟不恭谨地聆听它，过分的爱情常使人疲累不胜。

　　水极浅，小溪中多半是乱石小半是草，还有一些树，很奇怪地都有着无比苍老嶙峋的根，以及柔嫩如婴儿的透明绿叶，让人猜不透它们的年龄。大部分的巨石都被树根抓住了，树根如网，巨石如鱼，相峙似乎已有千年之久，让人重温渔猎时代敦实的喜悦。

　　谁在溪中投下千面巨石？谁在石间播下春芜秋草？谁在草中立起大树如碑？谁在树上剪裁三月的翠叶如酒旆？谁在这无数张招展的酒旆间酝酿亿万年陈久而新鲜的芬芳？

　　溪水清且浅，溪声激以越，世上每日有山被斩首解肢，每日有水被奸污毁容，而眼前的野溪却浑然无知地坚持着今年度的歌声；而明年，明年谁知道，我们且对斟今年的春天。让千穴的清风吹彻玉笙，让千转的白湍拨起泠泠古弦，我们且对斟今年的春天。

也是水湄

今夜,系舟水湄,
我发现,只要有一点情意,
我是可以把车声宠成水响,
把公寓爱成山色的。
就如此,今夜,我将系舟在也是水湄的地方。

地毯的那一端

德：

　　从疾风中走回来，觉得自己是被浮起来了。山上的草香得那样浓，让我想到，要不是有这样猛烈的风，恐怕空气都会给香得凝冻起来！

　　我昂首而行，黑暗中没有人能看见我的笑容。白色的芦荻在夜色中点染着凉意——这是深秋了，我们的日子在不知不觉中临近了。我遂觉得，我的心像一张新帆，其中每一个角落都被大风吹得那样饱满。

　　星斗清而亮，每一颗都低低地俯下头来。溪水流着，把灯影和星光都流乱了。我忽然感到一种幸福，那样混沌而又陶然的幸福。我从来没有这样亲切地感受到造物的宠爱——真的，我们这样平庸，我总觉得幸福应该给予比我们更好的人。

　　但这是真实的，第一张贺卡已经放在我的案子上。洒满了细碎精致的透明照片，灯光下展示着一个闪烁而又真实的梦境。画上的金钟摇荡，遥遥地传来美丽的回响。我仿佛能听见那悠扬的音韵，我仿佛能嗅到那沁人的玫瑰花香！而尤其让我神往的，是那几行可爱的祝词:"愿婚礼的记忆存至永远,愿你们的情爱与日俱增。"

是的,德,永远在增进,永远在更新,永远没有一个边和底——六年了,我们守护着这份情谊,使它依然焕发,依然鲜洁,正如别人所说的,我们是何等幸运。每次回顾我们的交往,我就仿佛走进博物馆的长廊。其间每一处景物都意味着一段美丽的回忆。每一件东西都牵扯着一个动人的故事。

那样久远的事了。刚认识你的那年才十七岁,一个多么容易错误的年纪!但是,我知道,我没有错。我生命中再没有一个决定比这项更正确了。前天,大伙儿一起吃饭,你笑着说:"我这个笨人,我这辈子只做了一件聪明的事。"你没有再说下去,妹妹却拍起手,说:"我知道了!"啊,德,我能够快乐地说:"我也知道。"因为你做的那件聪明事,我也做了。

那时候,大学生活刚刚展开在我面前。台北的寒风让我每日思念南部的家。在那小小的阁楼里,我哈着手写蜡纸。在草木摇落的道路上,我独自骑车去上学。生活是那样黯淡,心情是那样沉重。在我的日记上有这样一句话:"我担心,我会冻死在这小楼上。"而这时候,你来了。你那种毫无企冀的友谊四面环护着我,让我的心触及最温柔的阳光。

我没有兄长,从小我也没有和男孩子同学过。但和你交往却是那样自然,和你谈话又是那样舒服。有时候,我想,如果我是男孩子多么好呢!我们可以一起去爬山,去泛舟。让小船在湖里任意漂荡,任意停泊,没有人会感到惊奇。好几年以后,我将这些想法告诉你,你微笑地注视着我:"那,我可不愿意,如果你真想做男孩子，我就做女孩。"而今，德，我没有变成男孩子，但我们去遨游，去做山和湖的梦。因为，我们将有更亲密的关系了。啊，想象中终生相爱相随该是多么美好！

那时候，我们穿着学校规定的卡其服，我新烫的头发又总是被风吹得乱蓬蓬的。想起来，我总不明白你为什么那样喜欢接近我。那年大考的时候，我蜷曲在沙发里念书。你跑来，热心地为我讲解英文文法。好心的房东为我们送来一盘春卷，我慌乱极了，竟吃得洒了一裙子。你瞅着我说："你真像我妹妹，她和你一样大。"我窘得不知如何是好，只是一径低着头，假装抖那长长的裙幅。

那些日子真是冷极了。每逢没有课的下午我总是留在小楼上，弹弹风琴，把一本拜尔琴谱都快翻烂了。有一天你对我说："我常在楼下听你弹琴。你好像常弹那首《甜蜜的家庭》。怎么？在想家吗？"我很感激你的窃听，唯有你了解、关切我凄楚的心情。德，那个时候，当你独自听着的时候，你想些什么呢？你想到有一天我们会组织一个家庭吗？你想到我们要用一生的时间以心灵的手指合奏这首歌吗？

寒假过后，你把那叠泰戈尔诗集还给我。你指着其中一行请我看："如果你不能爱我，就请原谅我的痛苦吧！"我于是知道发生什么事了。我不希望这件事发生，我真的不希望。并非由于我厌恶你，而是因为我太珍重这份素净的友谊，反倒不希望有爱情去加深它的色彩。

但我却乐于和你继续交往。你总是给我一种安全稳妥的感觉。从头起，我就付给你我全部的信任。只是，当时我心中总向往着那种传奇式的、惊心动魄的恋爱，并且喜欢那么一点点的悲剧气氛。为着这些可笑的理由，我耽延着没有接受你的奉献。我奇怪你为什么仍做那样固执地等待。

你那些小小的关怀常令我感动。那年圣诞节你把得来不易的几颗巧克力糖，全部拿来给我了。我爱吃笋豆里的笋子，唯有你注意到，并且耐心地为我挑出来。我常常不晓得照料自己，唯有你想到把自己的外衣披在我身上（我至今不能忘记那衣服的温暖，它在我心中象征了许多意义。）。是你，敦促我读书。是你，容忍我偶发的气性。是你，仔细纠正我写作的错误。是你，教导我为人的道理。如果说，我像你的妹妹，那是因为你太像我大哥的缘故。

后来，我们一起得到学校的工读金。分配给我们的是打扫教室的工作。每次你总强迫我放下扫帚，我便只好遥遥地站在教室的末端，看你奋力工作。在炎热的夏季里，你的汗水滴落在地上。我无言地站着，等你扫好了，我就去掸掸桌椅，并且帮你把它们排齐。每次，当我们目光偶然相遇的时候，总感到那样兴奋。我们是这样的彼此了解，我们合作的时候总是那样完美。我注意到你手上的硬茧，它们把那虚幻的字眼十分具体地说明了。我们就在那飞扬的尘影中完成了大学课程——我们的经济从来没有富裕过，我们的日子却从来没有贫乏过。我们活在梦里，活在诗里，活在无穷无尽的彩色希望里。记得有一次，我提到玛格丽特公主在她婚礼中说的一句话："世界上从来没有两个人像我们这样快乐过。"你毫不在意地说："那是因为他们不认识我们的缘故。"我喜欢你的自豪，因为我也如此自豪着。

我们终于毕业了,你在掌声中走到台上,代表全系领取毕业证书。我的掌声也夹在众人之中,但我知道你听到了。在那美好的六月清晨,我的眼中噙着欣喜的泪。我感到那样骄傲,我第一次分沾你的成功,你的光荣。

"我在台上偷眼看你,"你把系着彩带的文凭交给我,"要不是中国风俗如此,我一走下台来就要把它送到你面前去的。"

我接过它,心里垂着沉甸甸的喜悦。你站在我面前,高昂而谦和,刚毅而温柔。我忽然发现,我关心你的成功,远远超过我自己的。

那一年,你在军中。在那样忙碌的生活中,在那样辛苦的演习里,你却那样努力地准备研究所的考试。我知道,你是为谁而做的。在凄长的分别岁月里,我开始了解,存在于我们中间的是怎样一种感情。你来看我,把南部的冬阳全带来了。那厚呢的陆战队军服重新唤起我童年时期对于号角和战马的梦。我一直没有告诉你,当时你临别敬礼的镜头烙在我心上有多深。

我帮着你搜集资料,把抄来的范文一篇篇断句、注释。我那样竭力地做,怀着无上的骄傲。这件事对我而言有太大的意义。这是第一次,我和你共赴一件事。所以当你把录取通知转寄给我的时候,我竟忍不住哭了。德,没有人经历过我们的奋斗,没有人像我们这样相期相勉,没有人多年来在冬夜图书馆的寒灯下彼此伴读,因此,也就没有人了解成功带给我们的兴奋。

我们又可以见面了,能见到真真实实的你是多么幸福。我们又可以去做长长的散步,又可以蹲在旧书摊上享受一个闲散黄昏。我永不能忘记那次去泛舟。回程的时候,忽然起了大风。小船在湖里直打转,你奋力摇橹,累得一身都汗湿了。

"我们的道路也许就是这样吧!"我望着平静而险恶的湖面说,"也许我使你的负担更重了。"

"我不在意,我高兴去搏斗!"你说得那样急切,使我不敢正视你的目光,"只要你肯在我的船上,晓风,你是我最甜蜜的负荷。"

那天我们的船顺利地拢了岸。德,我忘了告诉你,我愿意留在你的船上,我乐于把舵手的位置给你。没有人能给我像你给我的安全感。

只是,人海茫茫,哪里是我们共济的小舟呢?这两年来,为着成家的计划,我们劳累到几乎虐待自己的地步。每次,你快乐的笑容总鼓励着我。

那天晚上你送我回宿舍,当我们迈上那斜斜的山坡,你忽然驻足说:"我在地毯的那一端等你!我等着你,晓风,直到你对我完全满意。"

我抬起头来,长长的道路伸延着,如同圣坛前柔软的红毯。我迟疑了一下,便踏向前去。

现在回想起来,已不记得当时是否是个月夜了,只觉得你诚挚的言辞闪烁着,在我心中亮起一天星月的清辉。

"就快了!"那以后你常乐观地对我说,"我们马上就可以有一个小小的家。你是那屋子的主人,你喜欢吧?"

我喜欢的,德,我喜欢一间小小的陋屋。到天黑时分我便去拉上长长的落地窗帘,捻亮柔和的灯光,一同享受简单的晚餐。但是,哪里是我们的家呢?哪儿是我们自己的宅院呢?

你借来一辆半旧的脚踏车，四处去打听出租的房子，每次你疲惫不堪地回来，我就感到一种痛楚。

"没有合意的，"你失望地说，"而且太贵，明天我再去看。"

我没有想到有那么多困难，我从不知道成家有那么多琐碎的事，但至终我们总算找到一栋小小的屋子了。有着窄窄的前庭，以及矮矮的榕树。朋友笑它小得像个巢，但我已经十分满意了。无论如何，我们有了可以憩息的地方。当你把钥匙交给我的时候，那重量使我的手臂几乎为之下沉。它让我想起一首可爱的英文诗："我是一个持家者吗？哦，是的。但不止，我还得持护着一颗心。"我知道，你交给我的钥匙也不止此数。你心灵中的每一个空间我都持有一把钥匙，我都有权径行出入。

亚寄来一卷录音带，隔着半个地球，他的祝福依然厚厚地绕着我。那么多好心的朋友来帮我们整理。擦窗子的，补纸门的，扫地的，挂画儿的，插花瓶的，拥拥熙熙地挤满了一屋子。我老觉得我们的小屋快要炸了，快要被澎湃的爱情和友谊撑破了。你觉得吗？他们全都兴奋着，我怎能不兴奋呢？我们将有一个出色的婚礼，一定的。

这些日子我总是累着。去试礼服，去订鲜花，去买首饰，去选窗帘的颜色。我的心像一座喷泉，在阳光下涌溢着七彩的水珠儿。各种奇特复杂的情绪使我昏眩。有时候我也分不清自己是在快乐还是在茫然，是在忧愁还是在兴奋。我眷恋着旧日的生活，它们是那样可爱。我将不再住在宿舍里，享受阳台上的落日。我将不再偎在母亲的身旁，听她长夜话家常。而前面的日子又是怎样的呢？德，我忽然觉得自己好像要被送到另一个境域里去了。

那里的道路是我未走过的,那里的生活是我过不惯的,我怎能不惴惴然呢?如果说有什么可以安慰我的,那就是:我知道你必定和我一同前去。

冬天就来了,我们的婚礼在即。我喜欢选择这季节,好和你厮守一个长长的严冬。我们屋角里不是放着一个小火炉吗?当寒流来时,我愿其中常闪耀着炭火的红光。我喜欢我们的日子从黯淡凛冽的季节开始,这样,明年的春花才对我们具有更美的意义。

我即将走入礼堂,德,当结婚进行曲奏响的时候,父亲将挽着我,送我走到坛前,我的步履将凌过如梦如幻的花香。那时,你将以怎样的微笑迎接我呢?

我们已有过长长的等待,现在只剩下最后的一段了,等待是美的,正如奋斗是美的一样。而今,铺满花瓣的红毯伸向两端,美丽的希冀盘旋而飞舞。我将去即你,和你同去采撷无穷的幸福。当金钟轻摇,蜡炬燃起,我乐于走过众人去立下永恒的誓愿。因为,哦,德,因为我知道,是谁,在地毯的那一端等我。

初绽的诗篇

白莲花

二月的冷雨浇湿了一街的路灯，诗诗。

生与死，光和暗，爱和苦，原来都这般接近。

而诗诗，这一刻，在待产室里，我感到孤独，我和你，在我们各人的世界里孤独，并且受苦。诗诗，所有的安慰，所有怜惜的目光为什么都那么不切实际？谁会了解那种疼痛，那种曲扭了我的身体、击碎了我的灵魂的疼痛！我挣扎，徒然无益地哭泣，诗诗，生命是什么呢？是崩裂自伤痕的一种再生吗？

雨在窗外，沉沉的冬夜在窗外，古老的炮仗在窗外，世界又宁谧又美丽。而我，诗诗，何处是我的方向？如果我死，这将是我躺过的最后一张床，洁白的，隔在待产室幔后的床。我留我的爱给你，爱是我的名字，爱是我的写真。有一天，当你走过蔓草荒烟，我便在那里向你轻声呼喊——以风声，以水响。

诗诗，黎明为何这样遥远，我的骨骼在山崩，我的血液在倒流，我的筋络像被灼般地揪起，而诗诗，你在哪里？

他们推我入产房，诗诗，人间有比这更孤绝的地方吗？那只手被隔在门外——那终夜握着我的手，那多年前在月光下握着我的手。他的目光，他的祈祷，他的爱，都被关在外面，而我，独自步向不可测的命运。

所有的脸退去，所有的往事像一支弃置的牧笛。室中间，一盏大灯俯向我仰起的脸，像一朵倒生的莲花，在虚无中燃烧着千层洁白。花是真，花是幻，花是一切，诗诗。

今夜太长，我已疲倦，疲于挣扎，我只想嗅嗅那朵白莲花，嗅嗅那亘古不散的幽香。

花是你，花是我，花是我们永恒的爱情，诗诗。

四月的迷迭香

似乎是四月，似乎是原野，似乎是蝶翅乱扑的花之谷。

"呼吸，深深地呼吸吧！"从遥远的地方，有那样温柔的声音传来。

我在何处，诗诗？疼痛渐远，我听见金属的碰声，我闻着那样沁人的香息。你在何处，诗诗？

"用力！已经看见头了！用力！"

诗诗，我是星辰，在崩裂中涣散。而你，诗诗，你是一颗全新的星，新而亮，你的光将照彻今夜。

诗诗，我望着自己，因汗和血而潮湿的自己，忽然感到十字架并不可怕，髑髅并不可怕，荆棘冠冕并不可怕，孤寂并不可怕——如果有对象可以爱，如果有生命可为之奉献，如果有理想可前去流血。

"呼吸,深深地呼吸。"

何等的迷迭香,诗诗,我就浮在那样的花香里,浮在那样无所惧的爱里。

早晨已经来了,万象寂然,宇宙重新回到太古,混浊而空虚,只有迷迭香,沁人如醉的迷迭香,诗诗,你在哪里?

我仍清楚地感到手术刀的宰割,我仍能感到温热的血在流,血,以及泪。

我仍感觉到我苦苦的等待。

歌　手

像高悬的瀑布,你猝然离开了我。

"恭喜啊,是男孩。"

"谢谢。"我小声地说,安慰而又悲哀。

我几乎可以听到他们剪断脐带的声音,我们的生命就此分割了,分割了,以一把利剪。诗诗,而今而后,虽然表面上我们将住在一个屋子里,我将乳养你,抱你,亲吻你,用歌声送你去每晚的梦中,但无论如何,你将是你自己了。你的眼泪,你的欢笑,都将与我无分,你将扇动你自己的羽翼,飞向你自己的晴空。

诗诗,可是我为什么哭泣,为什么我老想着要挽回什么?

世上有什么角色比母亲更孤单,诗诗,她们是注定要哭泣的。诗诗,容我牵你的手,让我们尽可能地接近。而当你飞翔时,容我站在较高的山头上,去为你担心每一片过往的云。

他们为什么不给我看你的脸,我疲惫地沉默着。但忽然,我听见你的哭。

那是一首诗,诗诗。

这是一种怎样的和谐呢?啼哭,却充满欢欣,你像你的父亲,有着美好的 tenor 嗓子,我一听就知道。

而诗诗,我的年幼的歌手,什么是你的主题呢?一些赞美?一些感谢?一些敬畏?一些迷惘?但不管如何,它们感动了我,那样简单的旋律。

诗诗,让你的歌持续,持续在生命的死寂中。诗诗,我们不常听到流泉,我们不常听到松风,我们不常有伯牙,不常有瓦格纳,但我们永远有婴孩。有婴孩的地方便有音乐,神秘而美丽,像传抄自重重叠叠的天外。

诗诗,歌手,愿你的生命是一支庄严的歌,有声或者无声,去充满人心的溪谷。

丁大夫和画

丁大夫来自很远的地方,诗诗,很远很远的爱尔兰,你不曾知道他,他不曾知道你。当他还是一个吹着风笛的小男孩,他何尝知道半个世纪以后,他将为一个黑发黑睛的孩子引渡?诗诗,是一双怎样的手安排他成为你所见到的第一张脸孔?

他有多么好看的金发和金眉,他和善的眼神和红扑扑的婴儿般的脸颊使人觉得他永远都在笑。

当去年初夏,他从化验室中走出来,对我说"恭喜你"的时候,我真想吻他的手。他明亮的浅棕色的眼睛里充满了了解和美善,诗诗,让我们爱他。

而今天早晨,他以钳子钳你巨大的头颅,诗诗,于是你就被带进世界。

当一切结束,终夜不曾好睡的他舒了一口气。有人在为我换干净的褥单,他忽然说:"看啊,我可以到巴黎去,我画得比他们好。"

满室的护士都笑了,我也笑了,忽然,我才发现我疲倦得有多么厉害。

他们把那幅画拿走了,那幅以我的血、我的爱绘成的画,诗诗,那是你所见的第一幅画,生和死都在其上,诗诗,此外不复有画。

推车,甜蜜的推车,产房外有忙碌的长廊,长廊外有既忧苦又欢悦的世界,诗诗。

丁大夫来到我的床边,和你愣然的父亲握手。

"让我们来祈祷。"他说,合上他厚而大的巴掌——那是医治者的掌,也是祈祷者的掌,我不知道我更爱他的哪一种掌。

> 上帝,我们感谢你,
> 　因为你在地上造了一个新的人,
> 　保守他,使他正直,
> 　帮助他,使他有用。

诗诗,那时,我哭了。

诗诗，二十七年过去，直到今晨，我才忽然发现，什么是人，我才了解，什么是生存，我才彻悟，什么是上帝。

诗诗，让我们爱他，爱你生命中第一张脸，爱所有的脸——可爱的以及不可爱的，圣洁的以及有罪的，欢愉的以及悲哀的，直爱到生命的末端，爱你黑瞳中最后的脸。

诗诗。

红　樱

无端的，我梦见夹道的红樱。

梦中的樱树多么高，多么艳，我的梦遂像史诗中的特洛伊城，整个的被燃着了，我几乎可以听见火焰的噼啪声。

而诗诗，我骑一辆跑车，在山路上曲折而前。我觉得我在飞。

于是，我醒来，我仍躺在医院白得出奇的被褥上。那些樱花呢？那些整个春季里真正只能红上三五天的樱瓣呢？

因此就想起那些山水，那些花鸟，那些隔在病室之外的世界。诗诗，我曾狂热地爱过那一切，但现在，我却被禁锢，每天等待四小时一次的会面，等待你红于樱的小脸。

当你偶然微笑，我的心竟觉得容不下那么多的喜悦，所谓母亲，竟是那么卑微的一个角色。

但为什么，当我自一个奇特的梦中醒来，我竟感到悲哀。春花的世界似乎离我渐远了，那种悠然的岁月也向我挥手作别。而今而后，我只能生活在你的世界里，守着你的摇篮，等待你的学步，直到你走出我的视线。

我闭上眼睛，想再梦一次樱树——那些长在野外，临水自红的樱树，但它们竟不肯再来了。

想起十六岁那年，站在女子中学的花园里所感到的眩晕。那年春天，波斯菊开得特别放浪，我站在花园中间，四望皆花，真怕自己会被那些美所击昏。

而今，诗诗，青春的梦幻渐渺，余下唯一比真实更真实，比美善更美善的，那就是你。

但诗诗，你是什么呢？是我多梦的生命中最后的一梦吗？

祝福那些仍眩晕在花海中的少年，我也许并不羡慕他们。但为什么，诗诗，我感到悲哀，在白贝壳般的病房中，在红樱亮得人眼花的梦后。

在静夜里

你洞悉一切，诗诗，虽然言语于你仍陌生。而此刻，当你熟睡如谷中无风处的小松，让我的声音轻掠过你的梦。

如果有人授我以国君之荣，诗诗，我会退避，我自知并非治世之才。如果有人加我以学者之尊，我会拒绝，诗诗，我自知并非渊博之士。

但有一天，我被封为母亲，那荣于国君尊于学者的地位，而我竟接受。诗诗，因此当你的生命在我的腹中被证实，我便惶然，如同我所孕育的不只是一个婴儿，而是一个宇宙。

世上有何其多的女子，敢于自卑一个母亲的位分，这令我惊奇，诗诗。

我曾努力于做一个好女孩，一个好学生，一个好的教师，一个好的人。但此刻，我知道，我最大的荣誉将是一个好的母亲。

当你的笑意，在深夜秘密的梦中展现，我就感到自己被加冕。而当你哭，闪闪的泪光竟使东方神话中的珠宝全为之失色。当你的小膀臂如藤萝般缠绕着我，每一个日子都是神圣的母亲节。当你晶然的小眼望着我，遍地都开着五月的康乃馨。

因此，如果我曾给你什么，我并不知道。我只知道，你给我的令我惊奇，令我欢悦，令我感戴。

想象中，如果有一天你已长大，大到我们必须陌生，必须误解，那将是怎样的悲哀。故此，我们将尽力去了解你，认识你，如同岩滩之于大海。我愿长年地守望你，熟悉你的潮汐变幻，了解你的每一拍波涛。我将尝试着同时去爱你那忧郁沉静的蓝和纯洁明亮的白——甚至风雨之夕的灰浊。

如果我的爱于你成为一种压力，如果我的态度过于笨拙，那么，请你原谅我，诗诗，我曾诚实地期望为你做最大的给付，我曾幻想你是世间最幸福的孩童。如果我没有成功，你也足以自豪了。

我从不认为"天下无不是的父母"，如果让全能者为裁判，婴儿永远纯洁于成人。如果我们之间有一人应向另一人学习，那便是我。帮助我，孩子，让我向你学习人间的至善。我永不会要求你顺承我，或者顺承传统，除了造物者自己，大地上并没有值得你顶礼膜拜的金科玉律。世间如果有真理，那真理自在你的心中。

若我有所祈求，若我有所渴望，那便是愿你容许我更多地爱你，并容许我向你支取更多的爱。在这无风的静夜里，愿我的语言环绕你,如同远远近近的小山。

如果你是天使

如果你是天使,诗诗,我怎能想象如果你是天使。

若是那样,你便不会在夜静时啼哭,用那样无助的声音向我说明你的需要,我便不会在寒冷的冬夜里披衣而起,我便无法享受拥你在我的双臂中,眼见你满足地重新进入酣睡的快乐。

如果你是天使,诗诗,你便不会在饥饿时转动你的颈子,嘬着小嘴急急地四下索乳。诗诗,你永不知道你那小小的动作怎样感动着我的心。

如果你是天使,在每个宁馨的午觉后,你便不会悄无声息地爬上我的大床,攀着我的脖子,吻我的两颊,并且咬我的鼻子,弄得我满脸唾津,而诗诗,我是爱这一切的。

如果你是天使,你便不会钻在桌子底下,你便不会弄得满手污黑,你便不会把墨水涂得一脸,你便不会神通广大地把不知何处弄到的油漆抹得一身,但,诗诗,每当你这样做时,你就比平常可爱一千倍。如果你是天使,你便不会扶着墙跌跌撞撞地学走路,我便无缘欣赏倒退着逗你前行的乐趣。而你,诗诗,每当你能够多走几步,你便笑倒在地,你那毫无顾忌的大笑,震得人耳麻,天使不会这些,不是吗?

并且,诗诗,天使怎会有属于你的好奇,天使怎会蹲在地上看一只细小的黑蚁,天使怎会在春天的夜晚讶然地用白胖的小手,指着满天的星月,天使怎会没头没脑地去追赶一只笨拙的鸭子,天使又怎会热心地模仿邻家的狗吠，并且学得那么酷似。

当你做坏事的时候，当你伸手去拿一本被禁止的书，当你蹑着脚走近花钵，你那四下溜目的神色又多么令人绝倒，天使从来不做坏事，天使温顺的双目中永不会闪过你做坏事时那种可爱的贼亮，因此，天使远比你逊色。

而每天早晨，当我拿起手提包，你便急急地跑过来抱住我的双腿，你哭喊，你抓撕，做无益的挽留——你不会如此的，如果你是天使——但我宁可你如此，虽然那是极伤感的时刻，但当我走在小巷里，你那没有掩饰的爱便使我哽咽而喜悦。

如果你是天使，诗诗，我便不会听到那样至美的学话的呀呀，我不会因听到简单的"爸爸"、"妈妈"而泫然，我不会因你说了串无意义的音符便给你那么多亲吻，我也不会因你在"爸妈"之外，第一个会说的字是"灯"，便肯定灯是世间最美丽的东西。

如果你是天使，你绝不会唱那样难听的歌，你也不会把小钢琴敲得那么刺耳，不会撕坏刚买的图画书，不会扯破新买的衣服，不会摔碎妈妈心爱的玻璃小鹿，不会因为一件不顺心的事而乱蹬着两条结实的小腿，并且把小脸涨得通红。但你那小小的坏事却使我觉得你可爱，使我预感到你性格中的弱点，因而觉得我们的接近，并且觉得有宠爱你的必要。

也许你会有更清澈的眼睛，更红嫩的双颊，更美丽的金发和更完美的性格——如果你是天使。但我不需要那些，我只满意于你，诗诗，只满意于人间的孩童。

让天使们在碧云之上鼓响他们快乐的翅，我只愿有你，在我的梦中，在我并不强壮的臂膀里。

贝　展

让我们去看贝壳展览，诗诗，让我们去看那光彩的属于海上的生命。

而海，诗诗，海多么遥远，那吞吐着千浪的海，那潜藏着鱼龙的海，那使你母亲的梦境为之芬芳的海。

海在何处？诗诗，它必是在千山之外，我已久违了那裂岸的惊涛，我已遗忘了那溺人的柔蓝，眼前只有贝，只有博物馆灯下的彩晕向我见证那澎湃的所在。

诗诗！这密雨的初夏，因一室的贝壳而忧愁了，那些多色的躯壳，似乎只宜于回响一首古老的歌，一段被人遗忘的诗。但人声嘈杂，人潮汹涌。有谁回顾那曾经蠕动的生命，有谁怜惜那永不能回到海中的旅魂。

而你，你童稚的黑睛中只曾看见彩色的斑斓，那些美丽于你似乎并不惊奇，所有的美好，在你都是一种必然，因你并不了解丑陋为何物，丑陋远在你的经验之外。

从某一个玻璃柜走过，我突然驻足不前，那收藏者的名字乍然刺痛了我，那曾经响亮的名字如今竟被压在一列寂寞的贝壳之下，记得他中年后仍炯然的双目，他多年来仍时常夹着激愤的声音，但数年不见，竟在冷冷的玻璃板下遇见他的名字，想着他这些年的岁月，心中便凄然，而诗诗，你不会懂得这些——当然，也许有一天你会懂。啊，想到你会懂，我便欲哭。当初我的母亲何尝料到我会懂这一切，但这一天终会来的，伊甸园的篱笆终会倾倒。

且让我们看这些贝,诗诗,这些空洞的躯壳多么像一畦春花,明艳而闪烁。看那碎红,看那皎白,看那沉紫,看那腻黄,诗诗,看那悲剧性的生命。

六月的下午,诗诗,站在千形的贝前,我们怎能不垂泪,为死去的贝,为老去的拾贝人,为逸去的恋海的梦。

诗诗,不要抬起你惊异的小眼,不要探询,且把玩这一枚我为你买的透明的小贝。有一天,或许有一天,我们把它带回海边,重放入那一片不损不益的明蓝。

蝉鸣季

七月了,诗诗。蝉鸣如网,撒自古典的蓝空,蝉鸣破窗而来,染绿了我们的枕席。

诗诗,你的小嘴吱然作声,那么酷似地模仿着,像模仿什么美丽的咏叹调。而诗诗,蝉在何处,在油加利最高的枝梢上,在晴空最低的流云上,抑或在你常红的两唇上。

而当你笑,把七月的绚丽垂挂在你细眯的眼睫外,你可曾想及那悲剧的生命,那十几年在地下、却只留一夏在南来的熏风中的蝉?而当它歌唱,我们焉知那不是一种深沉的静穆?

蝉鸣浮在市声之上,蝉鸣浮在凌乱的楼宇之上,蝉鸣是风,蝉鸣是止不住的悲悯。诗诗,让我们爱这最后的、挣扎在城市里的音乐。

曾有一天黄昏,诗诗,曾有一天黄昏,你的母亲走向阳明山半山的林荫,年轻人的营地里有一个演讲会。一折入那鼓着山风的小径，她的心便被回忆夺去。十年了，小径如昔，对面观音山的霞光如昔，千林的蝉声如昔。但十年过去，十年前柔蓝的长裙不再，十年前的马尾结不再，诗诗，我该坦然，或是驻足叹息？

那一年，完整的四个季节，你的母亲便住在这山上，杜鹃来潮时，女孩子的梦便对着窗户的微云绽开。那男孩总是从这条山径走来——那男孩，诗诗，曾和你母亲在小径上携手的，曾和你母亲在山泉中濯足的，现在每天黄昏抱你在他的膝上，让你用白蚕似的小指头去探他的胡楂。

诗诗，蝉声翻腾的小径里，十年便如此飞去。诗诗，那男孩和那女孩的往事被吹在茫然的晚风里，美丽，却模糊——如同另一个山头的蝉鸣。

偶低头，一只尚未脱皮的蝉正笨拙地走向相思林，微温的泥沾在它身上，有一种说不出的动人。

她，你的母亲，或者说那女孩吧——我并不知道她是谁——把它捡起。

它的背上裂着一条神秘的缝，透过那条缝，壳将死，蝉将生，诗诗，蝉怎能不是一首诗？

那天晚上，灯下的蝉静静地展示出它黑艳的身躯，诗诗，这是给你的。诗诗，蝉声恒在，但我们只能握着今岁的七月，七月的风，风中的蝉。

七月一过，蝉声便老。熏风一过，蝉便不复是蝉，你不复是你。诗诗，且让我们听这长夏欢悦而惆怅的咏叹调，听这生命的神秘跫音，响自这城市中最后的凉柯。

花　担

　　诗诗，春天的早晨，我看见一个女人沿着通往城市的路走来。

　　她以一根扁担担着两筐子花。诗诗你能不惊呼吗？满满两大筐水晶一般硬挺而透明的春花。

　　一筐在前，一筐在后，她便夹在两筐璀璨之间。半截青竹剖成的扁担微作弓形，似乎随时都准备要射发那两筐箭镞般待放的春天。

　　淡淡的清芬随着她的脚步，一路散播过来。当农人在水田里插那些半吐的青色秧针，她便在黑柏油的路上插下恍惚的香气。诗诗，让我们爱那些香气，从春泥中酿成的香气。

　　当她行近，诗诗，当她的脸骤然像一张距离太近的画贴近我时，我突然怔住了。汗水自她的额际流下，将她的土布衫子弄湿了。我忍不住自责，我只见到那些缤纷的彩色，但对她而言，那是何等的负荷，她吃力地走着，并不强壮的肩膀被压得微微倾斜。

　　诗诗，生命是一种怎样的负担？

　　当她走远，我仍立在路旁，晨露未晞，青色的潮意四面环绕着我们。诗诗，我迷惘地望着她，和她那逐渐没入市尘的模糊的花担。

　　她是快乐的呢？还是痛苦的呢？

　　诗诗，担着那样的担子是一种怎样的感觉呢？走这样的一段路又是怎样的一段路呢？想着想着，我的心再度自责，我没有资格怜悯她，我只该有敬意——对负重者的敬意。

那天早晨，当我们从路旁走开，我忽然感到那担子的重量也压在我的两肩上。所有美丽的东西似乎总是沉重的——但我们的痛苦便是我们的意义，我们的负荷便是我们的价值。诗诗，世上怎能有无重量的鲜花？人间怎能有廉价的美丽？

诗诗，且将你的小足举起，让我们沿着那女人走过的路回去。诗诗，当你的脚趾初履大地的那一天，荆棘和碎石便在前路上埋伏着了。诗诗，生命的红酒永远榨自破碎的葡萄，生命的甜汁永远来自压干的蔗茎。今年春天，诗诗，今年春天让我们试着去了解，去参透。诗诗，让我们不再祈祷自己的双肩轻松，让我们只祈祷我们挑着的是满筐满篓的美丽。

诗诗，愿今晨的意象常在我们心中，如同光热常在春阳中。

第一首诗

诗诗，冬天的黄昏，雨的垂帘让人想起江南，你坐在我的膝上，美好的宽额有如一块湿润的白玉。

于是，开始了我们的第一首诗：

> 床前明月光，疑是地上霜。
> 举头望明月，低头思故乡。

诗诗，简单的字，简单的旋律，只两遍，你就能上口了。你高兴地嚷着，把它当成一支新学会的歌，反复地吟诵，不满两岁的你竟能把抑扬顿挫控制得那么好。

满城的灯光像秋后的果实，一枚枚地在窗外亮了起来，我却木然地垂头，让泪水在渐沉的暮霭中纷落。

诗诗，诗诗，怎样的一首诗，我们的第一首诗。在这样凄惶的异乡黄昏，在窗外那样陌生的棕榈树下，我们开始了生命中的第一首诗，那样美好的，又那样哀伤的绝句。

八岁，来到这个岛上，在大人的书堆里搜出一本唐诗，糊里糊涂地背了好些，日子过去，结了婚，也生了孩子，才忽然了解什么是乡愁。想起那一年，被爷爷带着去散步，走着走着，天蓦地黑了，我焦急地说：

"爷爷，我们回家吧！"

"家？不，那不是家，那只是寓。"

"寓？"我更急了，"我们的家不是家吗？"

"不是，人只有一个家，一个老家，其他的地方都是寓。"

如果南京是寓，新生南路又是什么？

诗诗，请停止念诗吧，客中的孤馆无月也无霜。我不明白我为什么在冬日的黄昏里想这首诗，更不明白为什么把它教给稚龄的你。诗诗，故乡是什么，你不会了解，事实上，连我也不甚了解。除了那些模糊的记忆，我只能向故籍中去体认那"三秋桂子"的故园，那"十里荷香"的故园。但于你呢？永忘不了那天你在客人面前表演完了吟诗，忽然被突来的问题弄乱了手脚。

"你的故乡在哪里？"

你急得满房子乱找，后来却又宽慰地拍着口袋说："在这里。"满堂的笑声中我却忍不住心痛如绞。

在哪里呢？诗诗，一水之隔，一梦之隔，在哪里呢？

诗诗,有一天,当你长大,当你浪迹天涯,在某一个月如素练的夜里,你会想起这首诗。那时,你会低首无语,像千古以来每个读这首诗的人。那时候,你的母亲又将安在?她或许已合上那忧伤多泪的眼,或许仍未合上,但无论如何,她会记得,在那个宁静的冬日黄昏,她曾抱你在膝上,一起轻诵过那样凄绝的句子。

让我们念它,诗诗,让我们再念:

> 床前明月光,疑是地上霜。
> 举头望明月,低头思故乡。

爱情篇

一　两　岸

　　我们总是聚少离多，如两岸。

　　如两岸——只因我们之间恒流着一条莽莽苍苍的河。我们太爱那条河，太爱太爱，以致竟然把自己站成了岸。

　　站成了岸，我爱，没有人勉强我们，我们自己把自己站成了岸。

　　春天的时候，我爱，杨柳将此岸绿遍，漂亮的绿绦子潜身于同色调的绿波里，缓缓地向彼岸游去。河中有萍，河中有藻，河中有云影天光，仍是《国风·关雎》的河啊，而我，一径向你泅去。

　　我向你泅去，我正遇见你向我泅来——以同样柔和的柳条。我们在河心相遇，我们的千思万绪秘密地牵起手来，在河底。

　　只因为这世上有河，因此就必须有两岸，以及两岸的绿杨堤。我不知我们为什么只因坚持要一条河，而竟把自己蠹立成两岸，岁岁年年相向而绿，任地老天荒，我们合力撑住一条河，死命地呵护那千里烟波。

两岸总是有相同的风，相同的雨，相同的水位。乍酱草匀分给两岸相等的红，鸟翼点给两岸同样的白，而秋来蒹葭露冷，给我们以相似的苍凉。

蓦然发现，原来我们同属一块大地。

纵然被河道凿开，对峙，却不曾分离。

年年春来时，在温柔得令人心疼的三月，我们忍不住伸出手臂，在河底秘密地挽起。

二 定义及命运

年轻的时候，怎么会那么傻呢？

对"人"的定义，对"爱"的定义，对"生活"的定义，对莫名其妙的刚听到的一个"哲学名词"的定义……

那时候，老是郑重其事地把左掌右掌看了又看，或者，从一条曲曲折折的感情线，估计着感情的河道是否决堤。有时，又正经地把一张脸交给一个人，从鼻山眼水中，去窥探一生的风光。

奇怪，年轻的时候，怎么什么都想知道？定义，以及命运。年轻的时候，怎么就没有想到过，人原来也可以有权不知不识而大剌剌地活下去。

忽然有一天，我们就长大了，因为爱。

去知道明天的风雨已经不重要了，执手处张发可以为风帜，高歌时，何妨倾山雨入盏，风雨于是不重要了，重要的是找一方共同承风挡雨的肩。

忽然有一天，我们把所背的定义全忘了，我们遗失了登山指南，我们甚至忘了自己，忘了那一切，只因我们已登山，并且结庐于一弯溪谷。千泉引来千月，万窍邀来万风，无边的庄严中，我们也自庄严起来。

而长年的携手，我们已彼此把掌纹叠印在对方的掌纹上，我们的眉因为同蹙同展而衔接为同一个名字的山脉，我们的眼因为相同的视线而映出为连波一片，怎样的看相者才能看明白这样两双手的天机，怎样的预言家才能说清楚这样两张脸的命运？

蔷薇几曾有定义，白云何所谓其命运，谁又见过为劈头迎来的巨石而焦灼的流水？

怎么会那么傻呢，年轻的时候？

三　从　俗

当我们相爱——在开头的时候——我们觉得自己清雅飞逸，仿佛有一个新我，自旧我中飘然游离而出。

当我们相爱时，我们从每一寸皮肤、每一缕思维中伸出触角，要去探索这个世界，拥抱这个世界，我们开始相信自己的不凡。

相爱的人未必要朝朝暮暮相守在一起——小说里都是这样说的，小说里的男人和女人一眨眼便已暮年，而他们始终没有生活在一起，他们留给我们的是凄美的回忆。

但我们是活生生的人，我们不是小说，我们要朝朝暮暮，我们要活在同一个时间,我们要活在同一个空间,我们要相厮相守,相牵相挂,于是我们放弃飞腾,回到人间,和一切庸俗的人同其庸俗。

如果相爱的结果是使我们平凡,让我们平凡。

如果爱情的历程是让我们由纵横行空的天马变为忍辱负重、行向一路崎岖的承载驾马,让我们接受。

如果爱情的转迹总是把云霄之上的金童玉女贬为人间烟火中的匹妇匹夫,让我们甘心。

我们只有这一生,这是我们唯一的筹码,我们要合在一起下注。

我们只有这一生,这是我们唯一的戏码,我们要同台演出。

于是,我们要了婚姻。

于是,我们经营起一个巢,栖守其间。

有厨房,有餐厅,那里有我们一饮一啄的牵情。

有客厅,那里有我们共同的朋友以及他们的高谈阔论。

有兼为书房的卧房,各人的书站在各人的书架里,但书架相衔,矗立成壁,连我们那些完全不同类的书也在声气相求。

有孩子的房间,夜夜等着我们去为一双娇儿痴女念故事,并且盖他们老是踢掉的棉被。

至于我们曾订下的山之盟呢?我们所渴望的水之约呢?让它们等一等,我们总有一天会去的,但现在,我们已选择了从俗。

贴向生活,贴向平凡,山林可以是公寓,电铃可以是诗,让我们且来从俗。

念你们的名字

孩子们,这是八月初的一个早晨,美国南部的阳光舒迟而透明,流溢着一种让久经忧患的人鼻酸的、古老而宁静的幸福。助教把期待已久的发榜名单寄来给我,一百二十个动人的名字,我逐一地念着,忍不住覆手在你们的名字上,为你们祈祷。

在你们未来漫长的七年医学教育中,我只教授你们八个学分的国文,但是,我渴望能教你们如何做一个人——以及如何做一个中国人。

我愿意再说一次,我爱你们的名字,名字是天下父母满怀热望的刻痕,在万千中国文字中,他们所找到的是一两个最美丽、最醇厚的字眼——世间每一个名字都是一篇简短质朴的祈祷!

"林逸文"、"唐高骏"、"周建圣"、"陈震寰",你们的父母多么期望你们是一个出类拔萃的孩子。"黄自强"、"林进德"、"蔡笃义",多少伟大的企盼在你们身上。"张鸿仁"、"黄仁辉"、"高泽仁"、"陈宗仁"、"叶宏仁"、"洪仁政",说明了儒家传统对仁德的向往。"邵国宁"、"王为邦"、"李建忠"、"陈泽浩"、"江建中",显然你们的父母曾把你们奉献给苦难的中国。"陈怡苍"、"蔡宗哲"、"王世尧"、"吴景农"、"陆恺",蕴含着一个古老圆融的理想。我常惊讶,为什么世人不能虔诚地细味另一个人的名字?为什么我们不懂得恭敬地省察自己的名字?每一个名字,无论雅俗,都自有它的哲学和爱心。如果我们能用细腻的领悟力去叫别人的名字,我们便能学会更多的互敬互爱,这世界也可以因此而更美好。

这些日子以来,也许你们的名字已成为乡梓邻里间一个幸运的符号,许多名望和财富的预期已模模糊糊和你们的名字联在一起,许多人用钦慕的眼光望着你们,一方无形的匾已悬在你们的眉际。有一天,医生会成为你们的第二个名字,但是,孩子们,什么是医生呢?一件比常人更白的衣服?一笔比平民更饱涨的月入?一个响亮荣耀的名字?孩子们,在你们不必讳言的快乐里,抬眼望望你们未来的路吧!

什么是医生呢?孩子们,当一个生命在温湿柔韧的子宫中悄然成形时,你,是第一个宣布这神圣事实的人。当那蛮横的小东西在尝试转动时,你是第一个窥得他在另一个世界的心跳的人。当他陡然冲入这世界,是你的双掌接住那华丽的初啼。是你,用许多防疫针把成为正常的权利给了婴孩。是你,辛苦地拉动一个初生儿的船纤,让他开始自己的初航。当小孩半夜发烧的时候,你是那些母亲理直气壮打电话的对象。一个外科医生常像周公旦一样,是一个简单的午餐中三次放下食物走入急救室的人。有时候,也许你只需为病人擦一点红汞水,开几颗阿司匹林,但也有时候,你必须为病人切开肌肤,拉开肋骨,拨开肺叶,将手术刀伸入一颗深藏在胸腔中的鲜红心脏。有的时候你甚至必须忍受眼看血癌吞噬一个稚嫩无辜的孩童而束手无策的裂心之痛！一个出名的学者来见你的时候，可能只是一个脾气爆裂的牙痛病人；一个成功的企业家来见你的时候，可能只是一个气结的哮喘病人；一个伟大的政治家来见你的时候，也许什么都不是，他只剩下一口气，拖着一个中风后的瘫痪的身体；挂号室里美丽的女明星，或者只是一个长期失眠、神经衰弱、有自杀倾向的患者——你陪同病人经过生命中最黯淡的时刻，你倾听垂死者最后的一声呼吸，探察他最后的一次心跳。你开列出生证明书，你在死亡证明书上签字，你的脸写在婴儿初闪的瞳仁中，也写在垂死者最后的凝望里。你陪同人类走过生、老、病、死，你扮演的是一个怎样的角色啊！一个真正的医生怎能不是一个圣者？

事实上，作为一个医者的过程正是一个苦行僧的过程，你需要学多少东西才能免于自己的无知，你要保持怎样的荣誉心才能免于自己的无行，你要几度犹豫才能狠下心拿起解剖刀切开第一具尸体，你要怎样自省才能在千万个病人之后免于职业性的冷静和无情。在成为一个医治者之前，第一个需要被医治的，应该是我们自己。在一切的给予之前，让我们先成为一个"拥有"的人。

孩子们，我愿意把那则古老的"神农氏尝百草"的神话再说一遍，《淮南子》上说："古者民茹草饮水，采树木之实，食蠃蚌之肉，时多疾病毒伤之害，于是神农乃始教民播种五谷，相土地，宜燥湿肥硗高下，尝百草之滋味，水泉之甘苦，令民知所辟就，当此之时，一日而遇七十毒。"

神话是无稽的，但令人动容的是一个行医者的投入精神，以及那种人饥己饥、人溺己溺、人病己病的同情。身为一个现代的医生当然不必一天中毒七十余次，但贴近别人的痛苦，体谅别人的忧伤，以一个单纯的"人"的身份，恻然地探看另一个身罹疾病的"人"，仍是可贵的。

记得那个《悬壶济世》的故事吗？"市中有老翁卖药，悬一壶于肆头，及市罢，辄跳入壶中，市人莫之见。"——那老人的药事实上应该解释成他自己。孩子们，这世界上不缺乏专家，不缺乏权威，缺乏的是一个"人"，一个肯把自己给出去的人。当你们帮助别人时，请记得医药是有时而穷的，唯有不竭的爱能照亮一个受苦的灵魂。古老的医术中不可缺的是"探脉"，我深信那样简单的动作里蕴藏着一些神秘的象征意义，你们能否想象用一个医生敏感的指尖去探触另一个人脉搏的神圣画面。

因此，孩子们，让我们怵然自惕，让我们清醒地推开别人加给我们的金冠，而选择长程的劳瘁。诚如耶稣基督所说："非以役人，乃役于人。"真正伟人的双手并不浸在甜美的花汁中，它们常忙于处理一片恶臭的脓血。真正伟人的双目并不凝望最翠拔的高峰，它们常低俯下来察看一个卑微的贫民的病容。孩子们，让别人去享受"人上人"的荣耀，我只祈求你们善尽"人中人"的天职。

我曾认识一个年轻人，多年后我在纽约遇见他，他开过计程车，做过跑堂，用过各式各样的生存手段——他仍在认真地念社会学，而且还在办杂志。一别数年，恍如隔世，但最安慰的是当我们一起走过曼哈顿的市声，他无愧地说："我还抱持着我当年那一点对人的开怀，对人的好奇，对人的执着。"其实，不管我们研究什么，可贵的仍是那一点点对人的诚意。我们可以用赞叹的手臂拥抱一千条银河，但当那灿烂的光流贴近我们的前胸，其中最动人的音乐仍是一分钟七十二响的雄浑坚实如祭鼓的人类的心跳！孩子们，尽管人类制造了许多邪恶，人体还是天真的、可尊敬的、奥秘的神迹。生命是壮丽的、强悍的，一个医生不是生命的创造者——他只是协助生命神迹保持其本然秩序的人。孩子们，请记住，你们每一天所遇见的不仅是人的"病"，也是病的"人"，是人的眼泪、人的微笑、人的故事，孩子们，这是怎样的权利！

长窗外是软碧的草茵，孩子们，你们的名字浮在我心中，我浮在四壁书香里，书浮在暗红色的古老图书馆里，图书馆浮在无际的紫色花浪间，这是一个美丽的校园。客中的岁月看尽异国的异景，我所缅怀的仍是台北三月的杜鹃。孩子们，我们不曾有一个古老幽美的校园，我们的校园等待你们的足迹使之成为美丽。

孩子们，求全能者以广大的天心包覆你们，让你们懂得用爱心去托住别人。求造物主给你们内在的丰富，让你们懂得如何去分给别人。某些医生永远只能收到医疗费，我愿你们收到的更多——我愿你们收到别人的感念。

念你们的名字，在乡心隐动的清晨。我知道有一天将有别人念你们的名字，在一片黄沙飞扬的乡村小路上，或是曲折迂回的荒山野岭间，将有人以祈祷的嘴唇，默念你们的名字。

衣履篇

——人生于世,相知有几,而衣履相亲,亦薄凉世界中之一聚散也——

睡　袍

我认识一个杰出的女人,在纽约,她是她那行里顶尖拔萃的人物。

但有一个夜晚,她的小女儿拦腰抱住她说:

"妈妈,我最喜欢你穿这件衣服。"

她当时身上穿的是一件简单的睡袍。

当她穿着白色的工作服,她是一个极有效率的科学家,当她穿上晚礼服,她是宴会里受人尊敬的上宾。但此刻,她什么也不是,只是一个平凡的女人,安详地穿着一件旧睡袍,把自己圈在落地灯小小的光圈里,不去做智慧的驰骋,不去演讲给谁听,不去听别人演讲,没有头衔,没有掌声,没有崇拜,只把自己裹在柔软的睡袍里。

可是她的孩子却说：

"妈妈，我最喜欢你穿这件衣服。"

因为，只要穿上那件衣服，她便不会出门了。她们可以共享一个夜晚。

我听了那个故事觉得又辛酸又美丽，每次，晚饭后，我换上那件旧睡袍的时候，我总想起那故事，我好像穿上一袭故事。

不管明晨有多长远的路要走，不管明天别人尊我们为英雄为诗人，今夜且让我们夫妻儿女共守一盏灯，做个凡人。

我们疲倦了，我们即将安息，让一家人一起换上睡袍。或看一本书，或读一份报，或摸摸索索地找东西吃，或坐在那里胡乱画一张画，在一个屋顶之下，整个晚上，我感到我们一直在无声地互说：

"晚安、晚安。"

或者有一天，当我太疲倦，我需要一次极长极长的长眠，那时，亲爱的，请给我最后一件睡袍，柔软的，敝旧的，直垂到脚踝的，我将恬然睡去，像我们同在一起的那些美好的时光一样。

油纸伞

我有时会忘记，竟会将那把伞看成一件衣服。

那天我在泰国街头逛庙，忽然，下了雨，我顺手买了一把油纸伞。

那些庙宇，都有一个尖斜的金黄色的顶，而我，撑着伞，走在众庙宇之间，我的伞也给了我一个尖斜的土黄色的顶，我俨然也是一座辉煌的会行走的殿堂。

经典上说："我是上帝的殿堂。"

天神如果有居所，那居所必是人心，而不是泥瓦土砖雕梁画栋间的所谓圣殿。

衣服蔽我，伞蔽我衣，在异国的雨季里，伞给我一片干燥。我没有办法不承认它也是一件衣服。

回台后，我把它吊在前廊，或晴或雨，我不时把它撑开来，看看，再收起。我仍然呆里呆气地在想，它实在并不是一件衣服，但我实在又觉得它是，如果它是一顶斗笠，也许比较说得过去。但斗笠其实是戴在额上的伞，而伞，其实是撑在手里的斗笠。别的伞也许不算衣服，但这一把，我们曾如此相倚走过一段陌生的旅途的，总应该是吧。

这样想着，我又满心贴切地把它归入我的衣服类里去了。

花鸟门额

萧给我做了一件礼服，大红，当胸一幅花鸟绣。

我爱极了那件衣服，差不多到了不敢穿的程度。那花鸟是他祖母的老古董，当年是挂在新娘门额上的，有一种快要溢出来的凡俗的喜气。

那是我们带团出去表演的前夕他巴巴地赶着送来的，那幅绣花他剪作两块，一块给他的新婚妻子，一块给我。

"你这次出去，说不定会遇上应酬场合，外国人的礼服式样太多了,"他说,"一个比一个漂亮,但是,只要你有一块绣花,你就赢了。"

那夜,我哪有心情看礼服,我忙着站在锅炉前熬到凌晨五点,把表演用的衣服一一染好,他抱了回家去烘干,我抢时间睡了两个小时,七点钟他回来把烘好的衣服包成一大包塞给我,我跳上车直奔桃园机场,一路抱着那刚烘好的热衣服上飞机——并且就那样一路抱着,绕了一整个地球。

我每在衣橱里摸摸那件礼服,一件件事情便来到眼前,我这半生到处碰见的友谊和真情有多么多啊,萧所给我的,岂止是一件礼服呢?

贴近我的心胸,当我呼吸时,让我感觉你古典花鸟的细腻和繁富,让我听见你柔和的鸣声,看见你安详地低飞,每件衣服都牵扯起许多联想、许多回忆,我会忽然感到自己尊贵美好,像过新年时的孩子——只因我穿着一件尊贵美好的衣服。

羊毛围巾

所有的巾都是温柔的,像汗巾、丝巾和羊毛围巾。

巾不用剪裁,巾没有形象,巾甚至没有尺码,巾是一种温柔得不会坚持自我形象的东西。它被捏在手里,包在头上,或绕在脖子上,巾是如此轻柔温暖,令人心疼。巾也总是美丽的,那种母性的美丽,或抽纱或绣花,或泥金或描金,或是织棉,或是钩纱,巾总是一径那么细腻娴雅。

而这个世界是越来越容不下温柔和美丽了,罗勃·泰勒死了,史都华·格兰杰老了,费雯丽消失了,取代的是查理士·布朗,是007,是冷硬的珍·芳达和费·唐娜薇,是科幻片里的女超人。

唯有围巾仍旧维持着一份古典的温柔,一份美。

我有一条浅褐色的马海羊毛围巾,是新春去了壳的大麦仁的颜色,错觉上几乎嗅得到麸皮的干香。

即使在不怎么冷的日子,我也喜欢围上它,它是一条不起眼的围巾,但它的抚触轻暖,有如南风中的琴弦,把世界遗留在侧侧轻寒中,我的项间自有一圈暖意。

忽有一天,在惯行的山径上走,满山的芒草柔软地舒开,怎样的年年苇芒啊!这才发现芒草和我的羊毛围巾有着相同的色调和触觉。秋山寂清,秋容空寥,秋天也正自搭着一条围巾吧,从山颠绕到低谷,从低谷拖到水湄,一条古旧温婉的围巾啊!

以你的两臂合抱我,我的围巾,在更冷的日子你将护住我的两耳焐着我的发,你照着我的形象而委屈地折叠你自己,从左侧环护我,从右侧萦绕我,你是柔韧而忠心的护城河,你在我的坚强梗硬里纵容我,让我也有些小小的柔弱,小小的无依,甚至小小的撒娇作痴。你在我意气风发飘然上举几乎要破躯而去的时候,静静地伸手挽住我,使我忽然意味到人世的温情,你使我猝然间软化下来,死心塌地留在人间。如山,留在茫茫扑扑的秋芒里。

巾真的是温柔的,人间所有的巾,如我的那一条。

穿风衣的日子

香港人好像把那种衣服叫成"干湿楼",那实在也是一个好名字，但我更喜欢我们在台湾的叫法——风衣。

每次穿上风衣，我会莫名其妙地异样起来，不知为什么，尤其刚扣好腰带的时候，我在错觉上总怀疑自己就要出发去流浪。

穿上风衣，只觉风雨在前路飘摇，小巷外有万里未知的长路在等着，我有着"一蓑烟雨任平生"的莽莽情怀。

穿风衣的日子是该起风的，不管是初来乍到还不惯于温柔的春风，或是绿色退潮后寒意陡起的秋风。风在云端叫你，风透过千柯万叶以苍凉的颤音叫你，穿风衣的日子总无端地令人凄凉——但也因而无端地令人雄壮。

穿了风衣，好像就该有个故事要起头了。

必然有风在江南，吹绿了两岸，拉开两岸的杨柳帷幕……

必然有风在塞北，拨开野草，让你惊见大漠的牛羊……

必然有风像旧戏中的流云彩带，圆转柔和地圈住那死也忘不了的一千一百万平方公里的海棠残叶。

必然有风像歌，像笛，一夜之间遍洛城。

曾翻阅汉高祖的白云的，曾翻阅唐玄宗的牡丹的，曾翻阅陆放翁的大散关的，那风，今天也翻阅你满额的青发，而你着一袭风衣，走在千古的风里。

风是不是天地的长喟？风是不是大块在血气涌腾之际搅起的不安？

风鼓起风衣的大翻领，风吹起风衣的下摆，刷刷地打我的腿。我蓦然四顾，人生是这样辽阔，我觉得有无限渺远的天涯在等我。

母亲的羽衣

讲完了"牛郎织女"的故事,细看儿子已经垂睫睡去,女儿却犹自瞪着坏坏的眼睛。

忽然,她一把抱紧我的脖子,把我坠得发疼:

"妈妈,你说,你是不是仙女变的?"

我一时愣住,只胡乱应道:

"你说呢?"

"你说,你说,你一定要说。"她固执地扳住我不放,"你到底是不是仙女变的?"

我是不是仙女变的?——哪一个母亲不是仙女变的?

像故事中的小织女,每一个女孩都曾住在星河之畔,她们织虹纺霓,藏云捉月,她们几曾烦心挂虑?她们是天神最偏怜的小女儿,她们终日临水自照,惊讶于自己美丽的羽衣和美丽的肌肤,她们久久凝注着自己的青春,被那份光华弄得痴然如醉。

而有一天,她的羽衣不见了,她换上了人间的粗布——她已经决定做一个母亲。有人说她的羽衣被锁在箱子里,她再也不能飞翔了，人们还说，是她丈夫锁上的，钥匙藏在极秘密的地方。

可是，所有的母亲都明白那仙女根本就知道箱子在哪里，她也知道藏钥匙的所在，在某个无人的时候，她甚至会惆怅地开启箱子，用忧伤的目光抚摸那些柔软的羽毛，她知道，只要羽衣一着身，她就会重新回到云端，可是她把柔软白亮的羽毛拍了又拍，仍然无声无息地关上箱子，藏好钥匙。

是她自己锁住那身昔日的羽衣的。

她不能飞了，因为她已不忍飞去。

而狡黠的小女儿总是偷窥到那藏在母亲眼中的秘密。

许多年前，那时我自己还是一个小女孩，我总是惊奇地窥视着母亲。

她在口琴背上刻了小小的两个字——"静鸥"，那里面有什么故事吗？那不是母亲的名字，却是母亲名字的谐音，她也曾梦想过自己是一只静栖的海鸥吗？她不怎么会吹口琴，我甚至想不起她吹过什么好听的歌，但那名字对我而言是母亲神秘的羽衣，她轻轻写那两个字的时候，她可以立刻变了一个人，她在那名字里是另外一个我所不认识的有翅的什么。

母亲晒箱子的时候是她另外一种异常的时刻，母亲似乎有些好东西，完全不是拿来用的，只为放在箱底，按时年年在三伏天取出来曝晒。

记忆中母亲晒箱子的时候就是我兴奋欲狂的时候。

母亲晒些什么，我已不记得，记得的是樟木箱又深又沉，像一个混沌黝黑初生的宇宙，另外还记得的是阳光下竹竿上富丽夺人的颜色,以及怪异却又严肃的樟脑味,以及我在母亲喝嗫声中东摸摸、西探探的快乐。

我唯一真正记得的一件东西是幅漂亮的湘绣被面,雪白的缎子上,绣着兔子和翠绿的小白菜,以及红艳欲滴的小杨花萝卜。全幅上还绣了许多别的令人惊讶赞叹的东西,母亲一面整理,一面会忽然回过头来说:"别碰,别碰,等你结婚就送给你。"

我小的时候好想结婚,当然也有点害怕,不知为什么,仿佛所有的好东西都是等结婚就自然是我的了,我觉得一下子有那么多好东西也是怪可怕的事。

那幅湘绣后来好像不知怎么消失了,我也没有细问。对我而言,那么美丽得不近真实的东西,一旦消失,是一件合理得不能再合理的事。譬如初春的桃花,深秋的红枫,在我看来都是美丽得违了规的东西,是茫茫大化一时的错误,才胡乱把那么多的美推到一种东西上去,桃花理该一夜消失的,不然岂不教世人都疯了?

湘绣的消失对我而言,简直就是复归大化了。

但不能忘记的是母亲打开箱子时那份欣悦自足的表情,她慢慢地看着那幅湘绣,那时我觉得她忽然不属于周遭的世界,那时候她会忘记晚饭,忘记我扎辫子的红绒绳。她的姿势细想起来,实在是仙女依恋地轻抚着羽衣的姿势,那里有一个前世的记忆,她又快乐又悲哀地将之一一拾起,但是她也知道,她再也不会去拾起往昔了——唯其不会重拾,所以回顾的一刹那特别的深情凝重。

除了晒箱子,母亲最爱回顾的是早逝的外公对她的宠爱。有时她胃痛,卧在床上,要我把头枕在她的胃上,她慢慢地说起外公。外公似乎很舍得花钱(当然也因为有钱),总是带她上街去吃点心,她总是告诉我当年的肴肉和汤包怎么好吃,甚至煎得两面黄的炒面和女生宿舍里早晨订的"冰糖"豆浆(母亲总是强调"冰糖"豆浆,因为那是比"砂糖"豆浆更为高贵的),都是超乎我想象力之外的美味。我每听她说那些事的时候,都惊讶万分——我无论如何不能把那些事和母亲联想在一起。我从有记忆起,母亲就是一个吃剩菜的角色,红烧肉和新炒的蔬菜,简直就是理所当然地放在父亲面前的,她自己的面前永远是一盘杂拼的剩菜和一碗"擦锅饭"(擦锅饭就是把剩饭在炒完菜的剩锅中一炒,把锅中的菜汁擦干净了的那种饭),我简直想不出她不吃剩菜的时候是什么样子。

而母亲口里的外公、上海、南京、汤包、肴肉全是仙境里的东西,母亲每讲起那些事,总有无限的温柔。她既不感伤,也不怨叹,只是那样平静地说着。她并不要把那个世界拉回来,我一直都知道这一点,我很安心,我知道下一顿饭她仍然会坐在老地方,吃那盘我们大家都不爱吃的剩菜。而到夜晚,她会照例一个门、一个窗地去检点、去上闩。她一直都负责把自己牢锁在这个家里。

哪一个母亲不曾是穿着羽衣的仙女呢?只是她藏好了那件衣服,然后用最黯淡的一件粗布把自己掩藏了,我们有时以为她一直就是那样的。

而此刻,那刚听完故事的小女儿鬼鬼地在窥视着什么?

她那么小,她何由得知?她是看多了卡通,听多了故事吧?

她也发现了什么吗？

是在我的集邮本偶然被儿子翻出来的那一刹那吗？是在我拣出石涛画册或汉碑并一页页细味的那一刻吗？是在我猛然回首听他们弹一阕熟悉的钢琴练习曲的时候吗？抑或是在我带他们走过年年的春光，不自主地驻足在杜鹃花旁或流苏树下的一瞬间吗？

或是在我动容地托住父亲的勋章或童年珍藏的北平画片的时候，或是在我翻拣夹在大字典里的干叶之际，或是在我轻声地教他们背一首唐诗的时候……

是有什么语言自我眼中流出呢？是有什么音乐自我腕底泻过呢？为什么那小女孩会问道：

"妈妈，你是不是仙女变的呀？"

我不是一个和千万母亲一样安分的母亲吗？我不是把属于女孩的羽衣收折得极为秘密吗？我在什么时候泄漏了自己呢？

在我的书桌底下放着一个被人弃置的木质砧板，我一直想把它挂起来当一幅画，那真该是一幅庄严的画，那样承受过万万千千生活的刀痕和凿印的，但不知为什么，我一直也没有把它挂出来……

天下的母亲不都是那样平凡不起眼的一块砧板吗？不都是那样柔顺地接纳了无数尖锐的割伤却默无一语的砧板吗？

而那小女孩，是凭什么神秘的直觉，竟然会问我：

"妈妈？你到底是不是仙女变的？"

我掰开她的小手，救出我被吊得酸麻的脖子，我想对她说：

"是的，妈妈曾经是一个仙女，在她做小女孩的时候，但现在，她不是了，你才是，你才是一个小小的仙女！"

但我凝视着她晶亮的眼睛,只简单地说了一句:

"不是,妈妈不是仙女,你快睡觉。"

"真的?"

"真的!"

她听话地闭上了眼睛,旋即又不放心地睁开:

"如果你是仙女,也要教我仙法哦!"

我笑而不答,替她把被子掖好,她兴奋地转动着眼珠,不知在想什么。

然后,她睡着了。

故事中的仙女既然找回了羽衣,大约也回到云间去睡了。

风睡了,鸟睡了,连夜也睡了。

我守在两张小床之间,久久凝视着他们的睡容。

也是水湄

那条长几就摆在廊上。

廊在卧室之外,负责数点着有一阵没一阵的夜风。

那是四月初次燠热起来的一个晚上,我不安地坐在廊上,十分不甘心那热,仿佛想生气,只觉得春天越来越不负责,就那么风风雨雨闹了一阵,东渲西染地抹了几许颜色,就打算草草了事收场了。

这种闷气,我不知道找谁去发作。

丈夫和孩子都睡了,碗筷睡了,家具睡了,满墙的书睡了,好像大家都认了命,只有我醒着,我不认,我还是不同意。春天不该收场的。可是我又为我的既不能同意又不能不同意而懊丧。

我坐在深褐色的条几上,几在廊上,廊在公寓的顶楼,楼在新生南路的工巷子里。似乎每一件事都被什么阴谋规规矩矩地安排好了,可是我清楚地知道,我并不在那条几上,正如我规规矩矩背好的身份证上长达十个字的统一编号,背邻里地址和电话,在从小到大的无数表格上填自己的身高、体重、履历、年龄、籍贯和家属。可是,我一直知道,我不在那里头,我是寄身在浪头中的一片白,在一霎眼中消失,但我不是那浪,我是那白,我是纵身在浪中而不属于浪的白。

也许所有的女人全是这样的,像故事里的七仙女或者螺蛳精,守住一个男人,生儿育女,执一柄扫把日复一日地扫那四十二坪地(算来一年竟可以扫五甲地),像吴刚或薛西佛那样擦抹永世擦不完的灰尘,煮那像"宗教"也像"道统"不得绝祠的三餐。可是,所有的女人仍然有一件羽衣,锁在箱底。她并不要羽化而去,她只要在启箱检点之际,相信自己曾是有羽的,那就够了。

如此,那夜,我就坐在几上而又不在几上,兀自怔怔地发呆。

报纸和茶绕着我的膝成半圆形,那报纸因为刚分了类,看来竟像一垛垛的砌砖,我恍惚成了俯身古城墙凭高而望的人,柬埔寨在下,越南在下,孟加拉在下,乌干达在下,"暮春三月,江南草长,杂花生树,群莺乱飞"的故土在下……

夜忽然凉了,我起身去寻披肩把自己裹住。

一钵青藤在廊角执意地绿着,我大部分的时间都不肯好好看它,我一直搞不清楚,它到底是委屈的还是悲壮的。

我决定还要坐下去。

是为了跟夜僵持?跟风僵持?抑或是跟不明不白就要消失了的暮春僵持?我不知道。我只知道我不要去睡,而且,既不举杯,也不邀月,不跟山对弈,不跟水把臂,只想那样半认真半不认真地坐着,只想感觉到山在,水在,鸟在,林在就好了,只想让冥漠大化万里江山知道有个我在就好了。

我就那样坐着,把长椅坐成了小舟。而四层高的公寓下是连云公园,园中有你纠我缠的榕树,榕树正在涨潮,我被举在绿色的柔浪上,听绿波绿涛拍舷的声音。

于是,渐渐地,我坚持自己听到了"流水绕孤村"的潺湲的声音,真的,你不必告诉我那是巷子外面新生南路上的隆隆车声,车子何尝不可以"车如流水"呢?一切的音乐岂不是在一侧耳之间温柔,一顾首之间庄严的吗?于无弦处听古琴,于无水处赏清音,难道是不可能的吗?

何况,新生南路的前身原是两条美丽的夹堤,柳枝曾在这里垂烟,杜鹃花曾把它开成一条"丝路",五彩的丝,而我们房子的地基便掘在当年的稻香里。

我固执地相信,那古老的水声仍在,而我,是泊船水湄的舟子。

新生南路,车或南,车或北,轮辙不管是回家,或是出发,深夜行车不论是为名是为利,那也算得是一种足音了。其中某个车子里的某一把青蔬,明天会在某家的餐桌上出现,某个车子里的鸡蛋又会在某个孩子的便当里躺着,某个车中的夜归人明天会写一首诗,让我们流泪,人间的牵扯是如此庸俗而又如此深情,我要好好地听听这种水声。

如果照古文字学者的意思,"湄"字就是"水草交"的意思,是水跟岸之间的亦水亦岸亦草的地方,是那一注横如眼波的水上浅浅青青温温柔柔如一带眉毛的地方。这个字太秀丽,我有时简直不敢轻易出口。

今夜,新生南路仍是圳水,今夜,我是泊舟水湄的舟子。

忽然,我安下心平下气来,春仍在,虽然这已是阴历三月的最后一夜了。正如题诗在壁,壁坏诗消,但其实诗仍在,壁仍在,因为泥仍在。曾经存在过的便不会消失。春天不曾匿迹,它只是更强烈地投身入夏,原来夏竟是更朴实更浑茂的春,正如雨是更细心更舍己的液态的云。

今夜,系舟水湄,我发现,只要有一点情意,我是可以把车声宠成水响,把公寓爱成山色的。

就如此,今夜,我将系舟在也是水湄的地方。

一个女人的爱情观

忽然发现自己的爱情观很土气，忍不住笑了起来。

对我而言，爱一个人就是满心满意要跟他一起"过日子"，天地鸿蒙荒凉，我们不能妄想把自己扩充为六合八方的空间，只希望以彼此的火烬把属于两人的一世时间填满。

客居岁月，暮色里归来，看见有人当街亲热，竟也视若无睹，但每看到一对人手牵手提着一把青菜一条鱼从菜场走出来，一颗心就忍不住恻恻地痛了起来，一蔬一饭里的天长地久原是如此味永难言啊！相拥的那一对也许今晚就分手，但一鼎一镬里却有其朝朝暮暮的恩情啊！

爱一个人原来就只是在冰箱里为他留一只苹果，并且等他归来。

爱一个人就是在寒冷的夜里不断在他的杯子里斟上刚沸的热水。

爱一个人就是喜欢两人一起收尽桌上的残肴，并且听他在水槽里刷碗的音乐——事后再偷偷把他不曾洗干净的地方重洗一遍。

爱一个人就有权利霸道地说：

"不要穿那件衣服，难看死了，穿这件，这是我新给你买的。"

爱一个人就是一本正经地催他去工作，却又忍不住躲在他身后想捣几次小小的蛋。

爱一个人就是在拨通电话时忽然不知道要说什么，才知道原来只是想听听那熟悉的声音，原来真正想拨通的，只是自己心底的一根弦。

爱一个人就是把他的信藏在皮包里，一日拿出来看几回、哭几回、痴想几回。

爱一个人就是在他迟归时想上一千种坏的可能，在想象中经历万般劫难，发誓等他回来要好好罚他，一旦见面却又什么都忘了。

爱一个人就是在众人暗骂："讨厌！谁在咳嗽！"你却急道："唉，唉，他这人就是记性坏啊，我该买一瓶川贝枇杷膏放在他的背包里的！"

爱一个人就是上一刻钟想把美丽的恋情像冬季的松鼠秘藏坚果一般，将之一一放在最隐秘最安妥的树洞里，下一刻钟却又想告诉全世界这骄傲自豪的消息。

爱一个人就是在他的头衔、地位、学历、经历、善行、劣迹之外，看出真正的他不过是个孩子——好孩子或坏孩子——所以疼了他。

也因此，爱一个人就喜欢听他儿时的故事，喜欢听他有几次大难不死，听他如何淘气惹厌、怎样善于玩弹珠或打"水漂漂"，爱一个人就是忍不住替他记住了许多往事。

爱一个人就不免希望自己更美丽，希望自己被记得，希望自己的容颜体貌在极盛时于对方如霞光过目，永不相忘，即使在繁花谢树的残冬，也有一个人沉如历史典册的瞳仁可以见证你的华彩。

爱一个人总会不厌其烦地问些或回答些傻问题，例如："如果我老了，你还爱我吗？""爱！""我的牙都掉光了呢？""我吻你的牙床！"

爱一个人便忍不住迷上那首《白发吟》：

> 亲爱的，我年已渐老
> 白发如霜银光耀
> 唯你永是我爱人
> 永远美丽又温柔
> ……

爱一个人常是一串奇怪的矛盾，你会依他如父，却又怜他如子，尊他如兄，又复宠他如弟，想师事他，跟他学，却又想教导他，把他俘虏成自己的徒弟，亲他如友，又复气他如仇，希望成为他的女皇，他唯一的女主人，却又甘心做他的小丫鬟小女奴。

爱一个人会使人变得俗气，你不断地想：晚餐该吃牛舌好呢，还是猪舌？蔬菜该买大白菜呢，还是小白菜？房子该买在三张犁呢，还是六张犁？而终于在这份世俗里，你了解了众生，你参与了自古以来匹夫匹妇微不足道的喜悦与悲辛，然后你发觉这世上有超乎雅俗之上的情境，正如日光超越调色盘上的色样。

爱一个人就是喜欢和他拥有现在，却又追记着和他在一起的过去。喜欢听他说，那一年他怎样偷偷喜欢你，远远地凝望着你。爱一个人又总期望着未来，想到地老天荒的他年。

爱一个人便是小别时带走他的吻痕，如同一幅画，带着鉴赏者的朱印。

爱一个人就是横下心来，把自己小小的赌本跟他合起来，向生命的大轮盘去下一番赌注。

爱一个人就是让那人的名字在临终之际成为你双唇间最后的音乐。

爱一个人，就不免生出共同的、霸占的欲望。想认识他的朋友，想了解他的事业，想知道他的梦。希望共有一张餐桌，愿意同用一双筷子，喜欢轮饮一杯茶，合穿一件衣，并且同衾共枕，奔赴一个命运，共寝一个墓穴。

前两天，整理房间，理出一只提袋，上面赫然写着"××孕妇服装中心"，我愕然许久，既然这房子只我一人住，这只手提袋当然是我的了，可是，我何曾跑到孕妇店去买过衣服？于是不甘心地坐下来想，想了许久，终于想出来了。我那天曾去买一件斗篷式的土褐色短褛，便是用这只绿色袋子提回来的，我的确闯到孕妇店去买衣服了。细想起来那家店的模特儿似乎都穿着孕妇装，我好像正是被那种美丽沉甸的繁殖喜悦所吸引而走进去的。这样说来，原来我买的那件宽松适意的斗篷式短褛竟真是给孕妇设计的。

这里面有什么心理分析吗？是不是我一直追忆着怀孕时强烈的酸苦和欣喜而情不自禁地又去买了一件那样的衣服呢？想多年前冬夜独起，灯下乳儿的寒冷和温暖便一下子涌回心头，小儿吮乳的时候，你多么希望自己的生命就此为他竭泽啊！

对我而言，爱一个人，就不免想跟他生一窝孩子。

当然，这世上也有人无法生育，那么，就让共同培育的学生，共同经营的事业，共同爱过的子侄晚辈，共同谱成的生活之歌，共同写完的生命之书来做他们的孩子。

也许还有更多更多可以说的，正如此刻，爱情对我的意义是终夜守在一盏灯旁，听车声退潮再复涨潮，看淡紫的天光愈来愈明亮，凝视两人共同凝视过的长窗外的水波，在矛盾的凄凉和欢喜里，在知足感恩和渴切不足里细细体会一条河的韵律，并且写一篇叫《爱情观》的文章。

杜鹃之笺注

郑康成为《诗经》作笺,宋人吴正子为李贺诗作笺,凡是美丽且奥义的东西都需"笺",我今且来为千岩之上万水之畔的杜鹃细细作笺。

对万物,我是这样来判断的:

一切东西,如果真的很好,好到极致,大概最终都会嫁给神话。凡是跟神话无缘的,在我看来,都像新贵乍富,少掉了一些可凭可依的深意。

是故大地有其神话,日月有其神话,星辰和露珠有其神话。此外,季节、山川、风俗亦每有其神话。群花虽微,其中总有一些像月下突拔的峰头,平白沾得几许天庭幽辉。凡是能和神话结缘的花,总有其特异的风姿。

而其实所谓神话,不就是一番注解的苦心吗?上帝是造物者,人类则是费心为万物一一作注释的人。相对于宇宙的好生之德,我们不都是"述而不作"如仲尼的人吗?我们不能造山造河,所以只好演述它们的美丽。诗人为它们做感性的释义,科学家为它们做知性的缕析,那说神话故事的人却希望寻幽探微,说破万物的潜秘。此外，一切画家、音乐家、哲学家不都如小学生面对试卷，在努力地做着注音和解释的题目吗？

因此，回想起来，七岁那年我所以爱上杜鹃花，其实大半原因是先爱上了一则神话。

那年春天，我们住在柳州，房子坐落在山脚下，时时听到风声和鸟声。由于房子是借住的，由于山、由于春天、由于雨雾、由于父亲仍在战线上，童年的我竟也会感应一份客愁。夜深时，我在灯下习字，母亲说：

"这种杜鹃鸟很奇怪，它把自己倒吊在树枝上叫，叫到后来，血都从舌头上滴下来，滴到杜鹃花上，花就染红了。"

春寒犹深的夜里，听到这样凄厉的故事，小小的心不免悸怖觳觫，奇怪的是在惊惧之余偏偏不能自禁地喜欢上这种诡异的花。每次站在杜鹃花前，心中亦惨亦烈，想起泣血的故事，但觉满满一丛树上都是生生死死的牵绊。

杜鹃又名山踯躅和映山红，对我而言，初识杜鹃，原是在山上，漫山的红花，是踯躅不忍言去的颜色啊！幼年时，但记得湘黔线上，火车经过湖南、广西一带（怎知我日后会嫁一个湖南人呢？），竟是在花阵中穿行。那时太小，不知逃难有什么不好，只觉站上小贩卖的腊肠焖饭极好吃，满山满谷的山踯躅极美丽，悠悠的铁轨可以笔直无回地一路开拔下去。

小时候记不住什么湘黔线，却记得一山复一山的杜鹃——虽然不是名种。故园最后的一抹颜色，凄艳绝人，一条光光灿灿照明离人之眼的花之轨迹。

去岁，李霖灿先生和我谈大千先生的故事，他说：

"有一年，大千先生邀我去看杜鹃，他新从瑞典空运回来的黄色杜鹃，极名贵。我去看了，他问我花如何？我笑而不答，他再问，我仍笑而不答。大千先生忽然懂了，洒然大笑说：'是啦！是啦！我懂啦！这种花，不入法眼，你在云南住过，好的杜鹃品种你是见识过的。'我说：'对了，正是如此。'"

我听那故事，不胜欣羡，此生此世，如能被人说一句"好的花，她是见识过的！"也就心满意足了。

然后就是台北，记忆中杜鹃该开在南中国的山城里，台北亦是多雨多山的城，亦有杜鹃烈烈而发。读大学是在溪城，那时学校草莱初辟，时时看见苏州籍的施季言先生撑着把遮阳伞在后山指挥工人堆石种花，布局之间，恍然有苏州庭园风味。他所种下的几乎全是杜鹃（虽然也有栀子）。年年春花，都让我驻足，让我想到这些花原来都是我的同届同学。而今，它们如此云蒸霞蔚，我呢？其中有一丛开在阶梯旁石缝中的粉色杜鹃，我几乎把它看作迷信故事里的"本命树"，年年春天都要和它相对站一会儿，仿佛那二十岁的长发女孩，此际来重访故人，或者自己。

杜鹃又几乎是所有校园里的宠花，由于是校园花，也可以算是青春的旗标，智慧的泉柱。台大校园里的杜鹃许多是日据时期种下的，杜鹃这种花竟是愈老愈精神，非常像"知识"，是一种历久不凋的容颜。

前些年，不知为什么，忽然流行起重瓣的洋杜鹃，奇怪的是许多花虽因重瓣而美丽，杜鹃却偏偏是单瓣的好看。单瓣的杜鹃才有单纯明朗的线条、干净澄定的颜色。而且台湾杜鹃花期长，又耐得各种气候，真是放诸天下亦可骄傲的春华。

杜鹃开到五月，大致谢了，却由于额外的恩宠，台湾又有一种小朵杜鹃来接棒，它们一般开在山里，有时从悬崖壁缝里倒长下来，乍看不免又惊又喜，看来杜鹃真是中国花，好比中国人喜欢《西游记》之后又有《西游记补》，《西厢记》之后又有《续西厢》，这小朵杜鹃看来亦是杜鹃的续篇。另外有种红心杜鹃（亦名红星杜鹃），也极出奇，大约花中也有隐人高士，红心杜鹃风格高标，竟自顾自地长成一棵树了。看来杜鹃是亦师亦友的对象，与人齐高的可做朋友，硕大成树的可居宗师，至于那小丛小朵的，则是可爱宠娇纵的孩童。

杜鹃无果，是绝对为美而生存的花，再功利的人看到杜鹃也要心软，知道无用也是可以理直气壮的。

杜鹃花的花期长，是上天的优惠，但它又不像某些花开足十个月，显得太长，反而失去了季节更迭的喜悦。杜鹃花的花时如情人的乍见与相守，聚是久违的狂欢，离是迟迟的驻步，发乎其不得不发，止乎其所当止。

至于多年前的山城春夜，听母亲说那则极美丽且极可怕可伤的神话，现在想想竟也不惊了。王尔德笔下的红蔷薇，不也是夜莺刺透胸血而染红的吗？人间的欢愉，人间的艳色，背后不都潜藏着生命极挥洒处的最后一滴血吗？

如果杜鹃花是一部属于春天的经书，则我此番的絮絮叨叨便是解释经书的笺注了。上天啊，能否容我为山作笺，为水作注，为大地系传，为群树作疏证。答应我，让我站在朗朗天日下，为乾坤万象作一次利落动人的简报。

如果你看不明白这番笺注，就请去翻阅杜鹃那部经书的原典吧！它的墨色淋漓，至今犹新，每一朵花都是一粒点捺分明的字模，每一字可以说破万千法象，亿万朵花合起来则是说不尽的天道悠悠——所以，如果这部解释性的笺注使你愈看愈糊涂，则请你去翻查杜鹃那部经书的原典吧！

半局

人和人之间有时候竟可以淡得十年不见,十年既见却又可以淡得相对无一语,即使相对应答,又可以淡得没有一件可以称之为事情的事情,奇怪的是淡到如此无干无涉,却又可以是相知相重、生死不舍的朋友。

我在

记得是小学三年级，偶然生病，不能去上学。于是抱膝坐在床上，望着窗外寂寂青山、迟迟春日，心里竟有一份巨大幽沉至今犹不能忘的凄凉。当时因为小，无法对自己说清楚那番因由，但那份痛，却是记得的。

为什么痛呢？现在才懂，只因你知道，你的好朋友都在那里，而你偏不在，于是你痴痴地想，他们此刻在操场上追追打打吗？他们在教室里挨骂吗？他们到底在干什么啊？不管是好是歹，我想跟他们在一起啊！一起挨骂挨打都是好的啊！

于是，开始喜欢点名，大清早，大家都坐得好好的，小脸还没有开始脏，小手还没有汗湿，老师说：

"×××"

"在！"

正经而清脆，仿佛不是回答老师，而是回答宇宙乾坤，告诉天地，告诉历史，说，有一个孩子"在"这里。

回答"在"字，对我而言总是一种饱满的幸福。

然后，长大了，不必被点名了，却迷上旅行。每到山水胜处，总想举起手来，像那个老是睁着好奇圆眼的孩子，回一声：

"我在。"

"我在"和"某某到此一游"不同，后者张狂跋扈，目无余子，而说"我在"的仍是个清晨去上学的孩子，高高兴兴地回答长者的问题。

其实人与人之间，或为亲情或为友情或为爱情，哪一种亲密的情谊不是基于我在这里，刚好，你也在这里的前提？一切的爱，不就是"同在"的缘分吗？就连神明，其所以为神明，也无非由于"昔在、今在、恒在"，以及"无所不在"的特质。而身为一个人，我对自己"只能出现于这个时间和空间的局限"感到另一种可贵，仿佛我是拼图板上扭曲奇特的一块小形状，单独看，毫无意义，及至恰恰嵌在适当的时空，却也是不可少的一块。天神的存在是无始无终浩浩莽莽的无限，而我是此时此际此山此水中的有情和有觉。

有一年，和丈夫带着一团的年轻人到美国和欧洲去表演，我坚持选崔颢的《长干曲》作为开幕曲，在一站复一站的陌生城市里，舞台上碧色绸子抖出来粼粼水波，唐人乐府悠然导出：

　　君家何处住，妾住在横塘。
　　停船暂借问，或恐是同乡。

渺渺烟波里，只因错肩而过，只因你在清风我在明月，只因彼此皆在这地球，而地球又在太虚，所以不免停舟问一句话，问一问彼此隶属的籍贯，问一问昔日所生、他年所葬的故里。那年夏天，我们也是这样一路去问海外中国人的隶属所在的啊！

《旧约》里记载了一则三千年前的故事，那时老先知以利因年迈而昏聩无能，坐视宠坏的儿子横行。小先知撒母耳却仍是幼童，懵懵懂懂地穿件小法袍在空旷的大圣殿里走来走去。然而，事情发生了，有一夜他听见轻声的呼唤：

"撒母耳！"

他虽渴睡却是个机警的孩子，跳起来，便跑到老以利面前：

"你叫我，我在这里！"

"我没有叫你，"老态龙钟的以利说，"你去睡吧！"

孩子去躺下，他又听到相同的叫唤：

"撒母耳！"

"我在这里，是你叫我吗？"他又跑到以利跟前。

"不是，我没叫你，你去睡吧。"

第三次他又听见那召唤的声音，小小的孩子实在给弄糊涂了，但他仍然尽快跑到以利面前。

老以利蓦然一惊，原来孩子已经长大了，原来他不是小孩子梦里听错了话，不，他已听到第一次天音，他已面对神圣的召唤。虽然他只是一个稚弱的小孩，虽然他连什么是"天之钟命"也听不懂，可是，旧时代毕竟已结束，少年英雄会受天承运挑起八方风雨。

"小撒母耳,回去吧!有些事,你以前不懂,如果你再听到那声音,你就说:'神啊!请说,我在这里。'"

撒母耳果真第四度听到声音,夜空烁烁,廊柱耸立如历史,声音从风中来,声音从星光中来,声音从心底的潮声中来,来召唤一个孩子。撒母耳自此至死,一直是个威仪赫赫的先知,只因多年前,当他还是稚童的时候,他答应了那声呼唤,并且说:"我,在这里。"

我当然不是先知,从来没有想做"救星"的大志,却喜欢让自己是一个"紧急待命"的人,随时能说"我在,我在这里"。

这辈子从来没喝得那么多,大约是一瓶啤酒吧,那是端午节的晚上,在澎湖的小离岛。为了纪念屈原,渔人那一天不出海,小学校长陪着我们和家长会的朋友吃饭,对于仰着脖子的敬酒者你很难说"不"。他们喝酒的样子和我习见的学院人士大不相同,几杯下肚,忽然红上脸来,原来酒的力量竟是这么大的。起先,那些宽阔黧黑的脸不免不自觉地有一份面对台北人和读书人的卑抑,但一喝了酒,竟人人急着说起话来,说他们没有淡水的日子怎么苦,说淡水管如何修好了又坏了,说他们宁可倾家荡产,也不要天天开船到别的岛上去搬运淡水……

而他们嘴里所说的淡水,在台北人看来,也不过是咸涩难咽的怪味水罢了——只是于他们却是遥不可及的美梦。

我们原来只是想去捐书,只是想为孩子们设置阅览室,没有料到他们红着脸粗着脖子叫嚷的却是水!这个岛有个好听的名字,叫鸟屿，岩岸是美丽的黑得发亮的玄武石组成的。浪大时，水珠会跳过教室直落到操场上来，澄莹的蓝波里有珍贵的丁香鱼，此刻餐桌上则是酥炸的海胆，鲜美的小鳝……然而这样一个岛，却没有淡水……

我能为他们做什么？在同盏共饮的黄昏，也许什么都不能，但至少我在这里，在倾听，在思索我能做的事……

读书，也是一种"在"。

有一年，到图书馆去，翻一本《春在堂笔记》，那是俞樾先生的集子，红绸精装的封面，打开封底一看，竟然从来也没人借阅过，真是"古来圣贤皆寂寞"啊！心念一动，便把书借回家去。书在，春在，但也要读者在才行啊！我的读书生涯竟像某些人玩"碟仙"，仿佛面对作者的精魄。对我而言，李贺是随召而至的，悲哀悼亡的时刻，我会说："我在这里，来给我念那首《苦昼短》吧！念'吾不识青天高，黄地厚，唯见月寒日暖，来煎人寿'。"读那首韦应物的《调笑令》的时候，我会轻轻地念："胡马胡马，远放燕支山下。跑沙跑雪独嘶，东望西望路迷。迷路迷路，边草无穷日暮。"一面觉得自己就是那从唐朝一直狂驰至今不停的战马，不，也许不是马，只是一股激情，被美所迷，被莽莽黄沙和胭脂红的落日所震慑，因而思绪万千，不知所止的激情。

看书的时候，书上总有绰绰人影，其中有我，我总在那里。

《旧约·创世纪》里，堕落后的亚当在凉风乍至的伊甸园把自己藏匿起来。

上帝说：

"亚当，你在哪里？"

他嗫而不答。

如果是我，我会走出，说：

"上帝，我在，我在这里，请你看着我，我在这里。不比一个凡人好，也不比一个凡人坏，我有我的逊顺祥和，也有我的叛逆凶戾，我在我无限的求真求美的梦里，也在我脆弱不堪一击的人性里。上帝啊，俯察我，我在这里。"

"我在"，意思是说我出席了，在生命的大教室里。

几年前，我在山里说过的一句话容许我再说一遍，作为终响：

"树在。山在。大地在。岁月在。我在。你还要怎样更好的世界？"

替古人担忧

同情心,有时是不便轻易给予的,接受的人总觉得一受人同情,地位身份便立见高下,于是一笔赠金,一句宽慰的话,都必须谨慎。但对古人,便无此限,展卷之余,你尽可痛哭,而不必顾到他们的自尊心,人类最高贵的情操得以维持不坠。

千古文人,际遇多苦,但我却独怜蔡邕,书上说他:"少博学,好辞章……妙操音律,又善鼓琴,工书法,闲居玩古,不交当也……"后来又提到他下狱时"乞鲸首刖足,续成汉史,不许。士大夫多矜救之,不能得,遂死狱中"。

身为一个博学的、孤绝的、"不交当也"的艺术家,其自身已经具备那么浓烈的悲剧性,及至在混乱的政局里系狱,连司马迁的幸运也没有了!甚至他自愿刺面斩足,只求完成一部汉史,也竟而被拒,想象中他满腔的悲愤直可震陨满天的星斗。可叹的不是狱中冤死的六尺之躯,是那永不为世见的焕发而饱和的文才!

而尤其可恨的是身后的污蔑,不知为什么,他竟成了民间戏剧中虐待赵五娘的负心郎,陆放翁的诗里曾感慨道:

> 古道斜阳赵家庄，盲翁负鼓正作场。
> 身后是非谁管得，满城争唱蔡中郎。

让自己的名字在每一条街上被盲目的江湖艺人侮辱，蔡邕死而有知，又怎能无恨！而每一个翻检历史的人，每读到这个不幸的名字，又怎能不感慨是非的颠倒无常。

李斯，这个跟秦帝国连在一起的名字，似乎也沾染着帝国的辉煌与早亡。

当他年盛时，他曾是一个多么傲视天下的人，他说："诟莫大于卑贱，而悲莫甚于贫困，久处卑贱之位，困苦之地，非世而恶利，自托于无为，此非士之情也！"他曾多么贪爱那一点点醉人的富贵。

但在多舛的宦途上，他终于付出自己和儿子作为代价，临刑之际，他黯然地对儿李由说："吾欲与若复牵黄犬，俱出上蔡东门，逐狡兔，岂可得乎？"

幸福被彻悟时，总是太晚而不堪温习了！

那时候，他会想起少年时上蔡的春天，透明而脆薄的春天！

异于帝都的春天！他会想起他的老师荀卿，那温和的先知，那为他相秦而气愤不食的预言家，他从他那儿学了"帝王之术"，却始终参不透他的"物禁太盛"的哲学。

牵着狗，带着儿子，一起去逐野兔，每一个农夫所可触及的幸福，却是秦相李斯临刑时的梦呓。

公元前二〇八年，咸阳市上有被腰斩的父子，高踞过秦相，留传下那么多篇疏壮的刻石文，却不免于那样惨烈的终局！

看剧场中的悲剧是轻易的，我们可以安慰自己"那是假的"，但读史时便不知该如何安慰自己了。读史者有如屠宰业的经理人，自己虽未动手杀戮，却总是以检点流血为务。

我们只知道花蕊夫人姓徐，她的名字我们完全不晓，太美丽的女子似乎注定了只属于赏识她的人，而不属于自己。

古籍中如此形容她："拜贵妃，别号花蕊夫人，意花不足拟其色，似花蕊翾轻也，又升号慧妃，如其性也。"

花蕊一样的女孩，怎样古典华贵的女孩，由于美丽而被豢养的女孩！

而后来，后蜀亡了，她写下那首有名的亡国诗：

> 君王城上竖降旗，妾在深宫哪得知。
> 十四万人齐解甲，更无一个是男儿。

无一个男儿，这又奈何？孟昶非男儿，十四万的披甲者非男儿，亡国之恨只交给一个美女的泪眼，交给那柔于花蕊的心灵。

国亡赴宋，相传她曾在薛萌的驿壁上留下半首《采桑子》，那写过百首宫词的笔，最后却在仓皇的驿站上题半阕小词：

> 初离蜀道心将碎，离恨绵绵，春日如年，马上时时闻杜鹃……

半阕!南唐后主在城破时,颤抖的腕底也是留下半首词。半阕是人间的至痛,半阕是永劫难补的憾恨!马上闻啼鹃,其悲竟如何?那写不下去的半阕比写出的更哀绝。

蜀山蜀水悠然而清,寂寞的驿壁在春风中穆然而立,见证着一个女子行过蜀道时凄于杜鹃鸟的悲鸣。

词中的《何满子》,据说是沧州罪者临刑时欲以自赎的曲子,不获免,只徒然传下那一片哀结的心声。

《乐府杂录》中曾有一段有关这曲子的戏剧性记载:

> 刺史李灵曜置酒,坐客姓骆唱《何满子》,皆称其绝妙。白秀才曰:"家有声妓,歌此曲,音调。"召至,令歌,发声清越,殆非常音,骆遽问曰:"是官中胡二子否?"妓熟视曰:"不同君岂梨园骆供奉邪?"相对泣下,皆明皇时人也。

异地闻旧音,他乡遇故知,岂都是喜剧?白头宫女坐说"天宝"固然可哀,而梨园散失沦落天涯,宁不可叹?

在伟大之后,渺小是怎样的难忍,在辉煌之后,黯淡是怎样的难受,在被赏识之后,被冷落又是怎样地难耐,何况又加上那凄恻的《何满子》,白居易所说的"一曲四词歌八叠,从头便是断肠声"的《何满子》!

千载以下,谁复记忆胡二子和骆供奉的悲哀呢?人们只习惯于去追悼唐明皇和杨贵妃,谁去同情那些陪衬的小人物呢?但类似的悲哀却在每一个时代演出,"天宝"总是太短,渔阳鼙鼓的余响敲碎旧梦，马嵬坡的夜雨滴断幸福，新的岁月粗糙而庸俗，却以无比的强悍逼人低头。玄宗把自己交给游仙的方士，胡二子和骆供奉却只能把自己交给比永恒还长的流浪的命运。

灯下读别人的颠沛流离，我不知该为撰曲的沧州歌者悲，还是该为唱曲的胡二子和骆供奉悲——抑或为自己悲。

问名

万物之有名，恐怕是由于人类可爱的霸道。

《创世纪》里说，亚当自悠悠的泥骨土髓中乍醒过来，他的第一件"工作"竟是为万物取名。想起来都要战栗，分明上帝造了万物，而一个一个取名字的竟是亚当，那简直是参天地之化育，抬头一指，从此有个东西叫青天，低头一看，从此有个东西叫大地，一回首，夺神照眼的那东西叫树，一倾耳，树上嘤嘤千啭的那东西叫鸟……而日升月沉，许多年后，在中国，开始出现一个叫仲尼的人，他固执地要求"正名"，他几乎有点迂，但他似乎预知，"自由"跟"放纵"，"爱情"和"色欲"，"人权"和"暴力"是如何相似又相反的东西，他坚持一切的祸乱源自"名实不副"。

我不是亚当，没有资格为万物进行惊心动魄的命名大典。也不是仲尼，对于世人的"鱼目混珠"唯有深叹。

不是命名者，不是正名者，只是一个问名者。命名者是伟大的开创家，正名者是忧世的挽澜人，而问名者只是一个与万物深深契情的人。

也许有几分痴，特别是在旅行的时候，我老是烦人地问：

"那是什么?"

别人答不上来,我就去问第二个,偏偏这世界就有那么多懵懂的人,你问他天天来他家草坪啄食的红胸绿背的鸟叫什么,他居然不知道。你问他那条河叫什么河,他也好意思抵赖说那条河没名字。你问他那些把他家门口开得一片闹霞似的花树究竟是桃是李,他不负责任地说不清楚。

不过,我也不气,万物的名氏又岂是人人可得而知的。别人答不上来,我的心里固然焦灼,但却更觉得这番"问名"是如此慎重虔诚,慎重得像古代婚姻中的"问名"大礼。

读《红楼梦》,喜欢宝玉的痴,他闯见小厮茗烟和一个清秀的女孩子在一起,没有责备他的大胆,却恨他连女孩子姓什么叫什么都不知道。不知名就是不经心,奇怪的是有人竟能如此不经心地过一生一世。宝玉自己是连听到刘姥姥说"雪地里女孩儿精灵"的故事,也想弄清楚她的名和姓而去祭告一番的。

有一次,三月,去爬中部的一座山,山上有一种蔓藤似的植物,长着一种白紫交融细丝纷披的花。我蹲在山径上,凝神地看,山上没有人,无从问起。忽然,我发现有些花已经结了小果实了,青绿椭圆,我摘了一个下山去问人,对方瞄了一眼,不在意地说:

"那是百香果啊,满山都是的!现在还少了一点,从前,我们出去一捡就一大箩。"

我几乎跌足而叹,原来是百香果的花,那么芳香浓郁的百香果的花。如果再迟两个月来,满山岂不都是些紫褐色的果子,但我也不遗憾,我到底看过它的花了,只可惜初照面的时候,不能知名,否则应该另有一番惊喜。

野牡丹的名字是今年春天才打听出来的,一旦知道,整个春天竟然都过得不一样了。每次穿山径到图书馆影印资料,它总在路的右侧紫艳艳地开着,我朝它诡秘一笑,心里的话一时差不多已溢到嘴边:

"嘿,野牡丹,我知道你的名字了,蛮好听的呀——野牡丹。"

它望着我,也笑了起来,像一个小女孩,又想学矜持,又装不来。于是忍不住傻笑:

"咦?谁告诉你的?你怎么晓得我的名字的?"

"安娜女王的花边"(Queen Anna's lace)是一种美国野花的名字,它是在我心灰意冷问遍朋友没有一个人能指认出来的时候,忽然获知的。告诉我的人是一个女画家,那天,她把车子停在宁静安详的小城僻路上,指着那一片由千百朵小如粟米的白花组成的大花告诉我,我一时屏息睁目,简直不敢相信那是真的。当下只见路边野花蔓延,世界是这样无休无止的一场美丽,我忽然觉得幸福得不知说什么才好。恍如古代,"河出图,洛出书"——那本不稀奇,但是,圣人认识它,那就不一样了。而我,一个平凡的女子,在夏日的熏风里,在漫漫的绿向天涯的大地上,只见那白花欣然怡悦地浮上来。像"河图洛书"一样地浮上来。我认识它吗?一朵花里有多少玄机?太平盛世会由于这样一个祥兆而出现吗?

我如呆如痴地坐着,一朵花里有多少玄机?

三月里,我到东门菜场外面的花店里去订一种花,那女孩听不懂,我只好找一张纸,一面画,一面解释:

"你看,就是这样,一根枝子,岔出许多小枝子,小枝子上有许许多多小花,又小,又白,又轻,开得散散的,蒙蒙的……"

"哦,"不等我说完,她就叫了起来,"你是说'满天星'啊!"

(后来有位朋友告诉我,那花英文里叫 baby's breath——婴儿的呼吸,真温柔,让人忍不住心疼起来。)

第二天,我就把那订购的开得密密的星辰一把抱回家,觉得自己简直是宇宙,一胸襟都是星。

我把花插在一个陶罐子里,万分感动地看那四面迸射的花。我坐在花旁看书,心中疑惑地想着,星星都是善于伪装的,它们明明那么大,比太阳还大,却怕吓倒了我们,所以装得那么小,来跟我们玩。它们明明是十万年前闪的光,却怕把我们弄糊涂了,所以假装是现在才眨的眼……而我买的这把"满天星"会不会是天星下凡来玩一遭的?我怔怔地看那花,愈看愈可疑,它们一定是繁星变的,怕我胆小,所以化成一把怯怯的花,来跟我共此暮春,共此黄昏。究竟是"星常化作地下花"呢?还是"花欲升作天上星"呢?我抛下书,被这样简单的问题搞糊涂了。

菜单上也有好名字。

有一种贝壳,叫"海瓜子",听着真动人,仿佛是从海水的大瓜瓤里剖出的西瓜子,想起来,仿佛觉得那菜真充满了一种嗑的乐趣——嗑下去,壳张开,瓜子仁一般的贝肉就滑落下来……还有一种又大又圆的贝类，一面是白壳，一面是紫褐色的壳，有个气吞山河的名字，叫"日月蚶"，吃的时候，简直令人自觉神圣起来。不知道日月蚶自己知不知道它叫"日月蚶"——白的那面像月，紫的那面像日，它就是天地日月精华之所钟。

吃外国东西，我更喜欢问名了，问了，当然也不懂，可是，把名字写在记事本上，也是一段小小的人生吧！英雄豪杰才有其王图霸业的历史记录，小人物的记事册上却常是记些莫名其妙的资料，例如有一种紫红色的生鱼片叫"玛苦瑞"，一种薄脆对折中间包些菜肴的墨西哥小饼叫"他可"，意大利馅饼"皮萨"吃起来老让人想起在比萨斜塔（虽然意大利文中那两字毫不相干）。一种吃起来像烤馒头的英式面包叫"玛芬"，petit Munster 是有点臭咸鱼味道的法国乳酪，artichoke 长得像一枝绿色的花，煮熟了一瓣瓣掰下来沾牛油吃，而"黑森林"又竟是一种蛋糕的名字。

记住些乱七八糟的食物名字当然是很没出息的事情，我却觉得其中有某种尊敬。只因在茫茫的人世里，我曾在某种机缘下受人一粥一饭，应当心存谢忱。虽然，钱也许是我付的，但我仍觉得每一个人的一只盘碗，都有如僧人的钵，我们是受人布施的托钵人，世人给我们的太多，我至少应该记下我曾经领受的食物名称。

有时我想，如果我死，我也一定要问清楚病名。也许那是最后一度问名了。

人生一世，问的都是美好的名字：一样好吃的菜肴，一块红得半透明的石头，一座山，一种衣料，一朵花，一条鱼……

但是，有一天，我会带着敬意问我敌人的名字，像古战场上两军对垒时，大英雄总是从容地问：

"来将通名！"

也许是癌，也许是心脏病，也许是脑溢血……但是，我希望自己有机会问名，我不能不清不白地败在不知名的对方手下。既然要交锋，就得公平，我要知道对手叫什么名字，背景如何，我要好好跟他斗一斗。就算力竭气绝，我也要清清楚楚叫出他的名字：

"××，算你赢了。"

然后，我会听见他也在叫我的名字：

"晓风，你也没输，我跟你缠斗得够辛苦的了！"

于是，我们对视着，彼此行礼，握手，告退。

最后的那场仗，我算不算输，我不知道，只知道，我要知道对方的名字，还要跟他好好拼上许多回合。

自始至终，我是一个喜欢问名的人。

矛盾篇（之一）

一 爱我更多，好吗？

爱我更多，好吗？

爱我，不是因为我美好，这世间原有更多比我美好的人。爱我，不是因为我的智慧，这世间自有数不清的智者。爱我，只因为我是我，有一点好有一点坏有一点痴的我，古往今来独一无二的我，爱我，只因为我们相遇。

如果命运注定我们走在同一条路上，碰到同一场雨，并且共遮于同一把伞下，那么，请以更温柔的目光俯视我，以更固执的手握紧我，以更和暖的气息贴近我。

爱我更多，好吗？唯有在爱里，我才知道自己的名字，知道自己的位置，并且惊喜地发现自身的存在。所有的石头只是石头，漠漠然冥顽不化，只有受日月精华的那一块会猛然爆裂，跃出一番欣忭欢悦的生命。

爱我更多，好吗？因为知识使人愚蠢，财富使人贫乏，一切的攫取带来失落，所有的高升令人沉陷，而且，每一项头衔都使我觉得自己的面目更为模糊起来。人生一世如果是日中的赶集，则我的囊橐空空，不是因为我没有财富而是因为我手中的财富太大，它是一块完整而不容割切的金子，我反而无法用它去购置零星的小件，我只能用它孤注一掷来购置一份深情。爱我更多，好让我的囊橐满涨而沉重，好吗？

爱我更多，好吗？因为生命是如此仓促，但如果你肯对我怔怔凝视，则我便是上戏的舞台，在声光中有高潮的演出，在掌声中能从容优雅地谢幕。

我原来没有权利要求你更多的爱，更多的激情，但是你自己把这份权利给了我，你开始爱我，你授我以柄，我才能如此放肆如此任性来要求更多。能在我的怀中注入更多醇醪吗？肯为我的炉火添加更多柴薪否？我是饕餮，我是贪得无厌的，我要整个春山的花香，整个海洋的月光，可以吗？

爱我更多，就算我的要求不合理，你也应允我，好吗？

二　爱我少一点，我请求你

爱我少一点，我请求你。

有一个秘密，不知道该不该告诉你，其实，我爱的并不是你，当我答应你的时候，我真正的意思是：我愿意和你在一起，一起去爱这个世界，一起去爱人世，并且一起去承受生命之杯。

所以，如果在春日的晴空下你肯痴痴地看一株粉色的"寒绯樱"，你已经给了我最美丽的示爱。如果你虔诚地站在池畔看三月雀榕树上的叶苞如何——骄傲专注地等待某一定时定刻的爆放，我已一世感激不尽。你或许不知道，事实上那棵树就是我啊！在春日里急于释放绿叶的我啊！至于我自己，爱我少一点吧！我请求你。

爱我少一点，因为爱使人痴狂，使人颠倒，使人牵挂，我不忍折磨你。如果你一定要爱我，且爱我如清风来水面，不黏不带。爱我如黄鸟渡青枝，让飞翔的仍去飞翔，扎根的仍去扎根，让两者在一刹的相逢中自成千古。

爱我少一点，因为"我"并不只住在这一百六十厘米的身高中，并不只容纳于这方趾圆颅内。请到书页中去翻我，那里有缔造我骨血的元素；请到闹市的喧哗纷杂中去寻我，那里有我的哀恸与关怀；并且尝试到送殡的行列里去听我，其间有我的迷惑与哭泣；或者到风最尖啸的山谷，浪最险恶的悬崖，落日最凄艳的草原上去探我，因为那些也正是我的悲怆和叹息。我不只在我里，我在风我在海我在陆地我在星，你必须少爱我一点，才能去爱那藏在大化中的我。等我一旦烟消云散，你才不致猝然失去我，那时，你仍能在蝉的初吟、月的新圆中找到我。

爱我少一点，去爱一首歌好吗？因为那旋律是我；去爱一幅画，因为那流溢的色彩是我；去爱一方印章，我深信那老拙的刻痕是我；去品尝一坛佳酿，因为坛底的醉意是我；去珍惜一幅编织，那其间的纠结是我；去欣赏舞蹈和书法吧——不管是舞者把自己挥洒成行草篆隶，或是寸管把自己飞舞成腾跃旋挫，那其间的狂喜和收敛都是我。

爱我少一点，我请求你，因为你必须留一点柔情去爱你自己。因你爱我，你便不再是你自己，你已是我的一部分，所以，把爱我的爱也分回去爱惜你自己吧!

　　听我最柔和的请求,爱我少一点,因为春天总是太短太促太来不及,因为有太多的事等着在这一生去完成去偿还,因此,请提防自己,不要爱我太多,我请求你。

矛盾篇（之二）

一　我渴望赢

我渴望赢，有人说人是为胜利而生的，不是吗？

极幼小的时候，大约三岁吧，因为听外婆说一句故乡的成语"吃辣——当家"，就猛吃了几大口辣椒，权力欲之炽，不能说不惊人了。

如果我是英国贵族，大约会热衷养马赛马吧？如果是中国太平时代的乡绅，则不免要跟人斗斗蟋蟀，但我是个在台湾长大的小孩，习惯上只能跟人比功课。小学六年级，深夜，还坐在同学家的饭厅里恶补，补完了，睁开倦眼，摸黑走夜路回家。升学这一仗是不能输的，奇怪的是那么小的年纪，也很诡诈的，往往一面偷偷读书，一面又装出视死如归的气概，仿佛自己全不在乎。

考取北一女中是第一场小赢。

而在家里，其实也是霸气的。有一次大妹执意要母亲给她买两支水彩笔，我大为光火，认为她只需借用我的那支旧笔就可以了，而母亲居然听了她的话去为她买来了，我不动声色，第二天便要求母亲给我买四支。

"为什么要那么多？"

"老师说的！"我决不改口，其实真正的理由是，我在生气，气妹妹不知节俭，好，要浪费，就大家一起来浪费，你要两支，我就偏要四支，我是不能输给别人的！

母亲果然去买了四支笔，不知为什么，那四支笔仿佛火钳似的，放在书包里几乎要烫着人了，我暗暗立誓，而今而后，不要再为自己去斗气争胜了，斗赢了又如何呢？

有一天，在小妹的书桌前看到一张这样的字条：

下次考试：
数学要赢×××
国文要赢×××
英文要赢×××
……

不觉失笑，争强斗胜，一至于此，不但想要夺总冠军，而且想一项一项去赢过别人，多累人啊——然而，妹妹当年活着便是要赢这一场艰苦的仗。

至于我自己，后来果真能淡然吗？有的时候，当隐隐的鼓声扬起，我不觉又执矛挺身，或是写一篇极难写的文章，或是跟"在上位者"争一件事情。争赢求胜的心仍在，但真正想赢过的往往竟是自己，要赢过自己的私心和愚蠢。

有一次，在报上看到英国的特攻队去救出伊朗大使馆里的人质，在几分钟内完成任务大获全胜，而他们的工作箴言却是"Who dares wins"（勇于敢者胜），我看了，气血翻涌，立刻把它钉在记事板上，天天看一遍。

行年渐长，对一己的荣辱渐渐不以为意了，却像一条龙一样，有其颈项下不可批的逆鳞，我那不可碰不可输的东西是"中国"。不是地理上的那块海棠叶，而是我胸中的这块隐痛：当我俯饮马来西亚马六甲的郑和井，当我行经马尼拉的华人坟场，当我在纽约街头看李鸿章手植的绿树，当我在哈佛校区里抚摩那驮碑的赑屃，当我在韩国的庆州看汉瓦当，在香港的新界看邓围，当我在泰北山头看赤足的孩子凌晨到学校去，赶在上泰国政府规定的泰文课之前先读中文……我所渴望赢回的是故园的形象，是散在全世界有待像拼图一般聚拢来的中国。

有一个名字不容任何人污蔑，有一个话题绝不容别人占上风，有一份旧爱不准他人来置喙。总之，只要听到别人的话锋似乎要触及我的中国了，我会一面谦卑地微笑，一面拔剑以待，只要有一言伤及它，我会立刻挥剑求胜，即使为剑刃所伤亦在所不惜。

上天啊，让我们赢吧！我们是为赢而生的，必要时也可以为赢而死，因此，其他的选择是不存在的，在这唯一的奋争中给我们赢——或者给我们死。

二 我寻求挫败

我一直都在寻求挫败，寻求被征服被震慑被并吞的喜悦。

有人出发去"征山"，我从来不是，而且刚好相反，我爬山，是为了被山征服。有人飞舟，是为了"凌驾"水，而我不是，如果我去亲炙水，我需要的是涓水归川的感觉，是自身的消失，是形体的涣释，精神的冰泮，是自我复归位于零的一次冒险。

记得故事中那个叫"独孤求败"的第一剑侠吗？终其生，他遇不到一个对手，人间再没有可以挫阻自己的高人，天地间再没有可匹可敌可交锋的力量，真要令人忽忽如狂啊！

生来有一块通灵宝玉的贾宝玉是幸福的，但更大的幸福却发生在他掷玉的刹那。那时，他初遇黛玉，一照面之间，彼此惊为旧识，仿佛已相契了万年。他在惊愕慌乱中竟把一块玉胡乱砸在地上，那种自我的降服和破碎是动人的，是一切真爱情最醇美的倾注。

文学史上也不乏这样的例子，陈师道曾经"一见黄豫章（黄山谷）尽焚其稿而学焉"，一个人能碰见令自己心折首俯的高人，并能一把火烧尽自己的旧作，应该算是一种极幸福的际遇。

《新约》中的先知约翰曾一见耶稣便屈身降志说："我仅仅是以水为你们施洗礼的，他却以灵为你们施洗礼，我之于他，只能算一声开道的吆喝声！"《红拂传》里的虬髯客一见李靖，便知天下大势已定，乃飘然远引，那使男子为他色沮、女子为他夜奔的大唐盛世的李靖，我多么想见他一眼啊！清朝末年的孙中山也有如此风仪，使四方豪杰甘于俯首授命。人生的悲剧原不在头断血流，在于没有大英雄可为之赴命，没有大理想供其驱驰。

我一直在寻找挫败，人生天地间，还有什么比挫败更快乐的事？就爱情言，其胜利无非是最彻底的"溃不成军"，就旅游言，一旦站在千丘万壑的大峡谷前感到自己渺如蝼蚁，还有什么时候你能如此心甘情愿地卑微下来，享受大化的赫赫天威？又尝记得一次夏夜，卧在沙滩上看满天繁星如雨阵如箭镞，一时几乎惊得昏呆过去，有一种投身在伟大之下的绝望，知道人类永永远远不能去逼近那百万光年之外的光体，这份绝望使我一想起来仍觉兴奋昂扬。试想全宇宙如果都像一个窝囊废一样被我们征服了，日子会多么无趣啊！读圣贤书，其理亦然。看见洞照古今长夜的明灯，听见声彻人世的巨钟，心中自会有一份不期然的惊喜，知道我虽愚鲁，天下人间能人正多，这一番心悦诚服，使我几乎要大声宣告说："多么好！人间竟有这样的人！我连死的时候都可以安心了！因为有这样优秀的人，有这些美丽的思想！"此外见到特瑞沙在印度，史怀哲在非洲，或是"八大"石涛在美术馆，或是周鼎宋瓷在博物院，都会兴起一份"我永世不能追摹到这种境界"的激动，这种激动，这种虔诚的服输，是多么难忘的大喜悦。

　　如果此生还有未了的愿望，那便是不断遇到更令人心折的人，不断探得更勾魂摄魄荡荡可吞人的美景，好让我能更彻底地败溃，更从心底承认自己的卑微和渺小。

矛盾篇（之三）

一　狂　喜

仰俯终宇宙，不乐复何如。

曾经看过一部沙漠纪录片，荒旱的沙碛上，因为一阵偶雨，遍地野花猛然争放，错觉里几乎能听到轰然一响，所有的颜色便在一刹间窜上地面，像什么壕沟里埋伏着的万千勇士奇袭而至。

那一场烂漫真惊人，那时候，你会惊悟到原来颜色也是有欲望，有性格，甚至有语言有欢呼的！

而我自己的生命，不也是这样一番来不及地吐艳吗？细想起来，怎能不生大感激大欢喜，就连气恼郁愤的时候，反身自问，也仍是自庆自喜的，一切烦恼原是从有我而来，从肉身而来，但这一个"我"、这一个"肉身"却也来之不易啊！是神话里的山精水怪桃柳鱼蛇修炼千年以待的呢！即使要修到神仙，也须先做一次人身哩！《新约》中的耶稣，其最动人处便在破体而出舍入尘寰而为人身，仿佛一位父亲俯身于沙堆里，满面黑污地去和小儿女办家家酒。

得到这样的肉身,是所有的动物、植物、矿物仰首以待的,天上神明俯身以就的,得到这样清亮飒爽如黎明新拭的肉身,怎能不大喜若狂呢?

莎士比亚在《第十二夜》里有一段论爱情的话:

你要这样想:"求爱得爱固然好,没有求,就给你,更足宝。"

如果以之论生命,也很适用,这一番气息命脉是我们没有祈求就收到的天宠,这一副骨骼筋络是不曾耕耘便有的收获。至于可以辨云识星的明眸,可以听雨闻风的聪耳,可以感春知秋的慧觉,哪一样不如同悬崖上的吊松,野谷里的幽兰,是一项不为而有不豫而成的美丽。

这一切,竟都在我们的无知浑噩中完成了,想来怎能不顶礼动容,一心赞叹!

肉身有它的欲苦,它会饥饿——但连饥饿亦是美好的,没有饥饿感,婴儿会夭折,成人会消损,而且,大快朵颐的喜悦亦将失落。

肉身会疲倦困顿——但世上又岂有什么仙境比梦土更温柔?在那里,一切的乏劳得到憩息,一切的苦烦暂且卸肩,老者又复其童颜,羸者又复其康强,卑微失意的角色,终有其可以昂首阔步的天地,原来连疲倦困顿也是可以击节赞美的设计,可以欢忭踊颂的策划。

肉身会死亡，今日之红粉，竟是明日之髑髅，此刻脑中之才慧，亦无非他年蝼蚁之小宴。然而，此生此世仍是可幸贺的。我甘愿做冬残的槁木，只要曾经是早春如诗如酒的花光，我立誓在成土成泥成尘成烟之余都要哂然一笑，因为活过了，就是一场胜利，就有资格欢呼。

在生命高潮的波峰，享受它。在生命低潮的波谷，忍受它。享受生命，使我感到自己的幸运，忍受生命，使我了解自己的韧度，两者皆令我喜悦不尽。

如果我坚持生命是一场大狂喜会激怒你，请原谅我吧，我是情不自禁啊！

二　大　悲

生命中之所以有其大悲，在于别离。

而其实宇宙万象，原不知何物为"别"，"别"是由于人的多事才生出来的。萍与萍之间岂真有聚散，云与云之际也谈不上分合。所以有别离者，在于人之有情，有眷恋，有其不可理喻的依依。

佛家言人生之苦，喜欢谈"怨憎会"、"爱别离"，其实，尤其悲哀的应该是后者吧？若使所爱之人能相依，则一切可憎可怨者也就可以原谅。就众生中的我而言，如果常能与所爱之人饮一杯茶，共一盏灯，能知道小女孩在钢琴旁，大儿子在电脑前，并且在电话的那一端有父母的晨昏，在圣诞卡的另一头有弟弟妹妹的他乡岁月，在这个城或那个城里，在山巅，在水涯，在平凡的公寓里住着我亲爱的朋友们，只要他们不弃我而去，我会无限度地忍耐不堪忍耐的，我会原谅一切可憎可怨的人，我会有无限宽广的心。

然而，所谓"怨憎会"与"爱别离"其实也可以指人际以外的环境和状况吧？那曾与你亲密相依的密实黑发，终有一日要弃你而去，反是你所怨憎的白发或童秃来与你垂老的头颅相聚啊！你所爱的颊边的蔷薇，眼中的黑晶，终将物化，我们被强迫穿上那件可怨可憎的松挂得不成款式的制服——我指的是那坍垮下来的皮肤。并且用一双蒙眬的老花眼去看这变形的世界。告别那灵巧的敏慧的曾经完成许多创造的手，去接受颤抖的不听命的十指。整个垂老的过程岂不就是告别那一个自己曾惊喜爱赏的自己吗？岂不就是不明不白强迫你接受一个明镜中陌生的怨憎的与我格格不入的印象吗？

而尤其悲伤的是告别深爱的血中的傲啸，脑中的敏捷，以及心底的感应，反跟自己所怨憎的沉浊、麻木和迟钝相聚了。这种不甘心的分别与无奈的相聚恐怕不下于怨偶的纠结以及情人的远隔吧，世间之真大悲便该是这一类吧？

死是另一种告别，不仅仅是告别这世上恋栈过的目光，相依过的肩膀，爱抚过的婴颊——死所要告别的还要更多更多。自此以后，我那不足道的对人生的感知全都不算数了，后世之人谁会来管你第一次牙牙学语说出一个完整句子所引起的惊动和兴奋，谁又会在意你第一次约会前夕的窃喜，至于某个老人垂死之前跟一条狗的感情，谁又耐烦去记忆呢？每一个人自己个人惊天动地的内在狂涛，在后人看来不过是旋生旋灭的泡沫而已。活着的人要把自己的琐事记住尚且不易，谁又会留意作古之人的悲欢呢？死就是一番彻底的大告别啊，跟人跟事，跟一身之内的最亲最深的记忆。宗教世界虽也谈永生和来生，但毕竟一切都告一段落，民间信仰中的来生是要先涉过忘川的，一切从此便告一了断。基督教的天堂又偏是没有眼泪的地方——可是眼泪尽管苦涩，属于眼泪的记忆却也是我不忍相舍的啊！生命中最尖锐的疼痛，最无言的苍凉，最疯狂的郁怒，我是一样也舍不得忘记的啊！此外曾经有过的勇往无悔的深情，披沙拣金的知识，以及电光石火的顿悟，当然更是桩桩不忍遽舍的！一只鹭鸶不会预知自己必死的命运，不会有晚景的自伤，更不会为自己体悟出的捉鱼本领要与自身一同消失而怅怅，人类才是那唯一能感知"怨憎会"和"爱别离"之苦的生物啊，只因我们才有爱憎分明的知觉，才有此心历历的判然。

　　人生的大悲在斤斤于离别之苦，而离别之苦种因于知识，弃圣绝智却又偏是众生做不到的，没有告别彩笔以前的江淹曾写下："黯然销魂者，唯别而已矣"，等彩笔绮思一旦被索还，是不是就不必销魂了呢？我是宁可胸中有此大悲凉的，一旦连悲激也平伏消失，岂不更是另一番尤为彻骨的悲酸？

人体中的繁星和穹苍

一个人是怎样变成自然科学家的？我认为是由于惊奇。

另一个人是怎样变成诗人的？我认为，也是由于惊奇。

至于那些成为音乐家，成为画家，乃至成为探险家的，都源于对万事万物的一点欣喜错愕，因而有不能自已地想去亲自探究的冲动。

如果一定要说有什么差别的话，那就是科学家总是惊奇之余想去揣一揣真相，文学艺术家却在惊奇之际只顾赞美叹气手舞足蹈起来——但是，其实，没有人禁止科学家一面研究一面赞叹，也没有人限制文学艺术家一面赞叹一面研究。

万物本身的可惊可奇是可爱的，而我，在生活的层层磨难之余仍能感知万物的可惊可奇，也是可喜的——如今，在这方专栏里能将种种可惊可奇分享给别人更是可喜的。让我们一起来赞叹也一起来探究吧！

生命最初的故事

夜空里，繁星如一春花事，腾腾烈烈，开到盛时，让人担心它简直自己都不知该如何去了结。

繁星能数吗？它们的生死簿能一一核查清楚吗？

且不去说繁星和夜空，如果我们虔诚地反身自视，便会发现另一度宇宙，数以亿计的小光点溯流而上，奋力在深沉黑闃的穹苍中泅泳。然后，众星寂灭，剩下那唯一的，唯一着陆的光体。

——我其实是在说精子和卵子的结合过程，那是生命最初的故事，是一切音乐的序曲部分，是美酒未饮前的激滟和期待，是饱墨的画笔要横走纵跃前的蓄势。

精子的探险之旅

如果说，人体本身的种种奇奥是一系列神话，则精子的探险旅行应视作神话的第一章。故事总是这样开始的：

有一次（Once upon a time），有一只小小的精子出发了，它的旅途并不孤单，和它结伴同行的探险家合起来有两三毫升（也有到五六毫升的），不要看不起这几毫升，每一毫升里的精子编制平均是两千万到六千万只（想想整个台湾还不到两千万人口呢！），几毫升合起来便有上亿的数目了！

这是一场机密的行军，所有的精子都安静如赴命的战士，只顾奋力泅泳，它们虽属于同一部队（它们的军种，略似海军陆战队吧！），行军途中却没有指挥官，奇怪的是它们每一个都很清楚自己的任务——它们知道此行要抢先去攀登一块叫"卵子"的陆地，而且，这是一场不能回头的旅途。除了第一个着陆的英雄，其他精子唯一的命运就是死掉。"抱着万一成功的希望"，这句话对它们来说是太奢侈了，因为它们是"抱着亿一成功的希望"而全力以赴的。

考场、球场都有正常的竞争和淘汰，但竞争淘汰的比率到达如此冷酷无情的程度，除了"精子之旅"以外，也很难在其他现象里找到了。

行行重行行，有些伙伴显然落后了，那超前的彼此互望一眼，才发现大家在大同中原来还是有小异的，其中有一批是 X 兵种，另一批是 Y 兵种。Y 的体形比较灵便，性格也比较急躁，看来颇有奏凯的希望，但 X 稳重踏实，一种跑马拉松的战略，是个不可轻敌的角色。这一番"抢渡"整个途程不过二十五厘米左右，但对小小的精子而言，却也等于玄奘取经横绝大漠的步步险阻了。这单纯的朝香客便不眠不休不食不饮一路行去。

优胜劣败的筛选

世间女子，一生排卵的数目约五百，一个现代女人大概只容其中的一两个成孕，而每一枚成孕的卵子是在亿对一的优势选择后才大功告成的。这种豪华浪费的大手笔真令人吃惊——可是，经过这场剧烈的优胜劣败的筛选，人种才有今天这么秀异，这么稳定。虽说"上天有好生之德"，但在整个人种绵延的过程中却反而只见铁面无私的霹雳手段呢！

虽然，整个旅程比一只手掌长不了多少，但选手却需要跑上两三个小时或五六个小时，算起来也是累得死人的长跑了。因此，如果情况不理想，全军覆没的情形也不免发生。另外一种情况也很常见，那就是选手平安到达，但对方迟到了，于是精子必须等待，事实上精子从出发到守候往往需要支持十几个小时。

好了，终于最勇壮的一位到达终点了，通常在终点线附近会剩下大约一百名选手。最后的冲刺当然是极为紧张的，但这胜利者得到什么呢？有鲜花、金牌在等它吗？有镁光灯等着为它做证吗？没有，这幸运而疲倦的英雄没有时间接受欢呼，它必须立刻部署打第二场战，它要把自己的头帽自动打开，放出一些分解酵素，而这酵素可以化开卵子的一角护膜，那卵子，曾于不久前自卵巢出发，并在此中途相待，等待来自另一世界的英雄，等待膜的化解，等待对方的舍身投入。

生命完成的感恩

这一刹那，应该是大地倾身、诸天动容的一刹。

有没有人因精卵的神迹而肃然自重呢？原来一身之内亦如万古乾坤，原来一次射精亦如星辰纳于天轨，运行不息。故事里的孙悟空，曾顽皮地把自己变作一座庙宇，事实上，世间果有神灵，神灵果愿容身于一座神圣的殿堂，则那座殿堂如果不坐落于你我的此身此体，还会是哪里呢？

附：这样说吧，如果你行过街头，有人请你抽奖，如果你伸手入柜，如果柜中上亿票券只有一张是可以得奖，而你竟抽中了，你会怎样兴奋？何况奖额不是一百万一千万，而是整整一部"生命"！你曾为自己这样成胎的际遇而有过一丝一毫的感恩吗？

动情二章

一 五十万年前的那次动情

三场动情,一次在两百五十万年前,另一次在七十五万年前,最后一次是五十万年前——然后,她安静下来,我们如今看到的是她喘息乍定的鼻息,以及眼尾偶扫的余怨。

这里叫大屯山小油坑流气孔区。

我站在茫茫如幻的硫黄烟柱旁,伸一截捡来的枯竹去探那翻涌的水温,竹棍缩回时,犹见顶端热气沸沸,烫着我的掌心,一种动人心魄的炽烈。据说她在一千米下是四百度,我所碰触的一百度其实已是她经过压抑和冷却的热力。又据说硫黄也是地狱的土壤成分,想来地狱也有一番骇人的胜景。

"一九八三年庄教授和德国贝隆教授做了钾氩定年测定,"蔡说,"上一次火山爆发是在五十万年前。"

蔡是解说科科长,我喜欢他的职位。其实人生在世,没什么好混的,真正伟大的事业如天工造物,人间豪杰一丝一毫插手不得。银河的开辟计划事前并没有人想我们会知,太阳的打造图样我们何曾过目？古往今来所有在这地面上混出道来的灿烂名字，依我看来其职位名衔无一不是"述"者，无一不是解说员。孔子和苏格拉底，荷马和杜甫，牛顿和李白，爱因斯坦和张大千，帕瓦罗蒂（意大利歌剧男高音）和徐霞客，大家穷毕生之力也不过想把无穷的天道说得清楚一点罢了。想一个小小的我，我小小的此生此世，一双眼能以驰跑圈住几平方公里智慧？一双脚能在大地上阅遍几行阡陌？如果还剩一件事给我做，也无非做个解说员：把天地当一篾背在肩上的秘本，一街一巷地去把种种情事说得生鲜灵动，如一个在大宋年间古道斜阳中卖艺的说书人。

蔡科长是旧识，"五十万"的数字也是曾经听过的"资料"，但今天不同，只因说的地方正是事件发生的现场，且正自冒着一百二十度的滚烟，四周且又是起伏彷徨的山的狂乱走势，让人觉得证据确凿，相信这片地形学上名之为"爆裂口"的温和土地，在五十万年前的确经历过一场惊心动魄的情劫。

我一再伸出竹杖，像一支温度计，不，也许更像中国古代的郎中，透过一根丝线为帐幕里的美人把脉，这大屯山，也容我以一截细竹去探究她的经脉。竹杖在滚沸的泉眼中微微震动，这是五十万年前留下的犹未平缓的脉搏吗？而眼前的七星大屯却这般温婉蕴藉，芒草微动处只如一肩华贵的斗篷迎风凛然。我的信心开始动摇了，是焉非焉？五十万年前真有一场可以烈天焚地的大火吗？曾经有赤浆艳射千里吗？有红雾灼伤森森万木吗？有撼江倒海的晕眩吗？有泄漏地心机密太多而招致的诅咒吗？这诡异不可测的山系在我所住的城北蹲伏不语，把我从小到大看得透透的，但她对我却是一则半解不解的诗谜。事实上，我连"五十万年"

是什么意思也弄不懂啊！我所知道的只是一朝一夕，我略略知晓山樱由繁而竭的断代史，我勉强可以想象百年和千年的沧桑，至于万年乃至五十万年的岁月对我而言已经纯粹是一番空洞的理论，等于向一只今天就完成朝生暮死的责任的蜉蝣述说下个世纪某次深夜的月光。这至今犹会烫伤我的沸烟竟是五十万年前的余烬吗？

不能解，不可解，不必有解。

一路走下步道，云簇雾涌之上自有丽日蓝天，那蓝一碧无瑕，亮洁得近乎数学——对，就是数学的残忍无情和绝对。但我犹豫了一下，发觉自己竟喜欢这份纯粹决绝，那摆脱一切拒绝一切的百分之百全然正确无误的高高危危的蓝。相较于山的历劫成灰，天空仿佛是对联的另一句，无形无质无怒无嗔。

穿出密密的箭竹林，山回路转，回头再看，什么都不在了。想起有一次在裱画店里看到画家写的两句话："云为山骨骼，苔是石精神。"而大屯行脚之余我所想到的却是"云为山绮想，苔是石留言"。至于那源源地热，又是山的什么呢？大约可当作死火山一段亦甜蜜亦悲怆的忏情录来看吧？

二　三千公里远的一场情奔

湖极小，但是它自己并不知道。由于云来雾往，取名梦幻，关于这一点，它自己也一并不知。

云经过，失足坠入，浅浅的水位已足够溢为盈盈眼波。阳光经过，失足坠入，燧燧的火种也刚好点燃顾盼的神采。月色经过，山风经过，唯候鸟经过徘徊驻足之余，竟在河中留下三千公里外的孢囊，这是后话，此处且按下不表。

有人说日据时代旧名鸭池的就是它，有人说不然。有当地居民说小时候在此看到满池野鸭。有人说今天虽不见水鸟，但仍拾到鸟羽，可见千万年来追逐阳光的候鸟仍然深深眷爱这条南巡的旧时路。有人在附近的其他池子里发现五十只雁鸭，劫余重逢，真是惊喜莫名。这被相思林和坡草密密护持钟爱的一盏清凉，却也是使许多学者和专家讶异困惑而不甚了然的小小谜团。我喜欢在众说纷纭之际，小湖自己那份置身事外的闲定。

湖上遍生针蔺，一一直立，池面因而好看得有如翠绫制成的针插，但湖中的惊人情节却在水韭，水韭是水生蕨类，整场回肠荡气的生生死死全在湖面下悄然无息地进行。有学者认为它来自中国东北，由于做了候鸟免费的搭乘客，一路旅行三千公里，托生到这遥远的他乡。想它不费一文，不劳一趾，却乘上丰美充实的冬羽，在属于鸟类的旅游季出发，一路上穿虹贯日，又哪知冥冥中注定要落在此山此湖，成为水韭世界里立足点最南的一族。如果说流浪，谁也没本事把流浪故事编制得如此潇洒华丽。如果说情奔，谁也没有机会远走得如此彻底。但这善于流浪和冲激的生命却也同样善于扎根收敛。植物系的教授钻井四米，湖底的淤泥里仍有水韭的遗迹。湖底显然另有一层属于水韭的"古代文明"，推算起来，这一族的迁移也有几万年了。水韭被写成了硕士论文，然后又被写成博士论文——然而没有人知道，在哪一年秋天，在哪一只泛彩的羽翼中，夹带了那偷渡的情奔少年，彼此落地繁殖，迁都立国。

使我像遭人念了"定身符咒"一般站在高坡上俯视这小湖而

不能移足的是什么呢？整个故事在哪一点上使我喋默不能作声呢？这水韭如此曲折柔细像市场上一根不必花钱买的小葱，却仍像某些生命一样，亦有其极柔弱极美丽而极不堪探索碰触的心情。如此大浪荡和大守成，岂不也是每个艺术家梦寐以求的境界？以芥子之微远行三千里，在方寸之地托身十万年，这里面有什么我说不清却能感知的神秘。

水韭且又有"旱眠"，旱季里池水一枯见底，但在晒干的老株下，沼泽微润，孢子便在其中蓄势待发，雨季一至，立刻伸头舒臂，为自己取得"翠绿权"。

诗人或者可以用优雅的缓调吟哦出"山中一夜雨，树梢百重泉"的句子，但实质的生命却有其奔莽剧烈近乎痛楚的动作。一夜山雨后，小小的湖泊承受满溢的祝福。行人过处，只见湖面轻烟缩梦，却哪里知道成千上万的生命正在做至精至猛的生死之搏。只有一个雨季可供演出，只有一个雨季可资疯狂，在死亡尚未降临之际，在一切尚未来得及之前，满池水韭怒生如沸水初扬——然而我们不知道，我们人类所见的一向只是澄明安静、浑无一事的湖面。这世界被造得太奢华繁复，我们在惊奇自己的一生都力不从心之余，谁又真有精力去探悉别种生命的生死存亡呢？谁能相信小小的湖底竟也是生命神迹显灵显圣的道场呢？

梭罗一度拥有瓦尔腾湖，宋儒依傍了鹅湖，而我想要这鲜澄的梦幻湖，可以吗？我打算派出一部分的自己屯守在此，守住湖上寒烟，守住寒烟下水韭的生生世世，且守住那烟织雾纺之余被一起混纺在湖景里的自己。

星约

一 上一次

是因为期待吗?整个天空竟变得介乎可信赖与不可信赖之间,而我,我介乎悟道的高僧与焦虑的狂徒之际。

七十六年才一次啊!

"运气特别不好!"男孩说,"两千年来,这次哈雷是最不亮的一次!上一次,嘿,上一次它的尾巴拖过半个天空哩!"男孩十七岁,七十六年后他九十三岁,下一次,下一次他有幸和他的孩子并肩看星吗,像我们此刻?

至于上一次,男孩,上一次你在哪里,我在哪里,我的母亲又复在哪里?连民国亦尚在胎动。飒爽的鉴湖女侠墓草已长,黄兴的手指尚完好,七十二烈士的头颅尚在担风挑雨的肩上寄存。血在腔中呼啸,剑在壁上狂吟,白衣少年策马行过漠漠大野。那一年,就是那一年啊,彗星当空挥洒,仿佛日月星辰全是定位的镂刻的字模,唯独它,是长空里一气呵成的行草。

那一年,上一次,我们不在,但一一知道。有如一场宴会,我们迟了，没赶上，却见茶气氤氲，席次犹温，一代仁人志士的呼吸如大风盘旋谷中，向我们招呼，我们来迟了，没有看到那一代的风华。但一九一〇年我们是知道的，在武昌起义和黄花岗之前的那一年我们是感念而熟知的。

二　初　识

还有，最初的那一次（其实怎能说是最初呢，只能说是最初的记载罢了，只能说是不甚认识的初识罢了），这美丽得使人惊惶的天象，正是以美丽的方块字记录的。在秦始皇的年代，"七年，彗星先出于东方，见北方……五月，见西方……"秦代的资料，是以委婉的小篆体记录的吧？

而那时候，我们在哪里？易水既寒，群书成焚灰，博浪沙的大椎打中副车，黄石老人在桥头等待一位肯为人拾鞋的亢奋少年，伏生正急急地咽下满腹经书，以便有朝一日再复缓缓吐出，万里长城开始一尺一尺垒高、垒远……忙乱的年代啊，大悲伤亦大奋发的岁月啊，而那时候，我们在哪里？我们在哪里？

三　有所期

我们在今夜，以及今夜的期待里。以及，因期待而生的焦灼里。

不要有所期有所待，这样，你便不会忧伤。

不要有所系有所思，否则，你便成不赦的囚徒。

不要企图攫取，妄想拥有，除非，你已预先洞悉人世的虚空。

——然而，男孩啊，我们要听取这样的劝告吗？长途役役，我们有如一只罗盘上的指针，因神秘的磁场牵引而不安而颤抖而在每一步颠簸中敏感地寻找自己和整个天地的位置，但世上的磁针有哪一根因这种种劫难而后悔而愿意自绝于磁场的骚动呢？

四　咒　诅

如果有人告诉我彗星是一场祸殃，我也是相信的。凡美丽的东西，总深具危险性，像生命。奇怪，离童年越远，我越是想起那只青蛙的童话：

有一个王子，不知为什么，受了魔法的诅咒，变成了青蛙。青蛙守在井底，他没有为这大悲痛哭泣，但他却听到了哭泣的声音，那一定来自小悲痛小凄怆吧？大痛是无泪的啊！谁哭呢？一个小女孩。为什么哭呢？为一只失落的球。幸福的小公主啊，他暗自叹息起来，她最响亮的号啕竟只为一只小球吗？于是他为她落井捡球。然后她依照契约做了他的朋友，她让青蛙在餐桌上有一席之地，她给了他关爱和友谊，于是青蛙恢复了王子之身。

——生命是一场受过巫法的大诅咒，注定腐朽，注定死亡，注定扭曲变形——然而我们活了下来，活得像一只井底青蛙，受制于窄窄的空间，受制于匆匆一夏的时间。而他等着，等一分关爱来破此魔法和诅咒。一瞬柔和的眼神已足以破解最凶恶的毒咒啊！

如果哈雷是祸殃，又有什么可悸可怖？我们的生命本身岂不是更大的祸殃吗？然而，然而我们不是一直相信生命是一场充满祝福的诅咒，一枚有着苦蒂的甜瓜，一条布满陷阱的坦途吗？

我不畏惧哈雷，以及它在传述中足以魇人的华灿和美丽。即使美如一场祸殃，我也不会因而畏惧它多于一场生命。

五　暂　时

缸里的荷花谢尽，浮萍潜伏，十二月的屋顶寂然，男孩一手拿着电筒，一手拿着星象图，颈子上挂着望远镜。

"哈雷在哪里？"我问。

"你怎么这么'势利眼'，"男孩居然愤愤地教训起我来，"满天的星星哪一颗不漂亮，你为什么只肯看哈雷？"

淡淡的弦月下，阳台黝黑，男孩身高一米八四，我抬头看他，想起那首《日升日沉》的歌：

> 这就是我一手带大的小女孩吗？
> 这就是那玩游戏的小男孩吗？
> 是什么时候长大的呀？——他们

"看那颗天狼星，冬天的晚上就数它最亮，蓝汪汪的，对不对？它的光等是负一点四，你喜欢了，是不是？没有女人不喜欢天狼，它太像钻石了。"

我在黑夜中窃笑起来，男孩啊——

付这座公寓订金的时候，我曾惴惴然站在此处，揣想在这小小的舞台上,将有我怎样入世的演出。男孩啊,你在这屋子中成形,你在此听第一篇故事念第一首唐诗,而当年伫立痴想的时候,我从来不曾想到你会在此和我谈天狼星!

"蓝光的星是年轻的星,星光发红就老了。"男孩说。

星星也有生老病死?星星也有它的情劫和磨难?

"一颗流星。"男孩说。

我也看见了,它钢截利落,如钻石划过墨黑的玻璃。

"你许了愿?"

"许了。你呢?"

"没有。"

怎么解释呢?怎样把话说清楚呢?我仍有愿望,但重重愿望连我自己静坐以思的时候对着自己都说不清楚,又如何对着流星说呢?

"那是北极星——不过它担任北极星其实也是暂时的。"

"暂时?"

"对,等二十万年以后,就是大熊星来做北极星了,不过二十万年以后大熊星座的组合位置会有点改变。"

暂时担任北极星二十万年?我了解自己每次面对星空的悲怆失措甚至微愠了,不公平啊,可是跟谁去争辩,跟谁去抗议?

"别的星星的组合形态也会变吗?"

"会,但是我们只谈那些亮的星,不亮的星通常就是远的星,我们就不管它们了。"

"什么叫亮的?"

"光度总要在一等左右,像猎户星座里最亮的,我们中国人叫它'参宿七'的那一颗,就是零点一等,织女星更亮,是零等。太阳最亮,是负二十六等……"

六 "光的单位"

奇怪啊,印度人以"克拉"计钻石,愈大的钻石克拉愈多,希腊人以"光等"计星亮,愈亮的星"光等"反而愈少,最后竟至于少成负数了。

"古希腊人为什么这么奇怪呢?为什么他们用这种方法来计算光呢?我觉得'光度'好像指'无我的程度','我执'愈少,光源愈透,'我'愈强,光愈暗。"

"没有那么复杂吧?只是希腊人就是这样计算的。"

我于是躺在木凳上发愣,希腊人真是不可思议,满天空都成了他们故事的布局,星空于他们竟是一整棚累累下垂的葡萄串,随时可摘可食,连每一粒葡萄晶莹的程度他们也都计算好了。

七 猎户在天

几年前的一个星夜,我们站在各种光等的星星下。

"猎户在天——"我说。

"《诗经》的句子吧?"女友问。

"怎么会,也不想想猎户星座是希腊名词啊!"

她大笑起来,她是被我的句型骗了,何况她是诗人,一向不讲理的,只是最后连我自己也恍惚起来,真的很像《诗经》里的句子呢!

我们有点在装迷糊吗?为什么每看到好东西我们就把它故意误为中国的?

猎户是一组美丽的星,宽宏的肩,长挺的腿,巧饰的腰带和腰带下的腰刀,旁边还有一只野兔呢!然而,这漂亮的猎者是谁呢?是始终在奔驰在追索在欲求的世人吗?不知道啊,但他那样俊朗,把一个形象从古希腊至今维系了三千年,我不禁肃然。

"看到腰带下的小腰刀吗?腰刀是三颗直排的星组成的,中间的那一颗你用望远镜仔细看,是一大团星云,它距离我们只不过一千五百光年而已。"

"一千五百年!是唐朝吗?"

"是南北朝。"

早于浓艳的李义山,早于狂歌的李白、沉郁的杜甫以及凿破大地的隋炀帝。南北朝,南北朝又复为何世呢?对那一整个年代我所记得的只有北魏的石雕,悠悠青石,刻成了清明实在的眉目,今夕的星光就是当年大匠举斧加石的年代出发的,历劫的石像至今犹存其极具硬度的大悲悯,历劫的星光则今夕始来赴我的双目的天池。

猎户星座啊!

八　见与不见

我其实是要看哈雷的,但哈雷不现,我只看到云。我终于对云感到抱歉了——这是不公平的,我渴望哈雷是因它稍纵即逝,然而云呢？云又岂是永恒的？此云曾是彼水，彼水曾是泉曾是溪，曾是河曾是海，曾是花上晓露眼中横波，曾是禾田间的汗水，曾是化碧前的赤血，壮士沙场之际的一杯酒是它，赵州说法时的半杯茶也是它。然而，我竟以为云只是云，我竟以为今日之云同于昨日之云，云不也跟哈雷一样是周而复始的吗？是迂回往来的吗？

我不断地向自己解释，劝自己好好看一朵云，那其间亦自有千古因缘，然而我依旧悲伤且不甘心，为什么这是一片灯网交织的城，且长年有着厚云层？为什么不让我今生今世看见一次哈雷？

"奇怪啊，神话只属于古代，至于我们的年代只有新闻，而且多是报道不实的，为什么？"

黑暗中男孩看我，叹了一口气，他半年前交了一篇历史课的读书报告，题目便是《中国神话的研究》，得分九十五。曾经统御过所有的英雄和巨灵，辉耀了整个日月星辰的神话，此刻已老，并且沦为一个中学生的读书报告。

在一个接一个的冬夜里我叹惋跌足，并且生自己的气，气自己被渴望折磨，神话里的夸父就是渴死的，我要小心一点才行。悲伤时我总是想哈雷先生（哈雷彗星以他的名字来命名）以及他亦悲亦喜的一生，他在二十六岁那年惊见彗星，此后他用许多年来研究，相信彗星会在自己一百〇二岁时再现。看过彗星以后他又活了一甲子，死时八十六岁，像一个放榜前殁世的考生，无从证实自己的成绩。那哈雷死时是怎样想的呢？我猜他的心情正像一个孩子，打算在圣诞夜彻夜不眠，好看到圣诞老公公如何滑下烟囱，放下礼物。然而他困了，撑不住了，兴奋消失，他开始模糊了，心里却是不甘心的，嘴里说着半真半呓的叮咛：

"父亲,等下圣诞老人来的时候,一定要叫我喔!我要摸摸他的胡子!"

哈雷说的话想来也类似:

"造物啊,我熬不住了,我要睡了,你帮我看好,好吗?十六年后它会来的,我先睡,你到时候要叫我一声哟!"

生当清平昌大之盛世,结交一时之俊彦如牛顿,能于切磋琢磨中发天地之微,知宇宙之数,哈雷的平生际遇也算幸运了。然而,肉体的贮瓶终于要面临大朽坏的——并不因其间贮注的是大智慧而有异,只是大限来时,他是否有憾呢?

寒星如一片冰心的冬夜,我反复自问:

哈雷生平到底看过彗星重现吗?若说看见了,他事实上在星现前十六年已经死了,若说未见,他却是见的,正如围棋高手早在几小时以前预见胜负,一步步行去的每一着履痕他们都有如亲睹。

大军事家、大政治家、大科学家都是在不见处先见、未明时先明的啊!

那么,我呢,我算不算看过那彗星的人呢?假设有盲者,站在凄凄长夜里,感知天空某一角落有灿然的光体如甩动的火把,算不算看到了呢?如果他倾耳辨听天河淙淙,如果他在安静中若闻哈雷的跳跃,像一只河畔的蚱蜢蹦去又蹦回,他算不算看到了呢?而我,当我在金牛座昴星团中寻它,当我在白羊座和双鱼座中寻它千百度思它千百度,我算不算看到它了呢?在无所视无所听无所触无所嗅的隔离中,我们可以仅仅凭信心念力去承认去体会身在云后的它吗?

九　我已践约

又一颗流星划过天空，天空割裂，但立刻拢合，造物的大诡秘仍然不得窥见。这不知名的星从此化为光尘，也许最后剩一小块陨石，落到地球上，被人捡起，放在陈列室里，像一部写坏了的爱情小说，光华消失，飞腾不见，只留下硬硬的纹理。

夜空有千亩神话万顷传奇，有流星表演的冰上芭蕾——万古乾坤只在此半秒钟演出。以此肉身，以此肉眼来面对他们，这种不公平的对决总使我心情大乱，悲喜无常。哈雷会来吗？原谅我的急躁。我和男孩有缘得窥七十六年一临的奇景吗？如果能，我为此感激，如果不能，让我感激朝朝来临的太阳，月月重圆的月亮，以及至七夕最凄丽的织女，于冬月亦明艳的猎户。我已践约，今夜，以及此生，哈雷也没有失约，但云横雾亘，我不能表示异议。

如果我不曾谢恩，此刻，为茫茫大荒中一小块荷花缸旁的立脚位置，为犹明的双眸，为未熄的渴望，为身旁高大的教我看星的男孩，为能见到的以及未能见到的，为能拥有以及不能拥有的，为悲为喜，为悟为未悟，为已度的和未度的岁月，我，正式致谢。

半局

汉武帝读司马相如的《子虚赋》，忽然怅恨地说：

"朕独不得与此人同时哉！"

他错了，司马相如并没有死，好文章并非一定都是古人做的，原来他和司马相如活在同一度的时间里。好文章、好意境加上好的赏识，使得时间也有情起来。

我不是汉武帝，我读到的也不是《子虚赋》，但蒙天之幸，让我读到许多比汉赋更美好的"人"。

我何幸曾与我敬重的师友同时，何幸能与天下人同时，我要试着把这些人记下来。千年万世之后，让别人来羡慕我，并且说："我要是能生在那个时代多么好啊！"

大家都叫他杜公——虽然那时候他才三十几岁。

他没有教过我的课——不算我的老师。

他和我有十几年之久在一个学校里，很多时候甚至是在同一间办公室里——但是我不喜欢说他是"同事"。

说他是朋友吗？也不然，和他在一起虽可以聊得逸兴遄飞，但我对他的敬意,使我始终不敢将他列入朋友类。

说"敬意"几乎又不对,他这人毛病甚多,带棱带刺,在办公室里对他敬而远之的人不少,他自己成天活得也是相当无奈,高高兴兴的日子虽有,唉声叹气的日子更多。就连我自己,跟他也不是没有斗过嘴,使过气,但我惊奇我真的一直尊敬他,喜欢他。

原来我们不一定喜欢那些老好人,我们喜欢的是一些赤裸的、直接的人——有瑕的玉总比无瑕的玻璃好。

杜公是黑龙江人,对我这样年龄的人而言,模糊的意念里,黑龙江简直比什么都美,比爱琴海美,比维也纳森林美,比庞贝古城美,是榛莽渊深,不可仰视的,是千年的黑森林,千峰的白积雪加上浩浩万里、裂地而奔窜的江水合成的。

那时候我刚毕业,在中文系里做助教,他是讲师,当时学校规模小,三系合用一个办公室,成天人来人往的。他每次从单身宿舍跑来,进了门就嚷:

"我来'言不及义'啦!"

他的喉咙似乎曾因开刀受伤,非常沙哑,猛听起来简直有点凶恶(何况他又长着一副北方人魁梧的身架),细听之下才发觉句句珠玑,令人绝倒。后来我读到唐太宗论魏徵(那个凶凶的、逼人的魏徵),却说其人"妩媚",几乎跳起来,这字形容杜公太好了——虽然杜公粗眉毛,瞪凸眼,嘎嗓子,而且还不时骂人。

有一天,他和另一个助教谈西洋史,那助教忽然问他那段历史中兄弟争位后来究竟是谁死了,他一时也答不上来,两个人在那里久久不决,我听得不耐烦:

"我告诉你,既不是哥哥死了,也不是弟弟死了,反正是到现在,两个人都死了。"

说完了,我自己也觉一阵悲伤,仿佛《红楼梦》里张道士所说的一个吃它一百年的疗妒羹——当然是效验的,百年后人都死了。

杜公却抚掌大笑:

"对了,对了,当然是两个都死了。"

他自此对我另眼看待,有话多说给我听,大概觉得我特别能欣赏——当然,他对我特别巴结则是在他看上跟我同住的女孩之后,那女孩后来成了杜夫人,这是后话,暂且不提。

杜公在学生餐厅吃饭,别的教职员拿到水淋淋的餐盘都要小心地用卫生纸擦干(那是十几年前,现在已改善了),杜公不然,只把水一甩,便去盛两大碗饭,他吃得又急又多又快,不像文人。

"擦什么?"他说,"把湿细菌擦成干细菌罢了!"

吃完饭,极难喝的汤他也喝。

"生理食盐水,"他说,"好欸!"

他大概吃过不少苦,遇事常有惊人的洒脱。他回忆在政大政治研究所时说:

"蛇真多——有一晚我洗澡关门时夹死了一条。"

然后他又补充说:

"当时天黑,我第二天才看到的。"

他住的屋子极小,大约是四个半榻榻米,宿舍人又杂,他种了许多盆盆罐罐的昙花,不时邀我们欣赏,夏天招待桂花绿豆汤、郁李(他自己取的名字,做法是把黄肉李子熬烂,去皮核,加蜜冰镇),冬天是腊八粥或猪腿肉红煨干鱿鱼加粉丝。我一直以为他对莳花深感兴趣,后来才弄清楚,原来他只是想用那些多刺的盆盆罐罐围满走廊,好让闲杂人等不能在他窗外聊天——穷教员要为自己创造读书环境真难。

"这房子倒可以叫'不畏斋'了!"他自嘲道,"'四十五十而无闻焉,其亦不足畏也'——孔夫子说的。"

他那一年已过了四十岁了。

当然,也许这一代的中国人都不幸,但我却特别同情二十年代出生的人,更老的一辈赶上了风云际会,多半腾达过一阵,更年轻的在台湾长大,按部就班地成了青年才俊,独有五十几岁的那一代,简直是为受苦而出世的,其中大部分失了学,甚至失了家人,失了健康,勉力苦读的,也拿不出漂亮的学历,日子过得抑郁寡欢。

这让我想起汉武帝时代的那个三朝不被重用的白发老人的命运悲剧——别人用"老成谋国"者的时候,他还年轻;别人用"青年才俊"的时候,他又老了。

杜公能写字,也能作诗,他随写随掷,不自珍惜,却喜欢以米芾自居。

"米南宫哪,简直是米南宫哪!"

大伙也不理他。他把那幅"米南宫真迹"一握,也就丢了。

有一次,他见我因为一件事而情绪不好,便仿韩愈《送李愿归盘谷序》中"大丈夫之不得意于时也"的意思作了一篇《大小姐之不得意于时也》的赋,自己写了,奉上,令人忍俊不禁。

又有一次,一位朋友画了一幅石竹,他抢了去,为我题上"渊渊其声,娟娟其影",墨润笔酣,句子也庄雅可喜,裱起来很有精神。其实,我一直没有告诉他,我喜欢他,远在米芾之上。米芾只是一个遥远的八百年前的名字,他才是一个人,一个真实的人。

杜公爱憎分明,看到不顺眼的人或事他非爆出来不可。有一次他极讨厌的一个人调到别处去了,后来得意扬扬地穿了新机关的制服回来,他不露声色地说:

"这是制服吗?"

"是啊!"那人愈加得意。

"这是制帽?"

"是啊!"

"这是制鞋?"

"是啊!"

那个不学无术的家伙始终没有悟过来制鞋、制帽是指丧服的意思。

他另外讨厌的一个人,一天也穿了一身新西装来炫耀。

"西装倒是好,可惜里面的不好!"

"哦,衬衫也是新买的呀!"

"我是指衬衫里面的。"

"汗衫?"

"比汗衫更里面的!"

很多人觉得他的嘴刻薄,不厚道,积不了福,我倒很喜欢他这一点,大概因为他做的事我也想做——却不好意思做。天下再没有比乡愿更讨厌的人,因此我连杜公的缺点都喜欢。

——而且,正因为他对人对物的挑剔,使人觉得受他赏识真是一件好得不得了的事。

其实,除了骂骂人,看穿了他还是个"剪刀嘴巴豆腐心"。记得我们班上有个男孩,是橄榄球队队长,不知怎么阴错阳差地分到中文系来了。有一天,他把书包搁在山径旁的一块石头上,就去打球了,书包里的一本《中国文学发达史》滑出来,落在水沟里,泡得透湿。杜公捡起来,给他晾着,晾了好几天,这位仁兄才猛然想到书包和书,杜公把小心晾好的书还他,也没骂人,事后提起那位成天一身泥水一身汗的男孩,他总是笑吟吟地,很温和地说:

"那孩子!"

杜公绝顶聪明,才思敏捷,涉猎甚广,而且几乎可以过目不忘,所以会意独深。他说自己少年时喜欢诗词,好发诗论。忽有一天读到王国维的《人间词语》,大吃一惊,原来他的论调竟跟王国维一样,他从此不写诗论了。

杜公的论文是《中国历代政治符号》,很为识者推重,指导教授是当时政治研究所主任浦薛凤先生。浦先生非常欣赏他的国学,把他推荐来教书,没想到一直开的竟是国文课。

学生国文程度不好——而且也不打算学好,他常常气得瞪眼。

有一次我在叹气:

"我将来教国文,第一,扮相就不好。"

"算了,"他安慰我,"我扮相比你还糟。"

真的,教国文似乎要有其扮相,长袍,白髯,咳嗽,摇头晃脑,诗云子曰,阴阳八卦,抬眼看天,无视于满教室的传字条、瞌睡、K英文。不想这样教国文课的,简直就是一种怪异。

碰到某些老先生,他便故作神秘地说:

"我叫杜奎英,奎者,大卦也。"

他说得一本正经,别人走了,他便纵声大笑。

日子过得不快活,但无妨于他言谈中说笑话的密度,不过,笑话虽多,总不失其正正经经读书人的矩度。他创立了《思与言》杂志,在十五年前以私人力量办杂志,并且是纯学术性的杂志,真是要有"知其不可而为之"的勇气。杜公比大多数《思与言》的同人都年长些,但是居然慨然答应做发行人。台大政治系的胡佛教授追忆这段往事,有很生动的记载:

> 那时的一些朋友皆值二十与三十之年,又受过一些高等教育,很想借新知的介绍,做一点知识报国的工作。所以在兴致来时,往往商量着创办杂志,但多数在兴致过后,又废然而止。不过有一次数位朋友偶然相聚,又旧话重提,决心一试。为了躲避台北夏季的热浪,大家另约到碧潭泛舟,再作续谈。奎英兄虽然受约,但他的年龄略长,我们原很怕他涉世较深,热情可能稍减。正好在买舟时,他尚未到,以为放弃。到了船放中流,大家皆谈起奎英兄老成持重,且没有公教人员的身份,最符合政府所规定的杂志发行人的资格,惜他不来。说到兴处,忽见昏黑中,一叶小舟破水追踪而来,并靠上我们的船舷。打桨的人奋身攀缘而上,细看之下竟是奎英兄。大家皆高声叫道:发行人出现了。奎英兄的豪情,的确不较任何人为减,他不但同意一肩挑起发行人的重责,且对刊物的编印早有全盘的构想。

其实，何止是发行人？他何尝不是社长、编辑、校对，乃至于写姓名发通知的人？（将来的历史要记载台湾的文人，他们共有的可爱之处便是人人都灰头土脸地编过杂志。）他本来就穷，至此更是只好"假私济公"，愈发穷了，连结婚都得举债。

杜公的恋爱事件和我关系密切，我一直是电灯泡，直到不再被需要为止。那实在也是一场痛苦缠绵的恋爱，因为女方全家几乎是抵死反对。

杜公谈起恋爱，差不多变了一个人，风趣、狡黠、热情洋溢。有一次他要我带一张英文小字条回去给那女孩，上面这样写：

请你来看一张全世界最美丽的图画
会让你心跳加速
呼吸急促
……

小宝（我们都这样叫她）和我想不通他哪里弄来一张这种图画，及至跑去一看，原来是他为小宝加洗的照片。

他又去买些粗铅丝，用锤子把它锤成烤扦，带我们去内双溪烤肉。

也不知他哪里学来那么多稀奇古怪的本领，问他，他也只神秘地学着孔子的口吻说："吾多能鄙事。"

小宝来请教我的意见，这倒难了，两人都是我的朋友，我曾是忠心不二的电灯泡，但朋友既然问起意见，我也只好实说：

"要说朋友，他这人是最好的朋友；要说丈夫，倒未必是好丈夫。他这种人一向厚人薄己,要做他太太不容易,何况你们年龄相悬十七岁,你又一直要出洋,你全家又都如此反对……"

真的,要家长不反对也难,四十多岁了,一文不名,人又不漂亮,同事传话,也只说他脾气偏执,何况那时候女孩子身价极高。

从一切的理由看,跟杜公结婚是不合理性的——好在爱情不讲究理性,所以后来他们还是结婚了。奇怪的是小宝的母亲最终倒也投降了,并且还在小宝离台进修期间给他们带了两年孩子。

杜公不是那种怜香惜玉低声下气的男人,不过他做丈夫看来比想象中要好得多,他居然会烧菜、会拖地、会插个不知什么流的花,知道自己要有孩子,忍不住兴奋地叨念着:"唉,姓杜真讨厌,真不好取名字,什么好名字一加上杜字就弄反了。"

那么粗犷的人一旦柔情起来,令人看着不免心酸。

他的女儿后来取名"杜可名",出于《老子》,真是取得好。

他后来转职政大,我们就不常见面了,但小宝回台时,倒在我家吃了一顿饭,那天许多同事聚在一起,加上他家的孩子,我家的孩子——着实热闹了一场。事后想来,凡事都是一时机缘,事境一过,一切的热闹繁华便终究成空了。

不久就听说他病了,一打听已经很不轻,肺中膈长癌,医生已放弃开刀,杜公是何等聪明的人,他立刻什么都明白了,倒是小宝,他一直不让她知道。

我和另外两个女同事去看他,他已黄瘦下来,还是热乎乎地弄两张椅子要给我们坐,三个人推来让去都不坐,他一径坚持要我们坐。

"哎呀,"我说,"你真是要二椅杀三女呀!"

他笑了起来——他知道我用的是"二桃杀三士"的典故,但能笑几次了呢?我也不过强颜欢笑罢了。

他仍在抽烟,我说别抽了吧!

"现在还戒什么?"他笑笑,"反正也来不及了。"

那时节是六月,病院外夏阳艳得不可逼视,暑假里我即将有旅美之行——我知道那是我最后一次看他了。

后来我寄了一张探病卡,勉作豪语:

"等你病好了,咱们再煮酒论战。"

写完,我伤心起来,我在撒谎,我知道旅美回来,迎我的将是一纸过期的讣闻。

旅美期间,有时竟会在异国的枕榻上惊醒,我梦见他了,我感到不祥。

对于那些英年早逝弃我而去的朋友,我的情绪与其说是悲哀,不如说是愤怒!

正好像一群孩子,在广场上做游戏,大家才刚弄清楚游戏规则,才刚明白游戏的好玩之处,并且刚找好自己的那一伙,其中一人却不声不响地半局而退了,你一时怎能不愕然得手足无措,甚至觉得被什么人骗了一场似的愤怒!

满场的孩子仍在游戏,属于你的游伴却不见了!

九月返台,果真他已于八月十四日去世了,享年五十二岁,孤女九岁。他在病榻上自拟一副挽联,但写得尤好的则是代女儿挽父的白话联:

爸爸说要陪我直到结婚生了娃娃,而今怎叫我立刻无处追寻,你怎舍得这个女儿;

女儿只有把对您那份孝敬都给妈妈,以后希望你梦中常来看顾,我好多喊几声爸爸。

读来五内翻涌,他真是有担当、有抱负、有才华的至情至性之人。

也许因为没有参加他的葬礼,感觉上我几乎一直欺骗自己他还活着,尤其每有一篇自己比较满意的作品,我总想起他来。他那人读文章严苛万分,轻易不下一字褒语,能被他击节赞美一句,是令人快乐得要晕倒的事。

每有一句好笑话,也无端想起他来,原来这世上能跟你共同领略一个笑话的人竟如此难得。

每想一次,就怅然久之,有时我自己也惊讶,他活着的时候,我们一年也不见几面,何以他死了我会如此茫然若失呢?我想起有一次看到一副对联,现在也记不真切,似乎是江兆申先生写的……

相见亦无事,不来常思君。

真的,人和人之间有时候竟可以淡得十年不见,十年既见却又可以淡得相对无一语,即使相对应答,又可以淡得没有一件可以称之为事情的事情,奇怪的是淡到如此无干无涉,却又可以是相知相重、生死不舍的朋友。

初 心

我愿我的朋友也在生命中最美好的片刻想起我来,
在一切天清地廓之时,
在叶嫩花初之际,
在霜之始凝,夜之始静,果之初熟,
茶之方馨,在船之启碇,鸟之回翼,
在婴儿第一次微笑的刹那,想及我。

地泉(二)

有一种东西,我们称之为"诗"。

有人以为诗在题诗的壁上,扇上,搜纳奇句的古锦囊里,或一部"毛诗",一卷"杜子美"里。其实,不是的,诗是地泉,掘地数寻,它便翻涌而出,只要一截长如思绪的绠,便可汲出一挑挑一担担透明的诗。

相传佛陀初生,下地即走,而每走一步即地涌金莲,至于我们常人的步履,当然什么也引不起。在我们立足之地,如果掘下去,便是万斛地泉。能一步步踩在隐藏的泉脉之上,比地涌金莲还令人惊颤。

读一切的书,我都忍不住去挖一下,每每在许多最质朴的句子里,蕴结着一股股地泉。古书向来被看作是丧气难读的,其实,古书却是步步地泉,令人忍不住吓一跳,却又欣喜不已的。

虎皮讲座

《名臣言行录外集》里这样记载：张横渠在京中，坐虎皮说《易经》，忽一日和二程谈易，深获于心，第二天便撤去虎皮，令诸生师事二程。

不知为什么，理学家总被常人看作是乏味的一群，但至少，我一想到张横渠，只觉诗意弥弥。

我喜欢那少年好剑，跅弛豪纵的关中少年，忽有一天，他发现了比剑还强，比军事还强的东西，那是理。

他坐在一张斑斓的虎皮上，以虎虎的目光，讲生气虎虎的《易经》。

多么迷人多么漂亮的虎皮座椅，因为那样一个人，因为那样一张座椅，连《易经》素黯的扉页都辉亮起来。庖牺氏的八卦从天玄地黄雷霆雨电中浮出，阴爻阳爻从风火云泽中涌现，我一想起来就觉得那样的《易经》讲座必然是诗——雄性的诗。

更动人的是他后来一把推开虎皮椅的决然；那时候，他目光烂烂，是岩下的青电，他推掉了一片虎皮的斑彩，但他已将自己化为一只翦风的巨虎，他更谦逊，更低卑，更接近真理，他炳炳烺烺，是儒门的虎。

那个故事真的是诗——虽然书上都说那是理学家的事迹。

那一千七百二十九只鹤

清朝人赵之谦曾梦见自己进入一片鹤山,在梦中,他仰视满天鹤翅,而且非常清楚地记得有一千七百二十九只,正在这一刹那间,他醒了。

忽然,他急急地打开书箧,把所有的藏书和自己的作品一一列好,编列了一套"仰视一千七百二十九只鹤斋"丛书。

如果把这样的梦境叙述给弗洛伊德听,他会怎么说?

一千七百二十九只鹤,在梦里,在鹤山之上的蓝天!

忽然,他了解,鹤是能飞的书。

而书,他明白了,书是能隐的鹤。

当他梦见鹤,他梦见的是激越的白翅凌空,是直冲云霄的智慧聚舞。每一只鹤是一篇素书。

曾经,他的书只是连篇累牍沉重的宋版或什么版,但梦醒时,满室皆鹤,他才发现每一个人自有他的鹤山供鹤展翅,自有他的寒塘能渡鹤影,知识在一梦之余已化生为智慧。

那真是多么像诗的一个梦啊!

照田蚕

照田蚕的故事,使我读起来想哭,记载的人是范成大。范成大的诗,我有时喜欢,有时也不怎么佩服,倒是他援笔直书的记载真的让我想哭。

村落则以秃帚、若麻蘴、竹枝,燃火炬,缚长竿之杪,以照田,烂然遍野,以祈丝谷。

怎样的夜,怎样的炬,每样的属于农业民族的一首祈祷诗!

腊月里,田是冷的,他们给它火!

半夜里,田是黑的,他们给它亮!

烂然照遍田野的,与其说是火炬,不如说是一双双灼然烨然期待的眼睛。

田地!当我们烛照你,我们也烛照了自己的心田,心是田,田是心,我们是彼此命脉之所系!

给我们丝,给我们谷——而我们,则给你从头到脚的每一寸力量、每一分爱……

给我们丝,给我们谷,当火光温柔地舔着你,冷冷的腊月,残酷的空间都因这一舌火光而有情起来……

给我们丝,给我们谷,你这腊月冬残时一无所有,却又生机无限无所不有的田地。

给我们银子似的丝,给我们金子似的谷,我们的土地必须光灿夺目——像一阕梦一样夺目,像一注祷词一样丰富。

给我们丝,给我们谷……

读着,读着,我会蓦然一惊,仿佛在宋朝的田埂上走着,在火炬的红光中喃喃自祷的人竟是我自己。

《尔　雅》

释诂、释言、释训、释亲、释宫、释器、释乐、释天、释地、释丘、释山、释水、释草、释木、释虫、释鱼、释鸟、释兽、释畜。

记不得上一次读《尔雅》是什么时候了，好像是大三那年，那时候修训诂学，大多数同学其实也只需要看笔记，我大概还算认真一点的，居然去买了一部《尔雅》来圈点。

圈《尔雅》真是累人的，《尔雅》根本是一部字典。好在很薄，我胡乱把它看完了。

许多年过去，忽然有一天我心血来潮地又买了一本《尔雅音图》来看，不是为学分，不是为一份年轻气盛的好强，仅仅出于一种说不出的眷恋。那一年，走进大三的教室，面对黑板做学生——而今，走进大三教室，背负着黑板做老师。时光飞逝，而《尔雅》仍是两千年前的《尔雅》。

一翻目录，已先自惊动了，一口气十九个释，我从前怎么就没看出这种美来，那时的天地是怎样有情，看得出那时代的人自负而快乐，天地山川，日月星辰，草木虫鱼，乃至最不可捉摸的音乐，最现实的牛棚马厩，最复杂的亲属关系，以及全中国的语言文字，都无一不可了解，因此也就无一不可释义。读《尔雅》，只觉世界是如此简单壮丽，如此明白晓畅，如此婴儿似的清清楚楚一览无余。仿佛那时代的人早晨一起床，世界便熟悉地向他走拢来，世界对他而言是一张每个答案都知道的考卷，他想不出有什么不心安的事。

……鲁有大野……楚有云梦……西南之美者有华山之金石焉……东方有比目鱼,不比不行……南方有比翼鸟焉,不比不飞……

前足皆白的马叫騻,后足皆白的叫翑……珪大尺二寸谓之玠,璧大六寸谓之瑄……

总之,他们知道前脚或后脚白的马,他们知道所佩的玉怎么区分,他们甚至知道遥远的楚国有一片神秘大沼泽,而最遥远的边区是神话——介于有与无之间,介于知与不可知之间——比目鱼在东方游着,比翼鸟在南方飞着……汉民族在其间成长着。

读《尔雅》,原来也是可以读得人眼热的!

一人泉

《明一统志》:一人泉在钟山高峰绝顶,仅容一勺,挹之不绝,实山之胜处也。

《福建通志》:在福建龙溪县东鹤鸣山,其泉仅供一人之吸,故名。

"一人泉"在南京和福建都有。

也许正像马鞍山、九曲桥,或者桃花溪、李家庄,是在大江南北什么地方都可能有的地名。

记得明信片上的罗马城，满街都是喷泉，他们硬是把横流的水扭成反弹向天的水晶柱，西方文明就有那么喧嚣光耀，不由人不目夺神移。

但在静夜我查书查到"一人泉"的时候，却觉得心上有一块什么小塞子很温柔地揭开了——不是满城喷泉，而是在某个绝高的峰顶上，一注小小的泉，像一颗心，只能容纳一个朝圣者，但每一次脉搏，涌出的是大地的血髓，千年万世，把一涓一滴的泉给了水勺。

脉脉涌动，挹之不绝，一注东方的泉。在钟山，在福建龙溪县的东鹤鸣山，以及在我心的绝峰上。

地泉（三）

譬犹万斛泉源的不择地而出，我在读古书时，总是欣然于这些夺地而出的思想泉脉。

米　泉

白居易的诗里有"米泉之精"的字句，"米泉"指的是酒。用"米泉"称酒，真的差不多有一种现代诗的美感了！

酿酒的应该是最神奇的魔术家，酿者真的在从事一种比炼金术还奇异的法术。

"米泉"那两个字用得太好，仿佛从米上凿了一眼泉，而酒，就欣然地涌跃出来，涌成甘醴。

有时候不必去读一首诗，单只读一个酒的绰号，已令人心驰。

笔　星

彗星，中国人也将之称为"笔星"。

"笔星"两字也的确诗意得紧。

设想在一张幽玄的大纸上,倏地有人挥上光灿的一笔,你惊惧四顾,笔已摧折,而那笔酣墨润的一笔已成绝响。怎样的笔,千年万世,蓄势而发,只待写下那一画!所有的光华,只爆作长夜中一弹指的灿烂。

夏夜的长空,我读那些一行行惊心动魄的绝笔。

地 气

对汉民族而言,"地气"是真的存在的。《续汉书》上这样记载:

> 候气之法,于密室中以木为案,置十二律琯,各如其方,实以葭灰,覆以缇縠,气至则一律飞灰。

我始终没有去做过那样的实验,对这种事情,我竟完全不疑古,我宁可承认土地有生命,它会呼吸,会吐纳,会在松松白白的雪毯下冬眠,而且会醒来,会长啸。并耳相传它会用胸臆的一股气托住一只鸡蛋,使之不倾跌,会顽皮地飞腾而起,像一个吹蛋糕上蜡烛的孩子,它鼓满一口气,吹散葭灰——季节就在满室掌声中开始了!

做实验吗,当然不必。土地一定是有生命的,它负责把稻子往上托,把麦子往上送,它在蜀黍田里释放出千条绿龙,它蒸腾得桃树李树非花不可,催得瓜果非熟不可——世界上怎么可能没有"地气"!

想出"地气"那两字的人,是一个诗人。

地篇

据说，古时的地字，是用两个土字为基本结构，而土字写作"♀"。猛一看，忍不住怦然心跳，差不多觉得仓颉造了个"有声音效果的字"，仿佛间只见宇宙洪荒，天地濛涌，一片又小又翠的叶子中气十足，迸的一声窜出地面，人类吓了一跳，从此知道什么叫土地。

《尔雅》——一本最古老的字典——上面说："地，底也，其体底下，载万物也。"看着，看着，开始不服气起来，分明是一本文字学的书嘛，怎么会如此像诗，把地说成最低最低的万物承载的摇篮，把地说成了人类的"底子"，世上还有比这更好的解释吗？

终于想通了，文字学家和诗人是一种人，一种叽叽呱呱跟在造物身后不停地指手画脚，企图努力向人解释的人。

在中国语言里，大地不但是有生命的，而且有的还非常具体。譬如说"地毛"，地竟被看作是毛发青盛的，地难道是一个肌肤突突的少年男子吗？而"地毛"指的是一些"莎草"。下一次，等我行过草原，我要好好地看一下大地的汗毛。

地也有耳，"地耳"指的是一种菌类，大略和木耳相似吧？大地的耳朵，它倚侧着想听些什么呢？是星辰的对位？还是风水的和弦？

吃木耳的时候，我想我吃下了许多神秘的声音。

另外有一种松茸、圆圆的叫"地肾"，奇怪，大地可以不断地捐赠肾而长出新的来。

有一种红色的茜草叫作"地血"，传说是人血所化生，想起来悚怖中又有不自禁的好奇和期待。有一天，竟会有一株茜草是另一种版本的我，属于我的那株茜草会是怎样的红？殷忧的浓红？浪漫的水红？郁愤的紫红？沉实的棕红？抑是历历不忘的斑红？孰为我？我为孰？真令人取决不下。

"地肺"是什么？有时候指的是山，有时候指的是水中的浮岛。在江苏、在河南、在陕西，都有地方叫"地肺"，不管是以山或以岛为肺叶，吐纳起来都是很过瘾的吧？

"地骨"同时指石头和枸杞，把石头算作骨骼是很合理的，两者一般的嶔崎磊落。喜欢石头的人都可以把自己看作"摸骨专家"，可以仔细摸一摸大地的支架。可是把枸杞认作"地骨"却不免令人惊奇，想来石头作"地骨"取的是"写实派"手法，枸杞作"地骨"应是"象征派"手法。枸杞是一种红色颗粒的补药，大概服食后可以让人拥有大地一般的体魄吧！枸杞也叫"地筋"，不管是"大地之筋"或"大地之骨"，我总是宁可信其有。

"地脂"是一篇道家的故事，据说有人偶然遇见，偶然试擦在一位老人的脸上，老人的皱纹顿时平滑如少年。世上有多少青春等待唤回，昨夜微霜初渡河，今晨的秋风里凋了多少青发？我们到何处去寻故事中的"地脂"呢？

"地脉"指的是河流，想来必是黄河动脉，长江静脉吧？至于那些夹荷带柳的小溪应该是细致的微血管了。这样看来喜马拉雅真该是大地的心脏了，多少血脉附生在它身上！只是有时想来又令人不平，如果河川是血脉，血脉可不可以是河流呢？侧耳听处，哪一带是黄河冰澌？哪一带是钱塘浙潮？究竟是人在江湖？还是江湖在人？今宵可否煮一壶酒，于血波沸扬处听故园的五湖三江？

"地脊"几乎是一则给小孩猜的谜语，一看就知道是指山。山是多峥嵘秀拔的一副脊椎骨啊！永不风湿，永不发炎地挺在那里，是有所承当、有所负载的脊梁。

地也有嘴，"地喙"指的是深渊，听说西域龟兹国的音乐是君臣静坐于高山深谷之际，听松涛相激，动静相生，虚实相荡而来。如果山是竹管，深渊便是凿陷的孔，音乐便在竹管的"有"与孔穴的"无"之间流泻出来。如果深渊是大地之口，那该是一张启发了人间音乐的口。

所有的民族都毫无选择地必须敬爱大地，但在语汇里使大地有血脉有骨肉，有口有耳有脊骨的，恐怕只有中国人吧。大地的众子中如果说我们中国人最爱她，应该并不为过吧！

除了在语言里把大地看作有位格有肢体的对象，其他中国语言里令人称奇的跟大地有关的语汇也说它不完！

"地味"两字令人引颈以待，急着想知道究竟说的是什么。原来是指天地初生，地涌清泉的那份甘洌，听来令人焦灼艳羡，恨不得身当其时，可以贪心连捞它三把，一掬盥面，一掬餍渴，一掬清心。

"地丁"也颇费猜，千想万想却没想到居然是指野花蒲公英，真是好玩。"地丁"是什么意思？写《本草纲目》的李时珍也说不清楚，我只好将之解释为大地的小守卫兵，每年看到蒲公英，我忍不住窃然自喜，和它们相对瞬目："喂！我知道你是谁，你们这些又忠心又漂亮的小卫兵，你们交班交得多么好看，你们把大地守卫得多么周密，你们是唯一没有刀没有枪的小地丁。"那些家伙在阳光下显出好看的金头盔，却假装没听见我说话，对了，我不该去逗它们的，它们正在正正经经地站岗呢！

"地珊瑚"其实就是藤，算来该是一种绿色种的变色珊瑚了。世上的好事好物太多，有时不免把辞章家搞糊涂了，不知该用什么去形容什么，应该说"好风如水"呢，还是该说"好水如风"呢？应该说"人面如花"呢，还是说"花似人面"呢？"江山如画"和"画如真山真水"哪一个更真切？而我一眼看到"地珊瑚"，虽觉清机妙趣盈眉而来，却也不免跃跃然想去叫珊瑚一声"海藤"。

"地龙子"指的是蚯蚓，听来令人简直要扑哧一笑，那么小小的蠕虫，哪能担上那么大的龙的名头！但仔细一想，倒觉得"地龙子"比天龙可爱踏实多了。谁曾看过天龙呢？地龙却是人人看过的，人生一世果能土里来土里去像一只蚯蚓，不见得就比云里来雨里去的龙为差。蚯蚓又叫"地蝉"，这家伙居然又善鸣，不太能想象一只像植物一样活在泥土里的动物怎么开口唱歌。可是每次在乡下空而静的黄昏，大地便是一棵无所不载的巨树，响亮的鸣声单纯地传来，乍然一听，只觉土地也在悠悠唱起开天辟地的老话头来。

"地行仙"常常是老寿星的美称，仙人中也许就该数这种仙人最幸福，餐霞饮露何如餐谷饮水？第一次看一位长辈写"天马行地"四个字，立觉心折。俗话常说"云泥之别"，其实云不管多高多白，终有一天会脱胎成雨水，会重入尘寰，会委身泥土而浑然为一。求仙是可以的，但是，就做这种仙吧！

"地货"是商业上的名词，一切的蔬菜、水果、萝卜、山芋、荸荠全在内，我有时想开一家地货行，坐拥南瓜的赤金、菜瓜的翡翠以及茄子的紫晶，门口用敦敦实实的颜体写上"地货行"三个大字——想着想着,事情就开始实在而具体起来,仿佛已看见顾客伸手去试敲一只大西瓜,而另一个正在捏着一只吹弹得破的柿子,急得我快要失口叫了起来。

"地听"一词是件不可思议的军事行动,办法是先掘一个深深的坑,另外再准备一个土瓮,瓮用薄皮封了口,看来有点像鼓。人抱着这种"鼓瓮"躲在地坑里,敌人如果想挖地道来袭,瓮就会发出声音。这虽然是战争的故事、生死交关的情节,可是听来却诗意盎然。又有一种用皮做的"胡禄",人躺在地上把它当枕头枕着,也可以远远听到行军之声。大地到底怎么回事?怎么会有这么多神奇?

"舆地"两字是童话也是哲学,中国人一向有"天为盖,地以载"的观念,大地是用来载人的。但是,哪一种载法呢?中国人选择了"车子"的形象,大地一下子变成一辆娃娃车,载着历世历代的人类,在茫茫宇宙中稳然前行。我想到神往处,恨不得纵身云外,把这可爱的、以万木为流苏、以千花为璎珞的娃娃车(而且是球形的,像灰姑娘赴王子晚宴所乘的那一辆),好好地看个饱。

"地银"指的是月光下闪亮发光的河流,"地镜"也类同,指湖泊水塘。生平不耐烦对镜,也许大千世界有太多可观可叹可喜可耽之景,总觉对镜自赏是件荒谬的事。但有一天,当我年老,我会静静地找到一方镶满芳草的泽畔,低下头来,梳我斑白的头发，在水纹里数我的额纹。那时候，我会看见云来雁往，我会看见枯荷变成莲蓬，莲子复变成明夏新叶，我会怔怔然地望着大地之镜，求天地之神容许我在这一番大鉴照中看见自己小小如戏景的一生，人生不对镜则已，要对，就要对这种将朝霞夕岚岁月年华一并映照的无边无际的大镜。

诗 课

花开花落僧贫富,云去云来客往还。

各位同学:

黑板上写的一副郑板桥的对子,是他为一所寺庙题的。可是这副对子是什么意思呢?谁能回答我?好,这个同学,你说:"花开了,花落了,僧人有时候有钱,有时候又穷了。云来了,云去了,客人有时候来,有时候又走了。"

你们大家想,这样的解释对不对呢?还有没有人有别的意见?好,你说:

"花开花落是无常的,正如僧人时贫时富。云来云往也不一定,就像客人来去无凭。"

这样算不算解释了这副对联?不,这副对联还没有解出来。其实,中国韵文的句子因为短,有时候不免很简略,简略到一般人不容易看懂的地步。下面我稍微揭示一下,相信你们就会懂。这句子应该这样说:

住在寺中的僧人啊

也有他暴富和赤贫的时候

每季花开,他简直富裕得像暴发户

但是花一萎谢,他又一无所有了

至于他的交游对象呢

喔,他倒是有一群叫云的好朋友呢

云来云去也就是好友的一番酬酢应对了

从句法上来说,如果我们把原句再加一两个字,变成像散文一样,就很容易明白了:

花开花落乃是僧之贫富,云去云来可谓客之往还。

但是诗句宜简洁,只能靠自己去体会,不能像散文说得那么清楚。

可是说到这里,郑板桥的句子是不是十分清楚了呢?还不然。如果真要懂得这个句子,还应该对古人其他的诗文稍稍了解一些才好。事实上,把云雾和山僧野叟写在一起,是中国诗人非常喜欢的做法;至于把花跟钱联想到一起,也是中国诗人非常雅致的尝试。例如宋朝诗人杨万里就有一首题为《戏笔》的诗:

野菊荒苔各铸钱,金黄铜绿两争妍。
天公支予穷诗客,只买清愁不买田。

多么可爱的一首小诗,翻成现代诗也挺不错:

秋天来了

野菊花和青苔各自开起铸币厂来啦

野菊负责铸艳黄色的金币

青苔制造的却是生了绿锈的铜币

大把的铜币和金币就如此撒满了秋原，彼此竞艳啊

这种钱是上帝送给穷诗人的

但拥有这堆钱币的诗人买到了什么呢

他只买到秋来的清愁

而不曾买到房地产

另外元曲里"又不颠，又不仙，拾得榆钱当酒钱"的句子也饶有趣味。榆钱其实是榆树的种子，春天里会"舞困榆钱自落"。在北方，春荒的时候，穷人把榆钱拌些面粉蒸来吃。由于它圆圆的，的确像钱币，所以人人都叫它榆钱。刚才那首散曲说得很动人：

如果我疯癫了

那么当然可以拿榆钱付酒钱

如果我成了仙了

一点指之间榆钱自可化金币

但现在我是个常人

居然也糊里糊涂从口袋里掏出一枚榆钱

自以为是钱币就要去付酒钱了呢

这样看来，把花木和钱联想在一起，倒也是个很有渊源、很有来历的想法呢！

至于云呢，由于中国山区地带湿度比较大，所以中国的山景在情境上和欧洲的山景是不同的。瑞士的山景，由于气候晴爽，线条刚烈清晰，中国的山却是云来雾往、烟锁岚封的。国画里的

山每每在虚无缥缈间捉迷藏。如果你游过这样的山,如果你看过这样的国画,再来了解郑板桥的句子,就一点儿也不难了。

唐诗"松下问童子,言师采药去。只在此山中,云深不知处"应该是大家熟悉的。另外还有一首唐代僧人所写的七绝,应该更能表达这种情感:

万松岭上一间屋,老僧半间云半间。
三更云去做行雨,回头方羡老僧闲。

这首诗真不得了,老僧和云之间简直成了 roommate(指同租一间房的"室友")了。中国诗里一向把人云的关系写得很亲密。

了解这一点,郑板桥的联句虽然别致新鲜,倒也非常隶属传统的诗情。

解释一个联句,我们竟花了半小时。其实,我说得还不够多,应该还要再说它的平仄声调才对。花一小时讲两句对联绝不过分,但是今天到此为止。我只希望你们了解,小小的一句诗也是包藏着层层诗心的啊!不要轻易忽略过去,好好地读一遍读两遍读三遍,慢慢体会它,它会报偿你,向你展示它繁复多叠的美丽。

后　记

这是我的一堂演讲的记录稿,由于敝帚自珍的心情而保留下来了。

错误
——中国故事常见的开端

在中国，错误不见得是一件坏事，诗人愁予有首诗，题目就叫《错误》，末段那句"我达达的马蹄是美丽的错误"四十年来像一支名笛，不知被多少嘴唇呜然吹响。

《三国志》里记载周瑜雅擅音律，即使酒后也仍然轻易可以辨出乐工的错误。当时民间有首歌谣唱道："曲有误，周郎顾"，后世诗人多事，故意翻写了两句："欲使周郎顾，时时误拂弦"，真是无限机趣，描述弹琴的女孩贪看周郎的眉目，故意多弹错几个音，害他频频回首，风流俊赏的周郎哪里料到自己竟中了弹琴素手甜蜜的机关。

在中国，故事里的错误也仿佛是那弹琴女子在略施巧计，是善意而美丽的——想想如果不错它几个音，又焉能赚得你的回眸呢？错误，对中国故事而言有时几乎成为必须了。如果你看到《花田错》《风筝误》或《误入桃源》这样的戏目，不要觉得古怪，如果不错它一错，哪来的故事呢！

有位德国戏剧家布莱希特写过一出《高加索灰阑记》，不但取了中国故事做蓝本，学了中国平剧表演方式，到最后，连那判案的法官也十分中国化了。他故意把两起案子误判,反而救了两起婚姻,真是彻底中式的误打误撞,而自成佳境。

身为一个中国读者或观众,虽然不免训练有素,但在说书人的梨花简嗒然一声敲响或书页已尽正准备掩卷叹息的时候,不免悠悠想起,咦?怎么又来了,怎么一切的情节,都分明从一点点小错误开始?

我们先来说《红楼梦》吧,女娲炼石补天,偏偏炼了三万六千五百零一块。本来三万六千五百是个完整的数目,非常精准正确,可以刚刚补好残天。女娲既是神明,她心里其实是雪亮的,但她存心要让一向正确的自己错一次,她要把一向精明的手段错它一点。"正确",应只是对工作的要求,"错误",才是她乐于留给自己的一道难题,她要看看那块多余的石头,究竟会怎么样往返人世,出入虚实,并且历经情劫。

就是这一点点的谬错,于是大荒山无稽崖青埂峰下,便有了一块顽石,而由于有了这块顽石,又牵出了日后的通灵宝玉。

整一部《红楼梦》,原来恰恰只是数学上三万六千五百分之一的差误而滑移出来的轨迹,并且逐步演化出一串荒唐幽渺的情节。世上的错误往往不美丽,而美丽又每每不错误,唯独运气好碰上"美丽的错误"才可以生发出歌哭交感的故事。

《水浒传》楔子里的铸错则和希腊神话《潘多拉的盒子》有些类似,都是禁不住好奇,去窥探人类不该追究的奥秘。

但相较之下,洪太尉"揭封"又比潘多拉"开盒子"复杂得多。他走完了三清堂的右廊尽头,发现了一座奇特神秘的建筑:

门缝上交叉贴着十几道封纸，上面高悬着"伏魔之殿"四个字，据说从唐朝以来八九代天师每一代都亲自再贴一层封条，锁孔里还灌了铜汁。洪太尉禁不住引诱，竟打烂了锁，撕了封条，踢倒大门，撞进去掘起石碣，搬走石龟，最后又扛起一丈见方的大青石板，这才看到下面原来是万丈深渊。刹那间，黑烟上腾，散成金光，激射而出。仅此一念之差，他放走了三十二座天罡星和七十二座地煞星，合共一百〇八个魔王……

《水浒传》里一百〇八个好汉便是这样来的。

那一番莽撞，不意冥冥中竟也暗合天道，早在天师的掐指计算中——中国故事至终总会在混乱无序里找到秩序。这一百零八个好汉毕竟曾使荒凉的年代有一腔热血，给邪曲的世道一副直心肠。中国的历史当然不该少了尧舜孔孟，但如果不是洪太尉伏魔殿那一搅和，我们就要失掉夜奔的林冲或醉打出山门的鲁智深，想来那也是怪可惜的呢！

洪太尉的胡闹恰似顽童推倒供桌，把袅袅烟雾中的时鲜瓜果散落一地，遂令天界的清供化成人间童子的零食。两相比照，我倒宁可看到洪太尉触犯天机，因为没有错误就没有故事——而没有故事的人生可怎么忍受呢？

一部《镜花缘》又是怎么样的来由？说来也是因为百花仙子犯了一点小小的行政上的错误，因此便有了众位花仙贬入凡尘的情节。犯了错，并且以长长的一生去截补，这其实也正是大部分的人间故事吧！

也许由于是农业社会，我们的故事里充满了对四时以及对风霜雨露的时序的尊重。《西游记》里的那个老龙王为了跟人打赌，故意把下雨的时间延后两小时,把雨量减少三寸零八点,其结果竟是惨遭斩头。不过,龙王是男性,追究起责任来动用的是刑法,未免无情。说起来女性仙子的命运好多了,中国仙界的女权向来相当高涨,除了王母娘娘是仙界的铁娘子以外,众女仙也各司要职。像"百花仙子"担任的便是最美丽的任务。后来因为访友下棋未归,下达命令的系统弄乱了,众花在雪夜奉人间女皇帝之命提前齐开。这一番"美丽的错误"引致一种中国仙界颇为流行的惩罚方式——贬入凡尘。这种做了人的仙即所谓"谪仙"(李白就曾被人怀疑是这种身份)。好在她们的刑罚与龙王大不相同,否则如果也砍杀百花之头,一片红紫狼藉,岂不伤心!

百花既入凡尘,一个个身世当然不同,她们佻侻美丽,不苟流俗,各自跨步走向属于她们自己的那一番人世历程。

这一段美丽的错误和美丽的罚法都好得令人艳羡称奇!

从比较文学的观点看来,有人以为中国故事里往往缺少叛逆英雄。像宙斯那样弑父自立的神明,像雅典娜,必须拿斧头砍开父亲脑袋自己才跳得出来的女神,在中国是不作兴有的。就算捣蛋精的哪吒太子,一旦与父亲冲突,也万不敢"叛逆",他只能"剔骨剜肉"以还父母罢了。中国的故事总是从一件小小的错误开端,诸如多炼了一块石头,失手打了一件琉璃盏,太早揭开坛子上有法力的封口(关公因此早产,并且终生有一张胎儿似的红脸)。不是叛逆,是可以谅解的小过小犯,是失手,是大意,是一时兴起或一时失察。"叛逆"太强烈,那不是中国方式。中国故事只有"错","错"这个字既是"错误"之错,也是"交错"之错,交错不是什么严重的事,只是两人或两事交互的作用——在人与人的盘根错节间就算是错也不怎么样。像百花仙子，待历经尘劫回来，依旧是仙，仍旧冰清玉洁馥馥郁郁，仍然像掌理军机令一样准确地依时开花。就算在受刑期间，那也是一场美丽的受罚，她们是人间女儿，兰心蕙质，生当大唐盛世，个个"纵其才而横其艳"，直令千古以下，回首乍望的我忍不住意飞神驰。

年轻，有许多好处，其中最足以傲视人者莫过于"有本钱去错"。年轻人犯错，你总得担待他三分——

有一次，我给学生定了作业，要他们每人念几十首诗，录在录音带上交来。有的学生念得极好，有的又念又唱，极为精彩，有的却有口无心。苏东坡的"一年好景君须记，正是橙黄橘绿时"，不知怎么回事，有好几个学生念成"一年好景须君记"，我听了，一面摇头莞尔，一面觉得也罢，苏东坡大约也不会太生气。本来的句子是"请你要记得这些好景致"，现在变成了"好景致得要你这种人来记"，这种错法反而更见朋友之间相知相重之情了。好景年年有，但是，得要有好人物来记才行呀！你，就是那可以去记住天地岁华美好面的我的朋友啊！

有时候念错的诗也自有天机欲泄，也自有密码可索，只要你有一颗肯接纳的心。

在中国，那些小小的差误，那些无心的过失，都有如偏离大道以后的岔路。岔路亦自有其可观的风景，"曲径"似乎反而理直气壮地可以"通幽"。错有错著，生命和人世在其严厉的大制约和惨烈的大叛逆之外，又何妨采中国式的小差错、小谬误或小小的不精确。让岔路可以是另一条大路的起点，容错误是中国式故事里急转直下的美丽情节。

初心

一　初哉首基肇祖元胎……

因为书是新的，我翻开来的时候也就特别慎重。书本上的第一页第一行是这样的：

初、哉、首、基、肇、祖、元、胎……始也。

那一年，我十七岁，望着《尔雅》这部书的第一句话而愕然。这书真奇怪啊！把"初"和一堆"初的同义词"并列卷首，仿佛立意要用这一长串"起始"之类的字来做整本书的起始。

也是整个中国文化的起始和基调吧？我有点敬畏起来了。

想起另一部书，《圣经》，也是这样开头的：

起初，上帝创造天地。

真是简明又壮阔的大笔，无一语修饰形容，却是元气淋漓，如洪钟之声，震耳贯心，令人读着读着竟有坐不住的感觉，所谓壮志陡生，有天下之志，就是这种心情吧！寥寥数字，天工已竟，令人想见日之初升，海之初浪，高山始突，峡谷乍降以及大地寂然等待小草涌腾出土的刹那！

而那一年，我十七岁，刚入中文系，刚买了这本古代第一部字典《尔雅》，立刻就被第一页第一行迷住了，我有点喜欢起文字学来了。真好，中国人最初的一本字典（想来也是世人的第一本字典），它的第一个字就是"初"。

"初，裁衣之始也。"文字学的书上如此解释。

我又大为惊动，我当时已略有训练，知道每一个中国文字背后都有一幅图画，但这"初"字背后不止一幅画，而是长长的一幅卷轴。想来这是当年造字之人初造"初"字的时候，煞费苦心之余的神来之笔。"初"无形可绘，无状可求，如何才能追踪描摹？

他想起了某个女子的动作，也许是母亲，也许是妻子，那样慎重地先从纺织机上把布取下来，整整齐齐的一匹布，她手握剪刀，当窗而立，她屏息凝神，考虑从哪里下刀，阳光把她微微毛乱的鬓发渲染成一轮光圈。她用神秘而多变的眼光打量着那整匹布，仿佛在主持一项典礼，其实她努力要决定的只不过是究竟该先做一件孩子的小衫好呢？还是先裁自己的一幅裙布？一匹布，一如渐渐沉黑的黄昏，有一整夜的美梦可以预期——当然，也有可能是噩梦，但因为有可能成为噩梦，美梦就更值得去渴望——而在她思来想去的当际，窗外陆陆续续流溢而过的是初春的阳光，是一批一批的风，是雏鸟拿捏不稳的初鸣，是天空上一匹复一匹不知从哪一架纺织机里卷出的浮云……

那女子终于下定决心，一刀剪下去，脸上有一种近乎悲壮的决然。

"初"字，就是这样来的。

人生一世，亦如一匹辛苦织成的布，一刀下去，一切就都裁就了。

整个宇宙的成灭，也可视为一次女子的裁衣啊！我爱上"初"这个字，并且提醒自己每个清晨都该恢复为一个"初人"，每一刻，都要维护住那一片"初心"。

二　初发芙蓉

《颜延之传》里这样说：

> 颜延之问鲍照己与谢灵运优劣，照曰："谢五言诗如初发芙蓉，自然可爱，君诗如铺锦列绣，雕缋满眼。"

六朝人说的芙蓉便是荷花，鲍照用"初发芙蓉"比谢灵运，实在令人羡慕，其实像"荷花"不足为奇，能像"初发芙蓉"才令人神思飞驰。灵运一生独此四字，也就够了。

后来的文学批评也爱沿用这字眼，介存斋的《论词杂著》论晚唐韦庄的词便说：

> 端己词清艳绝伦，初日芙蓉春日柳，使人想见风度。

中国人没有什么"诗之批评"或"词之批评",只有"诗话"、"词话",而"词话"好到如此,其本身已凝聚饱实,且华丽如一则小令。

三 清露晨流,新桐初引

《世说新语》里有一则故事,说到王恭和王忱原是好友,以后却因政治上的芥蒂而分手。只是每次遇见良辰美景,王恭总会想到王忱。面对山石流泉,王忱便恢复为王忱,是一个精彩的人,是一个可以共享无限清机的老友。

有一次,春日绝早,王恭独自漫步到幽极胜极之处,书上记载说:

于时清露晨流,新桐初引。

那被人爱悦,被人举为"濯濯如春月柳"的王恭忽然怅怅然冒出一句:"王大故自濯濯。"语气里半是生气半是爱惜,翻成白话就是:

"唉,王大那家伙真没话说——实在是出众!"

不知道为什么,作者在描写这段微妙的人际关系时,把周围环境也一起写进去了。而使我读来怦然心动的也正是那段"于时清露晨流,新桐初引"的附带描述。也许不是什么惊心动魄的大景观,只是一个序幕初启的清晨,只是清晨初初映着阳光闪烁的露水,只是露水装点下的桐树初初抽了芽,遂使得人也变得纯洁灵明起来，甚至强烈地怀想起那个有过嫌隙的朋友。

李清照大约也是被这光景迷住了，所以她的《念奴娇》里竟把"清露晨流，新桐初引"的句子全搬过去了。一颗露珠，从六朝闪到北宋，一叶新桐，在安静的扉页里晶薄透亮。

我愿我的朋友也在生命中最美好的片刻想起我来。在一切天清地廓之时，在叶嫩花初之际，在霜之始凝，夜之始静，果之初熟，茶之方馨，在船之启碇，鸟之回翼，在婴儿第一次微笑的刹那，想及我。

如果想及我的那人不是朋友，而是敌人（如果我有敌人的话），那也好——不，也许更好，嫌隙虽深，对方却仍会想及我，必然因为我极为精彩的缘故。当然，也因为一片初生的桐叶是那么好，好得足以让人有气度去欣赏仇敌。

色识

颜色之为物，想来应该像诗，介乎虚实之间，有无之际。

世界各民族都有其"上界"与"下界"的说法，以供死者前往——独有中国的特别好辨认，所谓"上穷'碧'落下'黄'泉"。《千字文》也说"天地玄黄"，原来中国的天堂地狱或是宇宙全是有颜色的哩！中国的大地也有颜色，分五块设色，如同小孩玩的拼图版，北方黑，南方赤，西方白，东方青，中间那一块则是黄的。

有些人是色盲，有些动物是色盲，但更令人惊讶的是，据说大部分人的梦是无色的黑白片。这样看来，即使色感正常的人，每天因为睡眠也会让人生的三分之一时间失色。

中国近五百年来的画，是一场墨的胜利。其他颜色和黑一比，竟都黯然引退，好在民间的年画、刺绣和庙宇建筑仍然五光十色，相较之下，似乎有下面这一番对照：

成人的世界是素净的黯色，但孩子的衣着则不避光鲜明艳。

汉人的生活常保持渊沉的深色，苗瑶藏胞却以彩色环绕汉人、提醒汉人。

平素家居度日是单色的，逢到节庆不管是元宵放灯或端午赠送香包或市井婚礼，色彩便又复活了。

庶民（又称"黔"首、"黧"民）过老态的不设色的生活，帝王将相仍有黄袍朱门紫绶金驾可以炫耀。

古文的园囿不常言色，诗词的花园里却五彩绚烂。

颜色，在中国人的世界里，其实一直以一种稀有的、矜贵的、与神秘领域暗通的方式存在。

颜色，本来理应属于美术领域，不过，在中国，它也属于文学。眼前无形无色的时候，单凭纸上几个字，也可以想见"月落江湖'白'，潮来天地'青'"的山川胜色。

逛故宫，除了看展出物品，也爱看标签，一个是"实"，一个是"名"，世上如果只有喝酒之实而无"女儿红"这样的酒名，日子便过得不精"彩"了。诸标签之中且又独喜与颜色有关的题名，像下面这些字眼，本身便简扼似诗：

祭红：祭红是一种沉稳的红釉色，红釉本不可多得。不知祭红一名何由而来，似乎有时也写作"积红"，给人直觉的感觉不免有一种宗教性的虔诚和绝对。本来羊群中最健康的、玉中最完美的可作礼天敬天之用，祭红也该是最凝聚最纯粹最接近奉献情操的一种红，相较之下，"宝石红"一名反显得平庸，虽然宝石红也光莹秀澈，极为难得。

牙白：牙白指的是象牙白，因为不顶白反而有一种生命感，让人想到羊毛、贝壳或干净的骨骼。

甜白：不知怎么回事会找出甜白这么好的名字，几件号称甜白的器物多半都脆薄而婉腻。甜白的颜色微灰泛紫加上几分透明，像雾峰一带的好芋头,熟煮了,在热气中乍剥了皮,含粉含光,令人甜从心起,甜白两字也不知是不是这样来的。

娇黄:娇黄其实很像杏黄,比黄瓤西瓜的黄深沉,比袈裟的黄轻俏,是中午时分对正阳光的透明黄玉,是琉璃盏中新榨的纯净橙汁,黄色能黄到这样好真叫人又惊又爱又心安。美国式的橘黄太耀眼,可以做属于海洋的游艇和救生圈的颜色,中国皇帝的龙袍黄太夸张,仿佛新富乍贵,自己一时也不知该怎么穿着,才胡乱选中的颜色,看起来不免有点舞台戏服的感觉。但娇黄是定静的沉思的,有着《大学》一书里所说的"定而后能静、静而后能安、安而后能虑、虑而后能得"的境界。有趣的是"娇"字本来不能算是称职的形容颜色的字眼——太主观,太情绪化,但及至看了"娇黄高足大碗",倒也立刻忍不住点头称是,承认这种黄就该叫娇黄。

茶叶末:茶叶末其实是秋香色,也略等于英文里的鳄梨色(avocado),但情味并不相似。鳄梨色是软绿中透着柔黄,如池柳初舒,茶叶末则显然忍受过搓揉和火炙,是生命在大挫伤中历练之余的幽沉芬芳,但两者又分明属于一脉家谱,互有血缘。此色如果单独存在,会显得悒闷,但由于是釉色,所以立刻又明丽生鲜起来。

鹧鸪斑:这称谓原不足以算"纯颜色",但仔细推来,这种乳白赤褐交错的图案效果如果不用此字,真不知如何形容。鹧鸪斑三字本来很可能是鹧鸪鸟羽毛的错综效果,我自己却一厢情愿地认为那是鹧鸪鸟蛋壳的颜色。所有的鸟蛋都有极其漂亮的颜色,或红褐,或浅碧,或斑斑朱朱。鸟蛋不管隐于草茨或隐于枝柯,像未熟之前的果实,它有颜色的目的竟是求其"失色",求其"不被看见"。这种斑丽的隐身衣真是动人。

霁青、雨过天青:霁青和雨过天青不同,前者是凝冻的深蓝,后者比较有云淡天青的浅致。有趣的是从字义上看都指雨后的晴空。大约好事好物也不能好过头,朗朗青天看久了也会糊涂,以为不稀罕。必须乌云四合,铅灰一片乃至雨注如倾盆之后的青天才可喜。柴世宗御批指定"雨过天青云破处,这般颜色做将来",口气何止像君王,更像天之骄子,如此肆无忌惮简直根本不知道世上有不可为之事,连造化之诡、天地之秘也全不瞧在眼里。不料正因为他孩子似的、贪心的、漫天开价的要求,世间竟真的有了雨过天青的颜色。

剔红:一般颜色不管红黄青白,指的全是数学上的"正号",是在形状上面"加"上去的积极表现。剔红却特别奇怪,剔字是"负号",指的是在层层相叠的漆色中以雕刻家的手法挖掉了红色,是"减掉"的消极手法。其实,既然剔除了只能叫剔空,它却坚持叫剔红,仿佛要求我们留意看那番疼痛的过程。站在大玻璃橱前看剔红漆盒看久了,竟也有一份悲喜交集的触动,原来人生亦如此盒,它美丽剔透,不在保留下来的这一部分,而在挖空剔除的那一部分。事情竟是这样的吗?在忍心的割舍之余,在冷情的镂空之后,生命的图案才足动人。

斗彩:斗彩的"斗"字也是个奇怪的副词,颜色与颜色也有可斗的吗?文字学上"斗"字也通于"逗","逗"与"斗"在釉色里面都有"打情骂俏"的成分,令人想起李贺的"石破天惊逗秋雨",那一番逗简直是挑逗啊!把雨水从天外逗引出来,把颜色从幽冥中逗弄出来,斗彩的小器皿向来是热闹的,少不了快意的青蓝和珊瑚红,非常富有民俗趣味。近人语言里每以"逗"这个动词当形容词用,如云"此人真逗"!形容词的"逗"有"绝妙好玩"的意思,如此说来,我也不妨说一句"斗彩真逗"!

当然,"艳色天下重",好颜色未必皆在宫中,一般人玩玉总不免玩出一番好颜色好名目来,例如:

孩儿面(一种石灰沁过而微红的玉)

鹦哥绿(此绿是因为做了青铜器的邻居受其感染而变色的)

茄皮紫

秋葵黄

老酒黄(多温暖的联想)

虾子青(石头里面也有一种叫"虾背青"的,让人想起属于虾族的灰青色的血液和肌理)

不单玉有好颜色,石头也有,例如:

鱼脑冻:指一种青灰浅白半透明的石头,"灯光冻"则更透明。

鸡血:指浓红的石头。

艾叶绿:据说是寿山石里面最好最值钱的一种。

炼蜜丹枣:像蜜饯一样,是个甜美生津的名字,书上说"百炼之蜜,渍以丹枣,光色古黯,而神气焕发"。

桃花水:据说这种亦名"桃花片"的石头浸在瓷盘净水里,一汪水全成了淡淡的"竟日桃花逐水流"的幻境。如果以桃花形容石头,原也不足为奇,但加一"水"字,则迷离滉漾,硬是把人推到"两岸桃花夹古津"的粉红世界里去了。类似的浅红石头也有叫"浪滚桃花"的,听来又凄婉又响亮,叫人不知如何是好。

砚水冻:这是种不纯粹的黑,像白昼和黑夜交界处的交战和朦胧,并且这份朦胧被魔法定住,凝成水果冻似的一块,像砚池中介乎浓淡之间的水,可以为诗,可以染墨,也可以秘而不宣,留下永恒的缄默。

石头的好名字还有许多,例如"鹁鸽眼"(一切跟"眼"有关的大约都颇精粹动人,像"虎眼"、"猫眼")、"桃晕"、"洗苔水"、"晚霞红"等。

当然,石头世界里也有不"以色事人"的,像"太湖石"、"常山石",是以形质取胜,两相比较,像美人与名士,各有可倾倒之处。

除了玉石,骏马也有漂亮的颜色,项羽必须有英雄最相宜的黑色来相配,所以"乌"骓不可少,关公有"赤"兔,刘彻有汗"血",此外"玉"骢,"华"骝,"紫"骥,无不充满色感,至于不骑马而骑牛的那位老聃,他的牛也有颜色,是"青"牛,老子一路行去,函谷关上只见"紫"气东来。

马之外,英雄当然还须有宝剑,宝剑也是"紫电"、"青霜",当然也有以"虹气"来形容剑器的,那就更见七彩缤纷了。

中国晚期小说里也流金泛彩,不可收拾,《金瓶梅》里小小几道点心,立刻让人进入"色彩情况",如:

> 揭开,都是顶皮饼,松花饼,白糖万寿糕,玫瑰搽穰卷儿。

写惠莲打秋千一段也写得好：

　　这惠莲也不用人推送，那秋千飞起在半天云里，然后忽地飞将下来，端的却是飞仙一般，甚可人爱。月娘看见，对玉楼李瓶儿说："你看媳妇子，她倒会打。"正说着，一阵风过来，把她裙子刮起，里边露见大红潞绸裤儿，扎着脏头纱绿裤腿儿，好五色纳纱护膝，银红线带儿。玉楼指与月娘瞧。

另外一段写潘金莲装丫头的也极有趣：

　　却说金莲晚夕，走到镜台前，把鬏髻摘了，打了个盘头楂髻，把脸搽得雪白，抹得嘴唇儿鲜红，戴着两个金澄笼坠子，贴着三个面花儿，戴着紫销金箍儿，寻了一套大红织金袄儿，下着翠蓝缎子裙，装扮丫头，哄月娘众人耍子。叫将李瓶儿来与她瞧，把李瓶儿笑得前仰后合。说道："姐姐，你装扮起来，活像个丫头，我那屋里有红布手巾，替你盖着头，等我往后边去，对他们只说他爹又寻了个丫头，唬他们唬，敢情就信了。"

买手帕的一段，颜色也多得惊人：

　　敬济道："门外手帕巷有名王家，专一发卖各色改样销金点翠手帕汗巾儿，随你要多少也有，你老人家要甚么颜色？销甚花样？早说与我，明日都替你一齐带的来了。"李瓶儿道:"我要一方老黄销金点翠穿花凤的。"敬济道:"六娘,老金黄销上金,不显。"李瓶儿道:"你别要管我,我还要一方银红绫销江牙海水嵌八宝儿的,又是一方闪色芝麻花销金的。"敬济便道:"五娘,你老人家要甚花样?"金莲道:"我没银子,只要两方儿勾了,要一方玉色绫锁子地儿销金的。"敬济道:"你又不是老人家,白刺刺的要他做甚么?"金莲道:"你管他怎的?戴不的,等我往后有孝戴!"敬济道:"那一方要甚颜色?"金莲道:"那一方,我要娇滴滴紫葡萄颜色四川绫汗巾儿,上销金间点翠花样锦,同心结方胜地儿,一个方胜儿里面,一对儿喜相逢,两边阑子儿都是缨络珍珠碎八宝儿。"敬济听了,说道:"耶嚛,耶嚛,再没了,卖瓜子儿开箱子打喷嚏,琐碎一大堆。"

看了两段如此如见其人如闻其声的描写,竟也忍不住疼惜起潘金莲来了,有表演天才,对音乐和颜色的世界极敏锐,喜欢白色和娇滴滴的葡萄紫,可怜这聪明剔透的女人,在这个世界上她除了做西门庆的第五房老婆外,可以做的事其实太多了!只可怜生错了时代!

《红楼梦》里更是一片华彩,在"千红一窟"、"万艳同杯"的幻境之余,怡红公子终生和红的意象是分不开的,跟黛玉初见时,他的衣着如下:

> 头上戴着束发嵌宝紫金冠,齐眉勒着二龙抢珠金抹额;一件二色金百蝶穿花大红箭袖,束着五彩丝攒花结长穗宫绦,

外罩石青起花八团倭缎排穗褂,蹬着青缎粉底小朝靴……

没过多久,他又换了家常衣服出来:

已换了冠服:头上周围一转的短发,都结成小辫,红丝结束,共攒至顶中胎发,总编一根大辫,黑亮如漆,从顶至梢,一串四颗大珠,用金八宝坠脚;身上穿着银红撒花半旧大袄,仍旧戴着项圈、宝玉、寄名锁、护身符等物;下面半露松花撒花绫裤,锦边弹墨袜,厚底大红鞋。

宝玉由于在小说中身居要津,不免时时刻刻要为他布下多彩的戏服,时而是五色斑丽的孔雀裘,有时是生日小聚时的"大红棉纱小袄儿,下面绿绫弹墨夹裤,散着裤脚,系着一条汗巾,靠着一个各色玫瑰芍药花瓣装的玉色夹纱新枕头"。生起病来,他点的菜也是仿制的小荷花叶子、小莲蓬,图的只是那翠荷鲜碧的好颜色。告别的镜头是白茫茫大地上的一件猩红斗篷。就连日常保暖的一件小内衣,也是白绫子红里子上面绣起最生香活色的"鸳鸯戏水"。

和宝玉的猩红斗篷有别的是女子的石榴红裙。猩红是"动物性"的,传说红染料里要用猩猩血色来调才稳得住,真是凄伤至极点的顽烈颜色,恰适合宝玉来穿。石榴红是"植物性"的,香菱和袭人两个女孩在林木蓊郁的园子里,偷偷改换另一条友伴的红裙,以免自己因玩疯了而弄脏的那一条被众人发现。整个情调读来是淡淡的植物似的悠闲和疏淡。

和宝玉同属"富贵在人"的是王熙凤,她一出场,便自不同:

> 只见一群媳妇丫鬟拥着一个丽人从后房进来。这个人打扮与姑娘们不同,彩绣辉煌,恍若神仙妃子:头上绾着金丝八宝攒珠髻,插着朝阳五凤攒珠钗,项上戴着赤金盘螭璎珞圈,身上穿着缕金百蝶穿花大红洋缎窄裉袄,外罩五彩缂丝石青银鼠褂,下着翡翠撒花洋绉裙。

这种明艳刚硬的古代"女强人",只主管一个小小贾府,真是白糟蹋了。

《红楼梦》里的室内设计也是一流的,探春的,妙玉的,秦氏的,贾母的,各有各的格调,各有各的摆设,贾母偶然谈起窗纱的一段,令人神往半天:

> 那个纱,比你们的年纪还大呢。怪不得他认作蝉翼纱,原也有些像,不知道的都认作蝉翼纱。正经名叫"软烟罗"……那个软烟罗只有四样颜色:一样雨过天青,一样秋香色,一样松绿的,一样就是银红的。要是做了帐子,糊了窗屉,远远地看着,就似烟雾一样,所以叫作"软烟罗"。那银红的又叫作"霞影纱"。

《红楼梦》也是一部"红"尘手记吧,大观园里春天来时,莺儿摘了柳树枝子,编成浅碧小篮,里面放上几枝新开的花……好一出色彩的演出。

和小说的设色相比，诗词里的色彩世界显然密度更大更繁富。奇怪的是大部分作者都秉承中国人对红绿两色的偏好，像李贺，最擅长安排"红""绿"这两个形容词前面的副词，像：

老红、坠红、冷红、静绿、空绿、颓绿。

真是大胆生鲜，从来在想象中不可能连接的字被他一连，也都变得妩媚合理了。

此外像李白"寒山一带伤心碧"（《菩萨蛮》），也用得古怪，世上的绿要绿成什么样子才是伤心碧呢？"一树碧无情"亦然，要绿到什么程度可算绝情绿，令人想象不尽。

杜甫"宠光蕙叶与多碧，点注桃花舒小红"（《江雨有怀郑典设》），以"多碧"对"小红"，也是中国文字活泼到极处的面貌吧？

此外，李商隐、温飞卿都有色癖，就是一般诗人，只要拈出"雨中黄叶树"，"灯下白头人"的对句，也一样有迷人情致。

词人中小山词算是极爱色的，郑因百先生有专文讨论，其中如：

绿娇红小、朱弦绿酒、残绿断红、露红烟绿、遮闷绿掩羞红、晚绿寒红、君貌不长红、我鬓无重绿。

竟然活生生地将大自然中最旺盛最欢愉的颜色驯服为满目苍凉，也真是夺造化之功了。

秦少游的"莺嘴啄花红溜，燕尾点波绿绉"也把颜色驱赶成一群听话的上驷，前句由于莺的多事，造成了由高枝垂直到地面的用花瓣点成的虚线，后句则缘于燕的无心，把一面池塘点化成回纹千度的绿色大唱片。另外有位无名词人的"万树绿低迷，一庭红扑簌"也令人目迷不暇。

李清照"知否知否，应是绿肥红瘦"的颜色自己也几乎成了美人，可以在纤秾之间各如其度。

蒋捷有句谓"红了樱桃，绿了芭蕉"，其中的红绿两字不单成了动词，而且简直还是进行式的，樱桃一点点加深，芭蕉一层层转碧，真是说不完的风情。

辛稼轩"唤取红巾翠袖，揾英雄泪"也在英雄事业的苍凉无奈中见婉媚。其实世上另外一种悲剧应是红巾翠袖空垂——因为找不到真英雄，而且真英雄未必肯以泪示人。

元人小令也一贯地爱颜色，白朴有句曰："黄芦岸白蘋渡口，绿杨堤红蓼滩头"，用色之奢侈，想来隐身在五色祥云后的神仙也要为之思凡吧？马致远也有"和露摘黄花，带霜烹紫蟹，煮酒烧红叶"的好句子，煮酒其实只用枯叶便可，不必用红叶，曲家用了，便自成情境。

世界之大，何处无色，何时无色，岂有一个民族会不懂颜色？但能待颜色如情人，相知相契之余且不嫌麻烦地想出那么多出人意表的字眼来形容描绘它，舍中文外，恐怕不容易再找到第二种语言了吧？

万物伙伴

三百年前,十七世纪的中叶,一群学者和诗人,将他们辛苦辑成的一大套丛书,呈给龙椅上的康熙皇帝。后来,那批编者死了,那皇帝读者也死了,而那套书却印了出来,可以在今天任何一个有规模的图书馆里找到,那本书是《咏物诗》,包括中国历代大诗人对万物的歌咏。

吃满汉全席,也许是皇族特有的口福,但读诗,读咏物诗,却已是每一个小老百姓的权利。诗,从来不会不属于人类全体。

西洋人论诗,每每强调叙事诗、抒情诗或者牧歌,但中国人却喜欢说咏物、咏史、咏怀。"物"在中国已经成为一种可以歌颂,可以细描,可以玩味的诗歌题材了。正如在艺术方面中国人不习惯说画"画",我们一定要说画山水、画人物、画花鸟、画四君子……

咏物诗在中国诗的历史中当然不能算最优秀的作品,但令人惊讶的是,"物"在中国,有其比西洋诗中更高贵的形象。"天人合一"是比较抽象不易捉摸的,"物我无间"倒比较合乎中国人更实际的生活,庄子说:"天地与我并立,而万物与我为一。"事实上,天,经常被看作"物",连人,也是"人物",人既为"万物之灵",也是万物的一支吧!人死了,变成鬼,就中国人来看,仍是"物",是"异物"。

中国上古史里的圣王当然都是最有智慧最深沉的人,然而他们获得智慧的方法既不是"面壁",也不是"闭关",相反,他们"仰则观象于天","俯则观法于地","视鸟兽之文与地之宜",然后,他们获得了统驭的智慧。中国的政治家,是透过"自然观察家"、"哲学家"而成为"政治理论家"的。中国的君子懂得"自强不息"的道理,是因为有感于"天行健"。中国的圣人是看到"逝者如斯"的东流水,震撼于"不舍昼夜"的自然力量,方会回身观照,急于想把自己冲激成一川洪流。

这不仅是士大夫的观念,事实上取法自然,从万物体悟人生,也是一般小百姓的想法。武侠小说里固然有时也承认秘籍的权威,但一派宗师在融会贯通天下武学之际,总是独凌绝峰,并且从大海日出、白鹤腾空、瀑布断流、风舞琼花等现象获得灵感上的突破。在这种事上,武学分明又是一种诗学,一种美学。在中国,几乎所有的智慧体悟都来自对万物的观察。

中国的文字,就其象形本质而论,是采取"画成其'物',随体诘诎"的办法。你可以不认识"稷"字,但你知道它是禾的一种,是广大田野中青青的翠意。你可以不认识"麇",但你知道它是鹿族里的一脉,是浅溪旁呼伴饮水的善良生物。你可以不认识"雯",但却可以想象它是一种美丽的天象,是云霞的妹妹。

作为一个中国人,每天,在每一个文字上遇见万物的速写像。我们在一张简单的报纸上重见"日""月""山""川",他们仍然那样传神地勾画着初民对万物的惊喜赞叹。当我们看到"册"字，它向我们显示那穿在一条线上厚实整齐的竹简。当我们看到"果"字，它沉甸甸地悬在最高枝的喜悦感仍然是极真实的，我们不由得感到与万物有亲有故的那份真切情意。

然后，忽焉一声炸雷，我们就看到"物竞天择"、"弱肉强食"的新旗号，我们还来不及分辨这句话在生物学上的正确意义，它已经就变成政客和野心家的金科玉律了……

但是，我们仍然记得我们是来自一个和万物有亲有故的民族。

这个民族，曾产生庄子。他像一个小学老师，他第一次把我们引离教室，带我们站在春天的原野上，教我们看天、看云、看花草、看尘泥，然后告诉我们说："物无贵贱。"我们认真地想着他所说的"齐物论"，直等到一只蜻蜓误停在我们的肩上，我们终于相信我们都只不过是一个小小的客旅，我们之间并无大小之差尊卑之别。金星难道比土星高贵吗？太阳比月亮美丽吗？人比蜉蝣活得更长吗？

韩愈说："有其翼者去其角。"在中国人看来，没有谁是绝对的强者，如果说"适者生存"，则万物莫不是"适者"，上天不会造一只有翅膀的老虎，也不会造一只生有大角的老鹰。柔弱无依的墨鱼，在事急时也有它"防御性的武器"。换句话说，这是一个"有饭大家吃"、"人人都有得混"的众生平等的世界。

在这种观念之下，万物都各安其位，各得其所，大如山的自然可以入画，小如沙砾亦自有景观（近世有显微摄影，一幅盐结晶的构图，一幅"精子力争上游图"，莫不动人良深）。明灿如钻石的是美，沉黯如黑玉的也是美。刚如削壁虽足取法，柔似春水也能给人许多启示。像虎豹一样强,固然可以傲啸山林,像小蜥蜴一样弱,也有资格享受成色十足的阳光……

因此,张横渠会说:"民吾同胞,物吾与也。"翻成白话文就是:"人类,是我的手足弟兄,万物,是我一伙的朋友。"

既不是逞能地去霸占万物,也不是无能地役于万物,只是一个欢欢喜喜的孩子,走在欢欢喜喜的阳光里,觉得眼前一切鸟兽虫鱼花树草木全都与自己有亲有故的那种心情。也因此,程颢会写下"万物静观皆自得,四时佳兴与人同"的句子,朱晦庵会持有"好鸟枝头亦朋友,落花水面皆文章"的烂漫天机。

旧式塾师的诗学教育,也是从万物之情体会出来的,老师说"天",学生要懂得说"地",老师说"桃红",学生对"柳绿"。就这样,在对对子——这种师生间的"合法抬杠"——中,中国小孩学会了写诗,学会了陆机所说的那种"挫万物于笔端"的本领。

当然,反过来说,中国诗里也充满了"物"的和谐。孔子劝儿子读诗的理由之一是"可以在诗里认识鸟兽草木"。一本《诗经》,是从一条河畔写起的,水鸟和鸣,荇菜飘浮,好一卷澄澈无渣滓的歌。《楚辞》里是另一种植物,兰芷茝蕙,一派南国风物。连汉代乐府,也每每无缘无故地要拿"青青河畔草"做开头的固定格式。

可是,中国诗里写物跟美国诗人狄谨荪写蛇、康明思写蚱蜢是不相同的。"非人磨墨墨磨人"写的是墨吗?"百花发,我不发,我若发,都骇杀"写的是秋菊吗?咏物者常常弄不清楚自己手绘的是一幅蝴蝶,还是一幅自己,咏物者终于发现自己在万物里,万物在自己里。

不单诗，中国戏剧也惯于以物体贯串剧情。《汉宫秋》里，前前后后只是那一把琵琶的抑扬悲欢。《桃花扇》，整个大明朝的兴亡全在一个金陵女子的扇底说完了。而《荆钗记》，一枝小小的木棒做的头钗，却是贫微夫妻的爱情保障……

生命也是如此啊，几片瓦，一口井，一口老黑锅，故事就绕着小小的道具而推展。在那个古老的时代，每一件物都有先人的手泽，都有亲切的情意。不幸那时代远了，我们身处在一个"银货两讫"的商业社会里，我们是按着定价购物的一代，杯子只是杯子，笔只是笔，今年的衣服是明年的垃圾，月亮在荧光幕上自会出现，不必麻烦去看天上的那一轮。我们有无限膨胀的物欲，却不能通一点物情物趣。

学院的教育把我们变成善于分析的说明符号"："，不知从什么时候开始，我们竟再也不会发出一声惊叹号"！"。

"江畔何人初见月？江月何年初照人？"

江畔见月者何止万万千千个，江月照人何止万万千千年？但谁是真正的"江畔见月人"呢？那必是一个带一声惊呼就穆然肃然把一颗心交给月光去浸得清极莹极的一位吧！而谁又是江月所真正愿意倾光相授的传人呢？那必是让月光也为之一震的光风霁月的君子吧？

与万物摩踵擦肩而过，谁是那得物趣、通物情、能友物、能契物的人呢？

我认识一位教植物学的老教授，他说：

"我年轻的时候，用显微镜观察叶子的组织，那时代的显微镜不够好，我们能看到的东西不够多，我常希望有更高倍数的显微镜出现，我们就会明白得多些。现在，我老了，这种显微镜出现了。奇怪的是，放大倍数增加以后，看到了更多的东西，引出的问题反而更多了，我忽然发现我比以前更不了解那些组织了！"

在他自己承认"不了解"的谦逊和敬畏中，我看到了他的"了解"。

让科学帮助我们"了解"我们的"不了解"，这样，我们反而可以算为不太讨厌的"解人"。

让我们爱万物，以及造物的天、成物的人。江月会一直俯照着春江，但见者自见，不见者自不见，不见者只能行在黑色的长夜里。万物是我们并生的伴侣，但侣者自侣，不侣者自不侣，失侣者只好孤单封闭地走完一生。

在一盏茶里饮千古的风流，在瓦斯炉前遥想燧人氏的风采，由一张纸上想见汉文明，捧一碗饭时懂得感谢嘉南平原上的老农，让事事物物都关情，让我们生活得更好奇，更惊讶，更感激。

一开头，我曾经说过，三百年前，有一批学者战战兢兢地编了一部《咏物诗》给皇帝看。而今，我所编的是一本"咏物散文"——不再编给皇帝看（皇帝已于七十年前走下千古的龙椅），而是编给更尊贵的一位——你——看的。你，一个中国人，配接受这一切的献呈。

恋爱盛业微史式

楔 子

有人问桑科是谁,桑科姓桑名科,这名字说出来反正吓不倒人,不提也罢。倒是有一段往事,不能不略微一表。桑科自从当年误听了堂吉诃德的疯话,一心想跟这位旷古未有的骑士去干一番惊天动地的事业。他既然自信大有被公主招为驸马的可能(虽然他的那位情人桃沁妮亚只不过是一把腌猪肉的好手,但据说公主托身屠狗以待识者的也大有人在),则他老人家许下我的那"岛长"之职,大约也就快发表了。没想到白跟了这些年,也无非日日听些喊打之声,原来"侠"这玩意儿跟"诗人"一样,竟都不是人干的。好在倒霉的是他,我只不过是个下人罢了,挨打的时候只要能跑快点,也还可以留下半条命的——运气好时甚至可以留下大半条。只是偶然还想起"岛长"之职有点悒悒然,因此每怄得慌了就诌几句"非非集",非天下之非,好歹还够打半碗淡酒"软饱"一番,却不是好也。

话说恋爱这件事就跟什么檀香扇啦,高礼帽啦似的,是越来越不流行了——这还得了!连恋爱都不流行了!

尤其最近,自从我主人堂吉诃德的朋友盐吉不可得先生仅仅打过三通电话(其中只有一通由于是星期天,所以花了一块钱上公共电话亭打的之外,其余两通还是用不花钱的公家电话打的呢!)就娶了一位周周整整的女士后,我的主人真是痛心疾首!呜呼,呜呼,泰山其颓乎,梁木其坏乎,麒麟都死绝了乎!连恋爱都没有人肯谈了,连恋爱都没人肯谈了,这成什么世道呀!

说来气人,这位盐吉不可得先生既没有写过一行情诗,也没有拉开嗓子唱半句情歌,恋爱上的种种绝活儿,他一件也没用,只不过请小姐吃了四次西餐,三次中餐,一次韩国烤肉,两次野餐以及半次日本餐(说半次,是很正确的,因为那次小姐付了自己的那份钱),以后就很欣然地决定他们是很可以"一辈子在一起用餐"的人了。

恋爱盛业何止是式微,看来简直是要失传了!

我一直想不通盐吉不可得先生成功的秘诀何在,大概是他的吃相好吧!

盐吉不可得这种人且不去说他,气人的是连年轻轻的大学生也不肯谈恋爱了,大家都凛凛然一副"托福未灭,何以家为"的样子。舞会倒是有人在办,什么游园会啦,土风舞会啦,吉他晚会啦,都还算热闹,急人的是"热"归"热"、"闹"归"闹",上焉者还是到"美加"最高学府去了;下焉者呢,倒也有其"形而下之"的解决之道。听说大人先生有"人饥己饥"的仁心,想为大学生找个方便的亲嘴之处,不过亲嘴究竟不合"形下"派的境界，此事大概非俟"河出图，洛出书，黄河清，圣人出"无法解决了。

大可愤慨者是中学生，明明有家长、老师、教官等等等等的追拿的眼光，他却偏偏尝不到逃亡的乐趣，世间还有什么比偷偷恋爱更快活的事，等有驾驶执照才开车，还有什么劲头可言。

不过倒有一点可以告慰凡我同胞的，就是自从大家取消了恋爱这一道繁文缛节的千年陈规以来，男女之间已经可以进步到一贯作业的程度，真是大大的便民之道。年轻人显然因此也都头脑清明智商提高。而且由于省却了花前月下的时光（最近干脆连花也砍了，花都集中起来种在花圃里，以供外销，比供某些傻蛋山盟海誓要好多了），我们的经济也是因此才起飞的。

堂吉诃德那老头让他叹气去，我桑科却不是没有时代头脑的蠢驴，只要我们上下一心革除恋爱的陋习，谁敢说我们明年的经济赶不上日本呢？

第一章 恋爱业的天敌

当然，如果你要问我的主人堂吉诃德，他倒是有一本陈年的厚厚的恋爱学讲义的，而桑科是下人，一共也不识几个字，我的这番恋爱学自有跟他老人家陈义不同之处。

恋爱这件大业究竟是何人所创，又创于何年、何月、何时、何地，这是考据家的事，我桑科且不管。恋爱之所以令古人如痴如狂，其起因究竟是由于一种感染性特强的滤过性病毒还是一种神秘的难防的暗箭，那是化学家的事，我桑科也不管。而全世界最后一次恋爱是何人所谈,恋爱盛业一旦歇业后有没有复苏的可能性,那是史学家的事,轮不到我插嘴。至于我桑科,只谈几件恋爱大业不得不式微的症结,诸位看官也就把它当作"耳朵的零嘴"品味一下吧!

据说有位中国才子钱钟书先生——现在不知是死的还是活的,不过反正不是死的就是活的,不是活的就是死的就是了——写了一本叫《围城》的书,他在书里借男主角方鸿渐提出了一道石破天惊深奥无比的问题:

"为什么这些可爱的女孩子全都有一个父亲呢?"

真的,对这种艰难的问题,桑科百思不得其解——我至今还搞不清楚为什么古今中外所有的女孩子全都有一个父亲(当然,也偶然有女孩子有两三个父亲的)。这件事,依我看,简直巧合得有点邪门:竟然所有的女孩子都有父亲!

不过,我桑科到底也跟过堂夫子好几年,我也有一番新发现,那就是:不单女孩子全有父亲,而且,天哪,更巧的是连男孩子也有父亲呢——而且,我说了你别吓一跳,我还有最新的更进一步的发现:这些女孩有父亲、男孩也有父亲且不说,最巧不过的是,他们又全都有母亲!你说这事古怪不古怪?

而父亲母亲是恋爱业的天敌,这件事是有史为证的:

试看从前有白娘子,爱上了一个叫许仙的男生,这位男生到她家一看,既没爹又没娘,只有一个俏丫头,门上又没挂着"男宾止步"的符咒,所以马上就谈起恋爱来了。

还有林黛玉,谈起恋爱来那真是得心应手左右逢源。她从小死了妈,后来连爸爸也死了,干脆住在潇湘馆里,那宝二哥哪怕一天跑去看她十趟也没人出来瞪着眼盘问他的履历,所以恋爱得一帆风顺。那湘云呢,可巧也死了老子娘,只剩下叔叔婶婶,所以也有一番成绩。

当然,也有人条件没凑得那么好,像薛宝钗就只死了爸,还有娘跟哥哥在,所以恋爱起来始终输黛玉一着,只拣了个妻子当——也就是说在恋爱程序里,她只占了"坟墓"这一关罢了。不过,如果善于掌握形势,则双亲里面虽然只死一个倒也仍有成功的希望,像崔莺莺就是。她因死了父亲(而且还是个官拜相国的父亲呢!他要是不死,大概我们也就没有《西厢记》可读了),住在白马寺里,而当时男生宿舍和女生宿舍间的墙又刚刚好没有高到翻不过的程度,所以张生和莺莺也就成其大功立其大业了。

这道理是放之四海而皆准的。莎士比亚的《威尼斯商人》里那个又漂亮又有钱,让天下男人梦寐以求的波西亚,不就是因为死了爸妈而又正好是死了留下大笔遗产的两老,所以才成为炙手可热的恋爱对象的吗?至于那个埃及艳后叫什么"克利奥泼区拉"——反正就是伊丽莎白·泰勒演过的那一个——也没听说过她有老子娘,这大概就是她为什么老有机会恋爱的原因吧!

总之,气焰再大的年轻人,一旦被女孩的父亲从头到脚竖着一打量,立刻就感到自己像缩了水的衣服似的短了一截。等到那位母亲把你从左到右横着一打量,你立刻意识到自己的干瘪,特别是腰囊那一部分。甚至不等两位大人开口,你自己已为他们要你交验的履历表而不打自招地脸红了。所以,所以也就不再有什么可以所以的了……

为什么所有可爱的女孩都有父亲呢?

这真是一道深奥难解的问题。真的，虽然他们向来是恋爱盛业的天敌，但到现在我还是没搞懂为什么那么凑巧，每个女孩竟毫无例外地都有个爸爸！

第二章　恋爱与电

有些事是当然该式微的：超级市场有了炸洋芋片，当然上流人就不屑留恋烤番薯了。有了玉米花，花生米就得强迫退休。有了三明治，包子馅饼都只好告老。

恋爱业是怎么在这公平淘汰的大时代中失败的呢？说来话长，不过桑科要在这一章中好好追究第一罪魁——对不起，我说错了，照最近的新闻发布资料，他们已改口为"第一功臣"，功臣的意思是指"轻易地消灭了恋爱的旧时代，使凡我智慧优越之人类迈入不恋爱的新纪元"。

噫，漪欤盛哉兮！第一罪魁。不，对不起，漪欤盛哉兮！第一功臣。看官，说了半天，你道此公是谁？原来是发明电灯的爱迪生。自从有了爱迪生，夜晚大放光明，蜡烛和油灯一时都销声匿迹了。就像老张这位仁兄吧，据说一生就和"电气"没分过家。他生出时早产，所以放在电气保温箱里，自此以后老张便开始了他辉煌的电化人生。他小时候玩的当然是电动玩具，接受的也是电化教学，长大了每发一次薪水也无非增加一件电器；老张后来通过电脑做媒结了婚，礼堂里有电蜡烛，电"囍"字。老张婚后和妻子在一口电锅里吃了几年饭，后来不幸早死了，他妻子请不起和尚做法事，就租了一卷法事录音带，用干电池在录音机里反复放了几次,结束了老张很忠实的"电气人生"。

老张全家都是电:已买的,正在付款中的,以及他计划中要买的。老张没有遗嘱,临死只嘱咐了一句:"大毛不是吵着要换彩色电视机吗?办完了丧事要是还有剩的钱,就给他买一部吧!"

真的,老张全家都是电——除了老张和他那不瞎不聋不麻不癫好模好样由电脑做主娶来的妻子外,什么都有电。也不知是不是电器太多,把人身上的电都摄走了,反正,老张从来不知道有恋爱一事,从来不晓得对方也是带电体。他老婆也跟他很志同道合地一点也不知有此一事。老张家里一到晚上就开起亮堂堂的日光灯,就是爱迪生发明的那种东西,他连他老婆脚底板的鸡眼都看得清清楚楚,老张甚至看过他老婆的 X 光照片,她脊椎骨有几节也都一一算过——不过老张仍是恋不来爱。要是恋爱是一场戏的话,其舞台灯光的最佳设计应是月光,其次是烛光,至于萤火之光,兰灯之光倒也罢了,唯独这日光灯之光是最最蹩脚的一种,这灯一照,维纳斯跟丘比特娘儿俩就上了电椅啦!

本来,照上帝的意思白天是拿来干活的,晚上是拿来恋爱的,一到晚上或是"待月西厢下",或是隔着一山沟的月波月涛扯开嗓门唱情歌。总之,在没有电灯的年头,大家都傻里傻气地谈着恋爱。虽有不肖的逆天之徒偏不恋爱而去凿人墙壁借光恶补,但后来因为邻居一怒告到民事法庭也就不敢再钻洞了。还有在房顶就着月光念书省油费的,也因踩破了屋瓦且又着了凉不想再试了。至于那个抓萤火虫仗着萤火虫"某部分"的光来看书的,发现书上充满"某部分"的异味,而加入"放生会"把虫子全放了。还有舒舒服服坐在灯旁看的因为灯太暗,也就睡着了。(虽有悬梁刺股的妙方，但头发越悬越稀，瘢疤越刺越多，也不是办法。）

但电灯一来可就麻烦了。白天干活，晚上也得干活；白天不恋爱，晚上也不恋爱，恋爱业乃告一蹶不振，简直完全跌停板。好在人类倒也不愧是万物之灵，既然恋不成爱就不恋爱，于是风气丕变，人类乃堂堂进入不恋爱的世纪，噫！让我们对伟大的、不恋爱的世纪三呼万岁吧！

第三章　恋爱与速食面

我这话可不是危言耸听，在恋爱这玩意儿的围剿战中，速食面也是一名大将哩！根据某些史学家的观点，此公的战略之奇，战火之密，战志之高，战阵之勇，所树下的奇功大勋，绝不在爱迪生的"电"之下。

话说"恋爱"这件事，完全是"手工业时代"的产品，永远墨守着"慢工出细活"的落伍陈规，当然是非式微不可的。别的行业式微了还可以"辅导转业"，可听说关于恋爱盛业，当局连"辅导转业"也不予考虑。

话分两头。且说"速食面"姓速，这位速大将，也并非单枪匹马之徒，他乃系出"速成业"的名门望族。当今之天下，如果"财共一石"的话，此姓则独得八斗，举凡一切的大小商店，如果成品跟"速"字无关的，一概卖不掉，但凡沾着"速"字边儿的，无不大发利市。自从有了速字辈的企业，恋爱盛业简直是兵败如山倒，丝毫不得动弹。

就拿老李来说，他简直想不出来世界上还有"不速"的东西，他自己经营家小杂货店,卖的全是速家产品,给婴儿吃的速溶奶粉啦,给幼儿的速冲麦片啦,给"自九个月到九十九岁零九个月"的人吃的速食面啦、速泡的咖啡和速溶的茶粉啦,乃至于祭祀死人用的速成食品啦,以及一切"速制"、"速用"、"速坏"、"速扔"的东西。有一次有位时髦的顾客还想跟他买"速赐康",他从来不知道有此新产品,又不好意思承认自己的固陋,只好用生意人的标准答案来回答:"呀!刚刚最后五只全给一位老顾客买走啦!"

老李的哥哥是屠夫,卖的也全是速成鸡、速成猪、速成牛——以及速成牛蛙。老李的一个很有出息的表弟也不声不响地加入了速成业,据说他到了美国才三个月,不知是什么神通,反正回来的时候手上是分明拎着一张博士证书就是了。别人每称赞他只花三个月就捞到一个博士,他就像遭遇了奇耻大辱似的暴跳了起来,"胡说,你们简直侮辱了我,也连带侮辱了美国学术界的鉴赏力!我绝不是拖三个月才混到一个博士的废料,我其实早就声明过,你们却有意忘记,在美国,我一个月在拉斯维加的米高梅赌场,一个月在旧金山研究性文化,另外二十七天在夏威夷冲浪,剩下三天,我闲得无聊,到速成大学超速博士班选了几堂课,而第三天临下课前三分钟,我提出了一篇速成论文,立刻就拿到了我的速成博士证书。"

"请问你的博士论文到底花多少时间写成的?"听众中有人忍不住好奇而问了这么一句。"三秒钟!"他简单地回答,不过他说完后忽然稍带羞赧地说:"都怪我的英文不好,打字机的性能也差,其实,我们班上有的人只花了零点三秒就完成了。"大家吓得目瞪口呆,惊服不已。

现在，且把话说回来。恋爱这种东西却经不得速成，一个恋爱中的笨男孩，花在赞美对方眼睛上的时间，据专家统计，每年就有五十九个小时十八分零四十四秒半（这只是指眼睛，睫毛不在内），唉！这还得了！而女孩子尤其糟糕，因为她们恋爱起来，似乎更笨些，据统计，在夏夜天空可见度良好的晚上，一个正在恋爱的中等智商的女孩平均每天都看两小时月光，这形成了多么大的人力资源耗费啊！在速成企业日新月异的今日，恋爱业却如此抱残守缺，说来怎不令人神共愤！

据可靠消息宣布，速成业的企业已越来越兴旺。最近，连非洲人都开始了他们的速成业，如今非洲土著用新法饲养的大象只要出生八小时就长出又白又长的大象牙了。日本的蚌壳更乖，只要十二分钟就做好一颗养珠。另外，亚马孙河流域的丛林中的生番也欣然开始制造美味方便的速成"人头汤"。据云，一九七八年以后速成业着力于制造速成人，一九八〇年的目标是加速地球自转，一九八三年加速银河系的公转。

一切的慢都是罪恶！看到强大的速成业把步履缓慢的恋爱盛业赶尽杀绝，是一件多么大快人心的事啊！

第四章　万应保险公司

关于恋爱盛业式微史的第四章，有人恶意地诋毁为野史，其实，这一章是史实俱在，斑斑可考，就算把司马迁跟汤恩比叫活过来，也未必说得出更真的信史了。

话说某年某月某日某时全台各大报竟全部印出一份完全空白

的报纸,那天早晨几乎把餐桌上所有一边看报一边吃饭的丈夫都吓呆了,只有细心的人在一个小角落里找到两个小字——"公司"。同样的,那天电视的时间也是一样空白,所有的大人和小孩都惴惴不安,以为来了什么外星人搅乱了线路,可是细心的人却在荧光幕上看到了一行小字:"公司"。电视公司的电话整个晚上响个不停,观众们只得到一个糊涂的答案:有一家财力雄厚的公司买了整晚的节目,但只要播"空白",附播两个小字——"公司"。

第二天,情形也一样,但"公司"前面加了两个字——"保险"。第三天,情形仍相同,只是在"保险公司"前面又加了两个字,成了"万应保险公司"。第四天,情形一样,却在后面加了字,变成"万应保险公司包括事业"。以后每天加一条,"包括学业"、"包括产业"、"包括意外"、"包括四肢百体"……第十天是特别显目的一条:"包括失恋"。

那十天,全台的人都像疯了似的猛谈这家保险公司,公务员在交通车上,太太们在菜摊前,学生在老师未进教室前,老师在学生听不到的教员休息室里,反正是人人都在谈这件事就是了。光谈还不算,弄到后来简直变成不投保就落了伍,当然其中投得最多的是"不失恋保险"。

凡是投保不失恋保险的先要经过很严格的身体检查。凡是神飞心驰、情痴意迷者都被判是属于病入膏肓之类,是无可挽救的恋爱者,一概不接受投保。其余的在缴过巨额的第一期保险金,并言明三个月就要做一次严格的身体检查之后,便各自捧着一包再三叮咛回家才得一看的"谨防失恋"的秘籍回去了。当他们迫不及待地回到家，把秘籍中的锦囊妙计打开一看，原来不过短短几字："防止失恋的万全之计是决不恋爱，知易行难，切记，切记。"所有的投保人虽然花了这么多钱才买到这几个字，却也没有一个觉得划不来的，大家都扼腕叹气，十分心服地说："大公司所聘的顾问智慧到底不同，那么简单的话，要我们自己就是一辈子也是参悟不来。"后来"万应保险公司"为了贯彻其不恋爱的信条，便定了两项万全之计。第一，严格执行定期健康检查，一发现投保者眼睛发亮，步履飘然，俨然有恋爱初期的症状，便立加矫正，务使回头是岸，以免万劫不复。第二便是组织不恋爱俱乐部，奋发自强，互相期勉，互相砥砺，发挥守望相助之美德。结果一年下来，除了有一位不肖之徒还是劣根不除仍自甘堕落地去恋爱了以外，其他都能自求多福，在群策群力之下，根除了恋爱的癖好。

说到这里，看官，你道是"万应保险公司"的业务一定蒸蒸日上，大发利市才对。不然，万应保险公司起初的确风光了几年，后来却一蹶不振地垮了台。你道是为何，却原来恋爱这东西像瘟疫一样，是有其传染性的。可惜该保险公司不懂得细菌死光了，医生就没饭吃的道理，竟一鼓作气地扑灭恋爱菌，扑灭得太彻底，恋爱菌不出五年几乎全告灭绝，恋爱和失恋既然同时宣告绝迹，这家保险公司乃宣告倒闭。

万应保险公司现今虽已是历史上的一个陈迹，但它在结束恋爱的旧王朝并建立不恋爱的新纪元上，有其异军突起之功，是为记。

第五章　新举业

话说中国人在野蛮时代原来是谈恋爱的,这本家丑也不必讳言,所以有什么"窈窕淑女,君子好逑"那话儿。好在后来进步了,就没工夫谈恋爱了。

中国人比洋番鬼文明,且不去谈什么在人家飞弹之前我们早有冲天鞭炮,在人家有直升机之前我们早有了竹蜻蜓,就单举恋爱一端,便比西洋人进化几千年。话说中国自三代以下圣人制礼作乐,女孩子的老头老妈便忽然组成了父母同业公会,通过了《不经结婚注册其恋爱学籍一概不承认案》,一时之间,恋爱业立刻陷入极不景气的情况。

虽然如此,仍有少数人在观望,企图投机冒险以遂行其倒行逆施。后父母同业公会一怒告到皇帝那儿去,皇帝俯察民情,深以顺天应人而维护其不恋爱的善良风俗为是,于是定下科举大业,用以取代辉煌一度的恋爱业。于是所有的恋爱圣手都纷纷改行投效于科举业,皇帝一时龙颜大悦,叫了一声好,道:"天下英雄尽入吾彀中!"

至于少数不知好歹的,经过多年的循循善诱,也都大彻大悟,痛改前非,明白了"书中自有颜如玉"的至理。所以要谈恋爱业的式微,我国的科举业厥功伟矣,不得不大书特书。

西洋人因为野蛮,未曾发明神圣的科举业,大家闲着没事干,所以常常染上谈恋爱的坏习惯而不自觉。后来民国新成,开创期间诸事纷杂,来不及办科举业,竟让几条漏网之鱼偷偷地谈了几场恋爱，什么"叫我如何不想她"，什么"徐志摩、陆小曼"全是那时节冒出来的。

好在近年以来有见识的父母增多了，连子女本身也力求上进，当局更是力图湔雪前耻，直追千年以来的科举盛业，务期迎头赶上。并经中西文化交流的结果，已经很成功地"中学为踢，西学为用"了，什么"大磕头"（Doctor）什么"屁也驱敌"（Ph. D）纷纷出笼，中国文化五千年来，从来不曾如此盛况空前。

从前男女的功力不够，非得把女孩锁好，令男孩子"眼不见为净"，才勉强维护了不恋爱的原则。而现代男女即使擦肩而过，瞪眼而看，也了无爱意，何止是孟子的"四十而不动心"，简直是孔夫子的"六十而不逾矩"。可惜古人熬到那年岁才有成就，现代青年却是天纵圣明，可以做到生而不动心的境界。

从前故事中的张君瑞常常要准岳母"棒打鸳鸯"，才忽然想起该去挣个状元回来，现在年轻人富于自动自发精神，不等别人勉励，自己早已像火烧尾巴似的驾起祥云往西海岸或东海岸求经得正果去了。

新举业如今蒸蒸日上，大有凌古之势。我们生当这不恋爱的大时代，各位看官切记，恋爱万不可误导，"屁也驱敌"万不可不备，苟能如此，则庶几近道矣。

第六章　与××业之间的同业竞争

曾经有一段时期，恋爱业一枝独秀，生意说多好就有多好。不过好汉不提当年勇，诚如上章所述，自从科举业加入竞争行列，恋爱盛业就岌岌可危，如今新举业业务办得蒸蒸日上，恋爱业简直没有分一杯羹的余地。

这还不说，在同业竞争中忽然又杀出一种越来越看好的新行业——这行业其实原来也算古已有之，不但中国有，外国也有。不过由于一向只是偷偷摸摸地干，未曾领到注册商标，所以成绩不辉煌。如今因为已是科学时代，凡事都得起飞，这一行也就堂而皇之地大张旗鼓，力求振作地一飞冲天了。

看官，你道这是什么稀奇古怪的新行业？本来这三个字我还不怎么好意思出口，可是反正听说最近这名词已经很时髦了，我也就学上了嘴，逢人就说——这行业便是"同性恋"。本来，小学生大约都知道"王大毛不要脸，爱女生"或者"李小美不要脸，爱男生"之类的金科玉律，可惜有些人学问小，不求进步，所以做一辈子人，见识仍如小学生，所知仍然只有那么多，做梦也没想到可以有"男生爱男生"、"女生爱女生"的好办法。

话说同性恋原来在冰河时期就有了，那时天冷，大家都穿得多，所以看不出性别来，糊里糊涂地认错了人的很不少。后来为了便民就出现了新的服装设计、发型设计，好容易总算把男人女人弄清楚了，同性恋也就进入淡季。

可是自从披头士一出现，衣服和头发的章法大乱，有些人当然天赋异禀，即使身着僧袍也不掩其国色，但一般人能被指认出男女已属难事。当然，客观的鉴赏力也有高下，有的人硬是比花木兰的那位男朋友还笨，有的人坦白承认他们已经放弃分辨男女的野心了。

男女既分不清，闹同性恋当然是顺理成章的事！不过现代同性恋也十分荣耀，可以堂而皇之地写进回忆录或者到白宫大门口去示威，不像古人那样偷偷摸摸的，如今就差没有在胸前佩上同性恋俱乐部的身份证明，这样一来大大地抢了恋爱业的生意。唉！

同性恋当然也有许多好处，例如可以减低人口压力之类，如今关于生孩子这件事，已是"多做多错，少做少错，不做不错"，同性恋者生不出孩子，当然很值得发一枚奖牌。同性恋者习惯上也不大结婚，所以也不致烦人凑份子以供他大张喜筵，所以也颇令人生好感。

同性恋在先进国家很流行，按照惯例，大概很快地也就会流行到我们的巷口来了。大概是新包装新口味的关系，眼看有长江后浪推前浪之意，谁说我们还只是开发中的台湾？由于人类是这么聪明，所以时至今日简直没剩下一件怪事是人类智力不及，以致遗漏未干的。关于恋爱这件事，上焉者跟梅花恋爱，运气好的甚至娶了仙女，变成老天爷的女婿；还有爱上石像，爱上画中人的，甚至一切的女鬼女妖、狐狸精、老鼠精、蛇精……所以，同性恋只是人类众多不为禽兽所及的大发明之一。男女恋爱是上帝他老人家发明的，同性恋是人类自己发明的，在这"人定胜天"的时代，异性恋大概迟早会周转不灵宣告倒闭。

当然，至于未来的局面究竟鹿死谁手，尚在未定之数，同性恋倒也不一定是最有希望的接棒人。

第七章　四季如春以后

据说——当然信不信由你——春天这东西古时候是的确有的。

而且一到春天，不管是画眉啦，或是中国上古时代的那只有名的《诗经》第一页插图上的雎鸠啦，都忍不住关关喈喈地叫了起来。它们这一叫，周围几十里地的男男女女都心慌意乱地睡不着了。有些人听觉细胞不太灵敏，所以还是照睡，不过上帝对这种人也有办法，上帝用花香，"花香欲破禅"，花香、草香、树香、土香简直都是酒味的，再清心寡欲的人到了春天也都会无端地不安起来。

可是，那是指春天还存在的年头——而现在我们已经失去春天好多好多年了，自从有聪明人发明了空气调节，弄得日子"四季如春"之后，我们便只有"如春"而没有"春"了，正好像"如夫人"不是"夫人"，"如春"也不是"春"——而且"如夫人"一来，"夫人"就跑了，"如春"一来呢，"春"也就跑了。

没有了春天，大家也就不谈恋爱了。从前，至少每年一次，在鸟语花香之际，上帝还有办法让最木头木脑的人灵活起来，不知不觉地王小二就冲着李大美的窗子唱了一首情歌。上帝也有办法让最精打细算的人糊涂起来，不知不觉地赵什么雄就采了一把野花送给了刘什么丽。但现在人不要春天！现代的人自有森林，在壁纸上；自有花，是塑胶的；自有春风，分中央系统和窗式的两种（不过，据说也有手提式的）；至于香味，你要订多少有多少；鸟语嘛，也不难，你要什么货色？两位数字可以买十姊妹，三位数字买金丝雀，鹦鹉要四位数字以上。反正是四季如春了，你就不必指望真的春天啦！

不过，四季如春却也有其基本条件——你必须关在一个盒子式的屋子里，也有时关在盒子式的车子里。据说丘比特那家伙最近手气坏极了，他的箭虽厉害，无奈那些人都躲在盒子里，射也射不到，如今竟然没有人走在光天化日之下了，把个丘比特气得叽哇乱叫，怪事，怪事！

还有一件怪事，古人不但四季中总有一季蛊惑人的春天，以致腊尽春回之际便有点招架不住；而且古人一生之中也有一度明显的青春，现代人却因为取消了老人，搞得连青春也模糊起来了。染发剂把白头发气得发黑，美容街也制造了大量的最年轻美丽的祖母，乃至曾祖母；口服液制造了大量年轻的高祖父；不知为什么，当枣子干看起来像新鲜枣子一样的时候，新鲜枣子也就很像枣子干了。像电视广告上说的，使你一生都有"年轻的感觉"。不错，年轻的感觉似乎是有了，而且要多少有多少，什么时候要便什么时候有。结果呢？真正的年轻反而没人要了。

既然没有了正牌的年轻，当然大家也就忘了恋爱这件事。恋爱大概总是年轻的嫩傻子干的，像我们今日社会中大部分的人既不年轻也不傻，相反的，到处都是些聪明俊秀伶俐能干的老练之辈，要找年轻的嫩傻子，谈何容易！哪怕悬赏以待，也不可预期的！

反正春天也取消了，青春也取消了，大家都住在四季如春的盒子里享受终身不变的青春的感觉。你看，这有多么好，那只老雎鸠的第八千代孙子如今不知还叫不叫，反正我没听见，我所知道的见多识广的人也都没听到，我想它大概也已经乔迁到一所什么样的"四季如春"的盒子里去住了吧！

第八章 绝 技

恋爱业当其全盛时期，是有其种种高深复杂的绝技的。绝技的派系不同，有文式的、武式的，有中式的、美式的、欧洲式的、拉丁式的乃至于非洲式的，无不洋洋大观，自成体系，自具规模。

当然，一部恋爱史真要大书其详恐怕非得组织一个庞大的编纂委员会不可，此处谨以史家严谨之笔，略表数端目而已。

一、吟诗：谈起恋爱诗，真是源远流长。当年亚当乍见夏娃，大为倾倒，当即口占一联曰：你是我骨中之骨，肉中之肉（据说，中国人称妻子为内人，内人即肉字之拆字。）。于是后来世世代代遵为恋爱的基本宪法，但又岂是人人皆能把个"平平仄仄仄平平"弄得朗朗上口呢？所以有人抄情书大全，有人找枪手代理，有人一面爬上阳台，一面还埋伏着一个秘书在花丛里。吟诗一道，真是苦煞人也，生当这个伟大的时代，我们怎能坐视我们大有为的青年因吟诗不成而汗水沈然呢？所以这不人道的吟诗就在大家共同的否决下寿终正寝了，当今的男女只要说一句"我爱你"或"I love you"已算得上是手续齐全了。

二、唱歌：唱歌一技本来在音响不发达的时代是十分有其必要性的，现在时代不同了，男女相处不管在室或在野，只要请什么猫王、狗王、包娜娜、姚苏蓉什么的代歌一曲也就罢了。在从前健康检查不流行的时代，唱歌一道至少可以打量一下口腔牙齿的情形，并借以了解肺活量的梗概——不过现在不流行了，再也没人肯拉开嗓门唱情歌了。

三、弹琴：乐器是怎么发明的？当代学者之中很少如桑科如此深知其详的。琴是由一个嗓门特别哑，而手指偏又特别细长的人发明的。后来这办法采用的人很不少，从司马相如到抱着吉他的墨西哥人全都深解此妙。不幸的是近年公寓流行，年轻的吉他手往门前一站，扬头一看，只见仰之弥高，也搞不清楚小姐身在几重天，弹了几个音，只见每层楼都压下几张脸，看得人好不心惊，只好抱头鼠窜而去。还有年轻人练就一手好电吉他，及至到了大门口，忽然想起没有插头，想跟准岳母商量商量，借根电源线，准岳父又唯恐此例一开，将来电费大有增加之虞，乃一口回绝，可惜我们从此就失去这种免费音乐了。

恋爱业中的种种绝技既已面临失传的危机，恋爱业的式微当然也就是意料中之事了。

第九章　路见不平拔刀相助

有一天，我的老板堂吉诃德叫我准备些干粮，他说我们要去做一番伟大的事业。我们已经好久都没有伟大过了，所以闻言大乐，第二天早上劲装上道，最后我的老板令我埋伏在一个闹中取静的巷子里。

不到两分钟，我就在老板的指挥下捉到了一个俊俏的满面青须的年轻人。堂老板手持长矛，威风凛凛地问道："你谈过恋爱没有？"

"没有——"年轻人一愣，"也没听说有谁肯去谈的。"

"好，你听着，"老板说，"我不杀你，只要你答应从现在开始去给我好好谈一场恋爱,我立刻就放你。"

年轻人立刻脸色大变:

"什么?你饶了我吧——我可不缺女孩子,我为什么要苦巴巴地谈恋爱?"

"不谈恋爱,"老板也生了气,"不谈恋爱年轻轻地去干什么?"

"啊!可干的事儿多啦!"

老板光火了,下令我把他收押起来。老板用同样方法总共逮了十男十女,都是自称没有谈过恋爱的。老板把他们一起送到桃花村,又拨下二十座小屋,供给一切需用——而且,只要其中有两个人开始谈恋爱了,大家都可一起得到赦免。

两个月过去了,老板重行视察他的囚犯。

"有谁谈恋爱了?"

大家都不开口。

"为什么不谈?"

"我天天都在想我那条牛仔裤。"一个男孩子说。

"我最喜欢的东西就是我的口香糖,可惜都在我的梳妆台上。"一个无精打采的女孩说。

"没有可口可乐真是很难过日子的……"

"我利用这两个月已背了一万六千七百九十二个英文生字。"

"我倒还习惯,我发明一种二十个人玩的牌,我已赢了他们每人几百场电影——我想一旦放出去,我到老死也不必花一文电影钱了。"

"我还年轻,"一位娇艳的小姐说,她看来很眼熟,似乎是一位电影明星,"我妈妈说的,我暂时应该专心以事业为重。我是不谈这种问题的。"

"我倒认识了一个女孩……"一个胖嘟嘟的男孩忽然举手说。

"真的吗?"堂吉诃德眼睛一亮,"你们有何进展?"

"嗯——"男孩说,"这两个月来,我们合作开了一家洗衣店,我们以后也许会合股去唐人街开一家。"

"有没有谈恋爱呢?"

"什么?爱情?你说的是一种洗衣机的牌子吗?"

堂吉诃德气得发抖,立刻下令释放他的囚徒。

"哼,我犯不着浪费我的粮食。"堂吉诃德当晚心脏病复发,送去急救,才捡回一命——这是后话,暂且不表。

当时那些年轻漂亮的家伙一声呼跃,立刻作鸟兽散。我看不过眼,抓住了其中一个,刚好就是我上次所抓到的第一个年轻人。

"喂,你就不能骗骗这位老绅士吗?你不能说你已经谈恋爱了吗?"

"不,"他倒是一脸正经,"为了我的前途,我不能这样做。"接着他向我挤挤眼,"马子我要多少有多少,何必苦巴巴地去谈恋爱。这年头连女人也不太看得起谈恋爱的男人了。"

最后他倒是很亲切地拍了我一下肩膀,"喂,我看你跟你老板拆伙了吧!那老头精神有问题,你跟他混不出什么名堂来的,水往低处流,人往高处爬,现在已经是不恋爱的大时代了!"

我点点头,年轻人倏地消失了,只留下我和老板对立在没有干成的大事业面前。

第十章 结 论

历史学家写完了历史，免不了要来上一段"太史公曰"或"赞曰"什么的，我桑科既非等闲之辈，所写的又是堂堂皇皇的《恋爱盛业式微史》，岂可没有尾声。况且四方学者不断写信讨教，我顺便也好回答一下各人的问题。

"如众所周知的，恋爱盛业的确是式微了，但谁是最后一个闹恋爱的傻子？"

"很难说，根据某些人的考据，应该便是堂吉诃德了。"

"不恋爱又怎么样，值得你那样浪费笔墨吗？"

"老实说，不恋爱倒也不怎么样——钱还是可以照赚的，饭还是可以照吃的，孩子呢，当然也是可以照生不误的。"

"你自己的观点如何？你有没有比较恋爱的时代和不恋爱的时代有什么优劣异同？"

"当然不恋爱的时代是更伟大的时代——这是连小孩都明白的真理。什么都不爱的人才抖得起来。"

"恋爱盛业一旦式微，有没有复兴的可能？"

"目前很难预测，但依据我的观点，除非世界毁灭，一切重新来过，这大概是不可能的。"

"对于某些执迷不悟，还在继续写男女恋爱的诗人们，你有什么看法？"

"唔，他们是无可救药的一群，我一向比较温和——我想由他们去算了，反正他们最后是会死掉的。"

"有一派比较激烈的意见,认为要将此类诗人绳之以法,以免他们鼓动异端邪说,你个人的意见如何?"

"那倒不必,你想有几个诗人的屋子能比监牢宽敞呢?有几个诗人的伙食能比牢饭营养呢?我想还是留他们在外面可以死得快些,又不浪费公帑。"

"噫,这倒是极高明的见解!我还想请教,你有没有比较全世界各地恋爱业式微的不同程度?"

"人同此心,心同此理,全世界的恋爱业都在急速凋零中。一般而言未开发的落后国家扑灭得比较不够彻底,例如南太平洋或是新几内亚区域,不过,他们多数觉悟到应该力除恋爱弊端,以求取其他国家的尊重。"

"外星人呢?他们谈不谈恋爱?"

"他们比我们进步,他们八亿三千万年前已经不谈了,并且他们干脆在两亿七千万年前取消了性别——你没看见外星人照片上的衣服都是一个样子吗?"

"你想,地球会不会往这个方向发展?"

"这是很可能的。"

"最后,我想请教你,你的老板堂吉诃德最近健康情形如何?"

"你问这个干什么?"

"全世界的人都很想知道最后一位恋爱者是在什么时候死的,这一项资料非常重要。"

"快了,大概是指日可待吧!到时候我会给你一个电话。"

"先谢了。"

"哪里,小事情,以后有关恋爱式微的问题尽管来请教我好了。"

只因为年轻啊

人生世上,
一颗心从擦伤、灼伤、冻伤、撞伤、压伤、扭伤,
乃至到内伤,哪能一点伤害都不受呢?
如果关怀和爱就必须包括受伤,
那么就不要完整,只要撕裂。

到山中去

德：

从山里回来已经两天了，但不知怎的，总觉得满身仍有拂不掉的山之气息。行坐之间，恍惚以为自己就是山上的一块石头，溪边的一棵树。见到人，再也想不起什么客套辞令，只是痴痴傻傻地重复着一句话："你到山里头去过吗？"

那天你不能去，真是很可惜的。你那么忙，我向来不敢用不急之务打扰你。但这次我忍不住要写信给你。德，人不到山里去，不到水里去，那真是活得冤枉。

说起来也够惭愧了，在外双溪住了五年多，从来就不知道内双溪是什么样子。春天里曾沿着公路走了半点钟，看到山径曲折，野花漫开，就自以为到了内双溪。直到前些天，有朋友到那边漫游归来，我才知道原来山的那边还有山。

平常因为学校在山脚下，宿舍在山腰上，推开窗子，满眼都是起伏的青峦，衬着窗框，俨然就是一卷横幅山水，所以逢到朋友们邀我出游，我总是推辞。有时还爱和人抬杠道："何必呢？余胸中自有丘壑。"而这次，我是太累了、太倦了、也太厌了，一种说不出的情绪鼓动着我,告诉我在山那边有一种神秘的力量,我于是换了一身绿色轻装,跋上一双绿色软鞋,掷开终年不离手的红笔,跨上一辆跑车,和朋友们相偕而去。——我一向喜欢绿色,你是知道的,但那天特别喜欢,似乎觉得那颜色让我更接近自然,更融入自然。

德,人间有许多真理,实在是讲不清的。譬如说吧,山山都有石头、都有树木、都有溪流。但,它们是不同的,就像我们人和人不同一样。这些年来,在山这边住了这么久,每天看朝云、看晚霞、看晴阴变化,自以为很了解山了,及至到了山那边,才发现那又是另一种气象,另一种意境。其实,严格地说,常被人践踏观赏的山已经算不得什么山了。如果不幸成为名山,被些无聊的人盖了些亭阁楼台,题了些诗文字画,甚至起了观光旅社,那不但不成其为山,也不能成其为地了。德,你懂我了吗?内双溪一切的优美,全在那一片未凿的天真。让你想到,它现在的形貌和伊甸园时代是完全一样的。我真愿做那样一座山,那样沉郁、那样古朴、那样深邃。德,你愿意吗?

我真希望你看到我,碰见我的人都说我那天快活极了,我怎能不快活呢?我想起前些年,戴唱给我们听的一首英文歌,那歌词说:"我的父亲极其富有,全世界在他权下,我是他的孩子——我掌管平原山野。"德,这真是最快乐的事了——我统管一切的美。德,我真说不出,真说不出。我几乎感觉痛苦了——我无法表达我所感受的。我们照了好些相片,以后我会拿给你看,你就可以明白了。唉,其实照片又何尝照得出所以然来,暗箱里容得下风声水响吗?镜头中摄得出草气花香吗?爱默生说,大自然是一件从来没有被描写过的事物。可是，那又怎能算是人们的过失呢？用人的思想去比配上帝的思想，用人工去模拟天工，那岂不是近乎荒谬的吗？

这些日子应该已是初冬了，但那宁静温和的早晨，淡淡地像溶液般四面包围着我们的阳光，只让人想到最柔美的春天，我们的车沿着山路而上，洪水在我们的右方奔腾着，森然的乱石垒叠着。我从没有见过这样急湍的流水和这样巨大的石块。而芦草又一大片一大片地杂生在小径溪旁。人行到此，只见渊中的水声澎湃，雪白的浪花绽开在黑色的岩石上。那种苍凉的古意四面袭来，心中便无缘无故地伤乱起来。回头看游伴，他们也都怔住了，我真了解什么叫"摄人心魄"了。

"是不是人类看到这种景致，"我悄声问茅，"就会想到自杀呢？"

"是吧，可是不叫自杀——我也说不出来。那时候，我站在长城上，四野苍茫，心头就不知怎的乱撞起来，那时只有一个想法，就是跳下去。"

我无语痴立，一种无形的悲凉在胸臆间上下摇晃。漫野芦草凄然地白着，水声低晃而怆绝。而山溪却依然急窜着。啊，逝者如斯，如斯逝者，为什么它不能稍一回顾呢？

扶车再行，两侧全是壁立的山峰，那样秀拔的气象似乎只能在前人的山水画中一见。远远地有人在山上敲着石块，那单调无变化的金石声传来，令我怵然以惊。有人告诉我，他们是要开一段梯田。我望着那些人，他们究竟知不知道外面的世界呢？当我们快被紧张和忙碌扼死的时候，当宽坦的街市上树立着被速度造成的伤亡牌，为什么他们独有那样悠闲的岁月，用最原始的凿子，在无人的山间，敲打出最迟缓的时钟？他们似乎也望了望这边，那么，究竟是他们羡慕我们，还是我们羡慕他们呢？

峰回路转，坡度更陡了，推车而上，十分吃力，行到水源地，把车子寄放在一家人门前，继续前行。阳光更浓了，山景益发清晰，一切气味也都被蒸发出来。稻香扑人，真有点醺然欲醉的味儿。这时候，只恨自己未能着一身宽袍，好兜两袖素馨回去。路旁更有许多叫得出来和叫不出来的野花，也都晒干了一身的露水而抬起头来了。在别人看得见和看不见的山径上挥散着他们的美。

渐渐地，我们更接近终点。我向几个在禾场上游戏的孩子问路，立刻有一个浓眉大眼的男孩挺身而出。我想问他瀑布在什么地方，却又不知道台湾话要怎样表达，那孩子用狡黠的眼光望了望我。"水墙，是吗？我带你去。"啊，德，好美的名词，水墙。我把这名词翻译出来，大家都赞叹了一遍。那孩子在前面走着，我们很困难地跟着他跑，又跟着他步过小河。他停下来，望望我们，一面指着路边的野花蓓蕾对我们说："它还没开，要是开了，你真不知有多漂亮。"我点头承认——我相信，山中一切的美都超过想象。德，你信吗？我又和那孩子谈了几句话，知道他已是小学五年级了。"你毕业后要升初中吗？"他回过头来，把正在嚼着的草根往路旁一扔，大眼中流露出一种不屑的神情："不！"德，你真不知道，当时我有多羞愧。只自觉以往所看的一切书本、一切笔记、一切讲义，都在他的那声"不"中被否认了。德，我们读书干什么呢？究竟干什么呢？我们多少时候连生活是什么都忘了呢！

我们终于到了"水墙"了。德，那一霎直是想哭，那种兴奋，是我没有经历过的。人真该到田园中去，因为我们的老祖宗原是从那里被赶出来的！啊，德，如果你看到那样宽、那样长、那样壮观的瀑布，你真是什么也不想了，我那天就是那样站着，只觉得要大声唱几句，震撼一下那已经震撼了我的山谷。我想起一首我们都极喜欢的黑人歌："我的财产放置在一个地方，一个地方，远远地在青天之上。"德，真的，直到那天我才忽然领悟到，我有那样多的美好的产业。像清风明月、像山松野草。我要把它们寄放在溪谷内，我要把它们珍藏在云层上，我要把它们怀抱在深心中。

德，即使当时你胸中折叠着一千丈的愁烦，及至你站在瀑布面前，也会一泻而尽了。甚至你会觉得惊奇，何以你常常会被一句话骚扰。何以常常因一个眼色而气愤。德，这一切都是多余的，都是不必要的。你会感到压在你肩上的重担卸下去了，蒙在你眼睛上的鳞片也脱落了。那时候，如果还有什么欲望的话，只是想把水面的落叶聚拢来，编成一个小筏子，让自己躺在上面，浮槎放海而去。

那时候，德，你真不知我们变得有多疯狂。我和达赤着足在石块与石块之间跳跃着。偶尔苔滑，跌在水里，把裙边全弄湿了，那真叫淋漓尽兴呢！山风把我们的头发梳成一种脱俗的形式，我们不禁相望大笑。哎，德，那种快乐真是说不出来——如果说得出来也没有人肯信。

瀑布很急，其色如霜。人立在丈外，仍能感觉到细细的水珠不断溅来。我们捡了些树枝，燃起一堆火，就在上头烤起肉来。

又接了一锅飞泉来烹茶。在那阴湿的山谷中，我们享受着原始人的乐趣。火光照着我们因兴奋而发红的脸，照着焦黄喷香的烤肉，照着吱吱作响的清茗。德，那时候，你会觉得连你的心也是热的、亮的、跳跃的。

我们沿着原路回来，山中那样容易黑，我们只得摸索而行了，冷冷的急流在我们足下响着，真有几分惊险呢！我忽然想起"世道艰难，有甚于此者"，自己也不晓得这句话是从书本上看来的，还是平日的感触。唉，德，为什么我们不生做樵夫渔父呢？为什么我们都只能做暂游的武陵人呢？

寻到大路，已是繁星满天了，稀疏的灯光几乎和远星不辨。行囊很轻，吃的已经吃下去了，而带去看的书报也在匆忙中拿去做了火引子。事后想想，也觉好笑，这岂是斯文人做的事吗？但是，德，这恐怕也是一定的，人总要疯狂一下、荒唐一下、矫时干俗一下，是不是呢？路上，达一直哼着《苏三起解》，茅喊他的秦腔，而我，依然唱着那首黑人名歌："我的财产放置在一个地方，一个地方，远远地在青天之上……"

找到寄车处，主人留我们喝一杯茶。

"住在这里怎样买菜呢？"我们问他们。

"不用买，我们自己种了一畦。"

"肉呢？"

"这附近有几家人，每天由计程车带上一大块也就够了。"

"不常下山玩吧？"

"很少，住在这里，亲戚都疏远了。"

不管怎样，德，我羡慕着那样一种生活，我们人是泥做的，不是吧？我们的脚总不能永远踏在柏油路上、水泥道上和磨石子地上——我们得踏在真真实实的土壤上。

山岚照人，风声如涛。我们只得告辞了。顺路而下，不费一点脚力，车子便滑行起来。所谓列子御风，大概也只是这样一种意境吧？

那天，我真是极困乏而又极有精神，极混沌而又极能深思。你能想象我那夜的晚祷吗？德，我真不信有人从大自然中归来，而仍然不信上帝的存在。我说："父啊，叫我知道，你充满万有。叫我知道，你在山中，你在水中，你在风中，你在云中。叫我的心在每一个角落向你下拜。当我年轻的时候，教我探索你的美。当我年老的时候，教我咀嚼你的美。终我一生，叫我常常举目望山，好让我在困厄之中，时时支取到从你而来的力量。"

德，你愿意附和我吗？今天又是个晴天呢！风声在云外呼唤着，远山也在送青了。德，拨开你一桌的资料卡，拭净你尘封的眼镜片，让我们到山中去！

种种有情

有时候，我到水饺店去，饺子端上来的时候，我总是怔怔地望着那一个个透明饱满的形体，北方人叫它"冒气的元宝"，其实它比冷硬的元宝好多了，饺子自身是一个完美的世界，一张薄茧，包覆着简单而又丰盈的美味。

我特别喜欢看的是捏合饺子边皮留下的指纹，世界如此冷漠，天地和文明可能在一刹那之间化为炭劫，但无论如何，当我坐在桌前，上面摆着的某个人亲手捏合的饺子，热雾腾腾中，指纹美如古陶器上的雕痕，吃饺子简直可以因而神圣起来。

"手泽"为什么一定要拿来形容书法呢？一切完美的留痕，甚至饺皮上的指纹不都是美丽的手泽吗？我忽然感到万物的有情。

巷口一家饺子馆的招牌是正宗川味山东饺子馆，也许是一个四川人和一个山东人合开的，我喜欢那招牌，觉得简直可以画入清明上河图，那上面还有电话号码，前面注着 TEL，算是有了三个英文字母，至于号码本身，写的当然是阿拉伯文，一个小招牌，能涵容了四川、山东、中文、阿拉伯（数）字、英文，不能不说是一种可爱。

校车反正是每天都要坐的,而坐车看书也是每天例有的习惯,有一天,车过中山北路,劈头栽下一片叶子竟把手里的宋诗打得有了声音,多么令人惊异的断句法。

原来是通风窗里掉下来的,也不知是刚刚新落的叶子,还是某棵树上的叶子在某时候某地方,偶然憩在偶过的车顶上,此刻又偶然掉下来的,我把叶子揉碎,它是早死了,在此刻,它的芳香在我的两掌复活,我揸开微绿的指尖,竟恍惚自觉是一棵初生的树,并且刚抽出两片新芽,碧绿而芬芳,温暖而多血,镂饰着奇异的脉络和纹路,一叶在左,一叶在右,我是庄严地合着掌的一截新芽。

两年前的夏天,我们到堪萨斯去看朱和他的全家——标准的神仙眷属,博士的先生,硕士的妻子,数目"恰恰好"的孩子,可靠的年薪,高尚住宅区里的房子,房子前的草坪,草坪外的绿树,绿树外的蓝天……

临行,打算合照一张,我四下浏览,无心地说:

"啊,就在你们这棵柳树下面照好不好?"

"我们的柳树?"朱忽然回过头来,正色地说,"什么叫我们的柳树?我们反正是随时可以走的!我随时可以让它不是'我们的柳树'。"

一年以后,他和全家都回来了,不知堪萨斯城的那棵树如今属于谁——但朱属于这块土地,他的门前不再有柳树了,他只能把自己栽成这块土地上的一片绿意。

春天，中山北路的红砖道上有人手拿着用粗绒线做的长腿怪鸟在兜卖，风吹着鸟的瘦胫，飘飘然好像真会走路的样子。

有些外国人忍不住停下来买一只。

忽然，有个中国女人停了下来，她不顶年轻，大概三十左右，一看就知是由于精明干练日子过得很忙碌的女人。

"这东西很好，"她抓住小贩，"一定要外销，一定赚钱，你到××路××巷×号二楼上去，一进门有个×小姐，你去找她，她一定会想办法给你弄外销！"

然后她又回头重复了一次地址，才放心走开。

台湾怎能不富，连路上不相干的路人也会指点别人怎么做外销，其实，那种东西厂商也许早就做外销了，但那女人的热心，真是可爱得紧。

暑假里到中部乡下去，弯入一个岔道，在一棵大榕树底下看到一个身架特别小的孩子，把几根绳索吊在大树上，他自己站在一张小板凳上，结着简单的结，要把那几根绳索编成一个网花盆的吊篮。

他的母亲对着他坐在大门口，一边照顾着杂货店，一边也编着美丽的结，蝉声满树，我停下来搭讪着和那妇人说话，问她卖不卖，她告诉我不能卖，因为厂方签好契约是要外销的。带路的当地朋友说他们全是不露声色的财主。

我想起那年在美国逛梅西公司，问柜台小姐那架录音机是不是台湾做的，她回了一句：

"当然，反正什么都是台湾来的。"

我一直怀念那条乡下无名的小路,路旁那一对富足的母子,以及他们怎样在满地绿荫里相对坐编那织满了蝉声的吊篮。

我习惯请一位姓赖的油漆工人,他是客家人,哥哥做木工,一家人彼此生意都有照顾。有一年我打电话找他们,居然不在,因为到关岛去做工程了。

过了一年才回来。

"你们也是要三年出师吧。"有一次我没话找话跟他们闲聊。

"不用,现在两年就行。"

"怎么短了?"

"当然,现代人比较聪明!"

听他说得一本正经,顿时对人类前途都觉得乐观了起来,现代的学徒不用生炉子,不用倒马桶,不用替老板娘抱孩子,当然两年就行了。

我一直记得他们一口咬定现代人比较聪明时脸上那份尊严的笑容。

老王是一个包工工头,圆滚滚的身材加上圆头圆脸圆眼睛——甚至还有个圆鼻子。

可是我一直觉得他简直诗意得厉害。

一张估价单,他也要用毛笔写,还喜欢盯着人问:"怎么?这笔字不顶难看吧?"

碰到承包大工程,他就要一个人躲到乌来去,在青山绿水之间仔细推敲工和料的盈亏。

有一次，偶然闲谈，他兴高采烈地提到他在某某地方做过工程。那是一个军事单位。

"有人说那里有核子弹，你看到没有？"

"当然有！"

"有，又怎么会让你看见？"我笑了起来。

"老实说，我也没看见，"他也笑起来，不过仍是理直气壮的，"不过，有，我也说有，没有，我也说有，反正我就是硬要说它有。我们做老百姓的就是这样。"

有没有核子弹忽然变得不重要，有老王这样的人才是件可爱的事。

学校下面是一所大医院，黄昏的时候，病人出来散步，有些探病的人也三三两两地散步。

那天，我在山径上便遇见了几个这样的人。

习惯上，我喜欢走慢些去偷听别人说话。

其中有一个人，抱怨钱不经用，抱怨着抱怨着，像所有的中老年人一样，话题忽然就回到四十年前一块钱能买几百个鸡蛋的老故事上去了。

忽然，有一个人憋不住地叫了起来：

"你知道吗，抗战前，我念初中，有一次在街上捡到一张钱，哎呀，后来我等了一个礼拜天，拿着那张钱进城去，又吃了馆子，又吃了冰激凌，又买了球鞋，又买了字典，又看了电影，哎呀，钱居然还没有花完呐……"

山径渐高，黄昏渐冷。

我驻下脚，看他们渐渐走远，不知为什么，心中涌满了对黄昏时分霜鬓的陌生客的关爱，四十年前的一个小男孩，曾被突来的好运弄得多么愉快，四十年后山径上薄凉的黄昏，他仍然不能忘记……，不知为什么，我忽然觉得那人只是一个小男孩，如果可能，我愿意自己是那掉钱的人，让人世中平白多出一段传奇故事……

无论如何，能去细味另一个人的惆怅也是一件好事。

元旦的清晨，天气异样的好，不是风和日丽的那种好，是清朗见底毫无渣滓的一种澄澈。我坐在计程车上赶赴一个会，路遇红灯时，车龙全停了下来，我无聊地探头窗外，只见两个年轻人骑着机车。其中一个说了几句话忽然兴奋地大叫起来："真是个好主意啊！"我不知他们想出了什么好主意，但看他们阳光下无邪的笑脸，也忍不住跟着高兴起来，不知道他们的主意是什么主意，但能在偶然的红灯前遇见一个以前没见过以后也不会见到的人真是一个奇异的机缘。他们的脸我是记不住的，但那不重要，重要的是我记得他们石破天惊的欢呼，他们或许去郊游，或许去野餐，或许去访问一个美丽的笑面如花的女孩，他们有没有得到他们预期的喜悦，我不知道，但我至少得到了，我惊喜于我能分享一个陌路的未曾成形的喜悦。

有一次，路过香港，有事要和乔宏的太太联络，习惯上我喜欢凌晨或午夜打电话——因为那时候忙碌的人才可能在家。

"你是早起的还是晚睡的？"

她愣了一下。

"我是既早起又晚睡的,孩子要上学,所以要早起,丈夫要拍戏,所以要晚睡——随你多早多晚打来都行。"

这次轮到我愣了,她真厉害,可是厉害的不止她一个人。其实,所有为人妻为人母的大概都有这份本事——只是她们看起来又那样平凡,平凡得自己都弄不懂自己竟有那么大的本领。

女人,真是一种奇怪的人,她可以没有籍贯、没有职业,甚至没有名字地跟着丈夫活着,她什么都给了人,她年老的时候拿不到一文退休金,但她却活得那么劲头,她可以早起可以晚睡,可以吃得极少可以永无休假地做下去。她一辈子并不清楚自己是在付出还是在拥有。

资深主妇真是一种既可爱又可敬的角色。

文艺会谈结束的那天中午,我因为要赶回宿舍找东西,午餐会上迟到了三分钟,慌慌张张地钻进餐厅,席次都坐好了,大家已经开始吃了,忽然有人招呼我过去坐,那里刚好空着一个座位,我不加考虑地就走过去了。

等走到面前,我才呆了,那是谢东闵主席右首的位子,刚才显然是由于大家谦虚而变成了空位,此刻却变成了我这个冒失鬼的位子,我浑身不自在起来,跟"大官"一起总是件令人手足无措的事。

忽然,谢主席转过头来向我道歉:

"我该给你搛菜的,可是,你看,我的右手不方便,真对不起,不能替你服务了。你自己要多吃点。"

我一时傻眼望着他,以及他的手,不知该说什么。那只伤痕犹在的手忽然美丽起来,炸得掉的是手指,炸不掉的是一个人的风格和气度。我拼命忍住眼泪,我知道,此刻,我不是坐在一个"大官"旁边,而是一个温煦的"人"的旁边。

经过火车站的时候,我总忍不住要去看留言牌。

那些粉笔字不知道铁路局允许它保留半天或一天,它们不是宣纸上的书法,不是金石上的篆刻,不是小笺上的墨痕,它们注定立刻便要消逝——但它们存在的时候,它是多好的一根丝绦,就那样绾住了人间种种的牵牵绊绊。

我竟把那些句子抄了下来:

锻:久候未遇,已返,请来龙泉见。

春花:等你不见,我走了(我两点再来)。荣。

展:我与姨妈往内埔姐家,晚上九时不来等你。

每次看到那样的字总觉得好,觉得那些不遇、焦灼、愚痴中也自有一份可爱。一份人间的必要的温度。

还有一个人,也不署名,也没称谓,只扎手扎脚地写了"吾走矣"三个大字,板黑字白,气势好像要突破挂板飞去的样子。也不知道究竟是写给某一个人看的,还是写给过往来客的一句诗偈,总之,令人看得心头一震!

《红楼梦》里麻鞋鹑衣的疯道人可以一路唱着《好了歌》,告诉世人万般"好"都是因为"了断"尘缘,但为什么要了断呢?每次我望着大小驿站中的留言牌,总觉万般的好都是因为不了不断,不能割舍而来的。

天地也无非是风雨中的一座驿亭,人生也无非是种种羁心袢意的事和情,能题诗在壁总是好的!

许士林的独白

献给那些暌违母颜比十八年更长久的天涯之人

驻马自听

我的马将十里杏花跑成一掠眼的红烟,娘!我回来了!

那尖塔戳得我的眼疼,娘,从小,每天,它嵌在我的窗里,我的梦里,我寂寞童年唯一的风景,娘。

而今,新科的状元,我,许士林,一骑白马一身红袍来拜我的娘亲。

马踢起大路上的清尘,我的来处是一片雾,勒马蔓草间,一垂鞭,前尘往事,都到眼前。我不需有人讲给我听,只要溯着自己一身的血脉往前走,我总能遇见你,娘。

而今,我一身状元的红袍,有如十八年前,我是一个全身通红的赤子,娘,有谁能撕去这袭红袍,重还我为赤子?有谁能抟我为无知的泥,重回你的无垠无限?

都说你是蛇,我不知道,而我总坚持我记得十月的相依,我是小渚，在你初暖的春水里被环护，我抵死也要告诉他们，我记得你乳汁的微温。他们总说我只是梦见，他们总说我只是猜想，可是，娘，我知道我是知道的，我知道你的血是温的，泪是烫的，我知道你的名字是"母亲"。

而万古乾坤，百年身世，我们母子就那样缘薄吗？才甫一月，他们就把你带走了。有母亲的孩子可聆母亲的音容，没母亲的孩子可依向母亲的坟头，而我呢，娘，我向何处破解恶狠的符咒？

有人将中国分成江南江北，有人把领域划成关内关外，但对我而言，娘，这世界被截成塔底和塔上。塔底是千年万世的黝黑混沌，塔外是荒凉的日光，无奈的春花和忍情的秋月……

塔在前，往事在后，我将前去祭拜，但，娘，此刻我徘徊伫立，十八年，我重溯断了的脐带，一路向你泅去，春阳暖暖，有一种令人没顶的怯惧，一种令人没顶的幸福。塔牢牢地楔死在地里，像以往一样牢，我不敢相信你驮着它有十八年之久，我不能相信，它会永永远远镇住你。

十八年不见，娘，你的脸会因长期的等待而萎缩干枯吗？有人说，你是美丽的，他们不说我也知道。

认　取

你的身世似乎大家约好了不让我知道，而我是知道的，当我在井旁看一个女子汲水，当我在河畔看一个女子洗衣，当我在偶然的一瞥间看见当窗绣花的女孩，或在灯下衲鞋的老妇，我的眼眶便乍然湿了。娘，我知道你正化身千亿，向我絮絮地说起你的形象。娘，我每日不见你，却又每日见你，在凡间女子的颦眉瞬目间，将你一一认取。

而你，娘，你在何处认取我呢？在塔的沉重上吗？在雷峰夕照的一线酡红间吗？在寒来暑往的大地腹腔的脉动里吗？

是不是，娘，你一直就认识我，你在我无形体时早已知道我，你从茫茫大化中拼我成形，你从冥漠空无处抟我成体。

而在峨眉山，在竞绿赛青的千岩万壑间，娘，是否我已在你的胸臆中。当你吐纳朝霞夕露之际，是否我已被你所预见？我在你曾仰视的霓虹中舒昂，我在你曾倚以沉思的树干内缓缓引升，我在花，我在叶，当春天第一棵小草冒地而生并欢呼时，你听见我。在秋后零落断雁的哀鸣里，你分辨我，娘，我们必然从一开头就是彼此认识的。娘，真的，在你第一次对人世有所感有所激的刹那，我潜在你无限的喜悦里，而在你有所怨有所叹的时分，我藏在你的无限凄凉里，娘，我们必然是从一开头就彼此认识的，你能记忆吗？娘，我在你的眼，你的胸臆，你的血，你的柔和如春桨的四肢。

湖

娘，你来到西湖，从叠烟架翠的峨眉到软红十丈的人间，人间对你而言是非走一趟不可的吗？但里湖、外湖、苏堤、白堤，娘，竟没有一处可堪容你，千年修持，抵不了人间一字相传的血脉姓氏，为什么人类只许自己修仙修道，却不许万物修得人身跟自己平起平坐呢？娘，我一页一页地翻圣贤书，一个一个地去阅人的脸，所谓圣贤书无非要我们做人，但为什么真的人都不想做人呢？娘啊！阅遍了人和书，我只想长哭，娘啊，世间原来并没有人跟你一样痴心地想做人啊！岁岁年年，大雁在头顶的青天上反复指示"人"字是怎么写的，但是，娘，没有一个人在看，更没有一个人看懂了啊！

南屏晚钟，三潭印月，曲院风荷，文人笔下西湖是可以有无限题咏的。冷泉一径冷着，飞来峰似乎想飞到哪里去，西湖的游人万千，来了又去了，谁是坐对大好风物想到人间种种就感激欲泣的人呢，娘，除了你，又有谁呢？

雨

西湖上的雨就这样来了，在春天。

是不是从一开头你就知道和父亲注定不能天长日久做夫妻呢？茫茫天地，你只死心塌地眷着伞下的那一刹那温情。湖色千顷，水波是冷的，光阴百代，时间是冷的。然而一把伞，一把紫竹为柄的八十四骨的油纸伞下，有人跟人的聚首，伞下有人世的芳馨，千年修持是一张没有记忆的空白，而伞下的片刻却足以传诵千年。娘，从峨眉到西湖，万里的风雨雷霆何尝在你意中，你所以眷眷于那把伞，只是爱与那把伞下的人同行，而你心悦那人，只是因为你爱人世，爱这个温柔绵缠的人世。

而人间聚散无常，娘，伞是聚，伞也是散，八十四支骨架，每一支都可能骨肉撕离。娘啊！也许一开头你就是都知道的，知道又怎样，上天下地，你都敢去较量，你不知道什么叫生死，你强扯一根天上的仙草而硬把人间的死亡扭成生命，金山寺一斗，胜利的究竟是谁呢，法海做了一场灵验的法事，而你，娘，你传下了一则喧腾人间的故事。人世的荒原里谁需要法事？我们要的是可以流传百世的故事，可以乳养生民的故事，可以辉耀童年的梦寐和老年的记忆的故事。

而终于，娘，绕着那一湖无情的寒碧，你来到断桥，斩断情缘的断桥。故事从一湖水开始，也向一湖水结束，娘，峨眉是再也回不去了。在断桥，一场惊天动地的婴啼，我们在彼此的眼泪中相逢，然后，分离。

合　钵

一只钵，将你罩住，小小的一片黑暗竟是你而今而后头上的苍穹。娘，我在噩梦中惊醒千回，在那份窒息中挣扎。都说雷峰塔会在夕照里，千年万世，只专为镇一个女子的情痴，娘，镇得住吗？我是不信的。

世间男子总以为女子一片痴情，是在他们身上，其实女子所爱的哪里是他们，女子所爱的岂不也是春天的湖山，山间的晴岚，岚中的万紫千红，女子所爱的是一切好气象、好情怀，是她自己一寸心头万顷清澈的爱意，是她自己也说不清道不尽的满腔柔情。像一朵菊花的"抱香枝头死"，一个女子紧紧怀抱的是她自己亮烈美丽的情操，而一只法海的钵能罩得住什么？娘，被收去的是那桩婚姻，收不去的是属于那婚姻中的恩怨牵挂，被镇住的是你的身体，不是你的着意飘散如暮春飞絮的深情。

——而即使身体，娘，他们也只能镇住少部分的你，而大部分的你却在我身上活着。是你的傲气塑成我的骨,是你的柔情流成我的血。当我呼吸,娘,我能感到属于你的肺纳,当我走路,我想到你在这世上的行迹。娘,法海始终没有料到,你仍在西湖,在千山万水间自在地观风望月并且读圣贤书,想天下事,与万千世人摩肩接踵——借一个你的骨血揉成的男孩,借你的儿子。

不管我曾怎样凄伤,但一想起这件事,我就要好好活着,不仅为争一口气,而是为赌一口气!娘,你会赢的,世世代代,你会在我和我的孩子身上活下去。

祭　塔

而娘,塔在前,往事在后,十八年乖隔,我来此只求一拜——人间的新科状元,头簪宫花,身着红袍,要把千种委屈,万种凄凉,都并作纳头一拜。

娘!

那豁然撕裂的是土地吗?
那倏然崩响的是暮云吗?
那颓然而倾斜的是雷峰塔吗?
那哽咽垂泣的是娘,你吗?
是你吗?娘,受孩儿这一拜吧!
你认识这一身通红吗?十八年前是红通通的赤子,而今是宫花红袍的新科状元许士林。我多想扯碎这一身红袍,如果我能重还为你当年怀中的赤子,可是,娘,能吗?

　　当我读人间的圣贤书,娘,当我援笔为文论人间事,我只想到,我是你的儿,满腔是温柔激荡的爱人世的痴情。而此刻,当我纳头而拜,我是我父之子,来将十八年的亏欠无奈并作惊天动地的一叩首。

　　且将我的额血留在塔前,做一朵长红的桃花;笑傲朝霞夕照,且将那崩然有声的头颅击打大地的声音化作永恒的暮鼓,留给法海听,留给一骇而倾的塔听。

　　人间永远有秦火焚不尽的诗书,法钵罩不住的柔情,娘,唯将今夕的一凝目,抵十八年数不尽的骨中的酸楚,血中的辣辛,娘!

　　终有一天雷峰会倒,终有一天尖耸的塔会化成飞散的泥尘,长存的是你对人间那一点执拗的痴!

　　当我驰马而去,当我在天涯海角,当我歌,当我哭,娘,我忽然明白,你无所不在地临视我,熟知我,我的每一举措于你仍是当年的胎动,扯你,牵你,令你惊喜错愕,令你隔着大地的腹部摸我,并且说:"他正在动,他正在动,他要干什么呀?"

　　让塔骤然而动,娘,且受孩儿这一拜!

　　后记:许士林是故事中白素贞和许仙的儿子,大部分的叙述者都只把情节说到"合钵"为止,平剧(即京剧——编注)中《祭塔》一段也并不经常演出,但我自己极喜欢这一段,我喜欢那种利剑斩不断,法钵罩不住的人间牵绊,本文试着细细表出许士林叩拜囚在塔中的母亲的心情。

遇

——遇者,不期而会也(《论语义疏》)。

一

生命是一场大的遇合。

一个民歌手,在洲渚的丰草间遇见关关和鸣的雎鸠,——于是有了诗。

黄帝遇见磁石,蒙恬初识羊毛,立刻有了对物的惊叹和对物的深情。

牛郎遇见织女,留下的是一场恻恻然的爱情,以及年年夏夜,在星空里再版又再版的永不褪色的神话。

夫子遇见泰山,李白遇见黄河,陈子昂遇见幽州台,米开朗琪罗在混沌未凿的大理石中预先遇见了少年大卫,生命的情境从此就不一样了。

就不一样了,我渴望生命里的种种遇合,某本书里有一句话,等我去读、去拍案。田间的野老,等我去了解、去惊识。山风与发,冷泉与舌,流云与眼,松涛与耳,他们等着,在神秘的时间的两端等着,等着相遇的一刹—— 一旦相遇,就不一样了,永远不一样了。

我因而渴望遇合,不管是怎样的情节,我一直在等待着种种发生。

人生的栈道上,我是个赶路人,却总是忍不住贪看山色。生命里既有这么多值得驻足的事,相形之下,会不会误了宿头,也就不是那样重要的事了。

二

菲律宾机场意外的热,虽然,据说七月并不是他们最热的月份。房顶又低得像要压到人的头上来,海关的手续毫无头绪,已经一个钟头过去了。

小女儿吵着要喝水,我心里焦烦得要命,明明没几个旅客,怎么就是搞不完。我牵着她四处走动,走到一个关卡,我不知道能不能贸然过去,只呆呆地站着。

忽然,有一个皮肤黝黑,身穿镂花白衬衫的男人,提着个007的皮包穿过关卡,颈上一串茉莉花环。看他的样子不像是中国人。

茉莉花是菲律宾的国花,串成儿臂粗的花环白盈盈的一大嘟噜,让人分不出来是由于花太白,白出香味来了,还是香太浓,浓得凝结成白色了。

而作为一个中国人,无论如何总霸道地觉得茉莉花是中国的,生长在一切前庭后院,插在母亲鬓边,别在外婆衣襟上,唱在儿歌里的:

"好一朵美丽的茉莉花……"

我搀着小女儿的手,凝望着那花串,一时也忘了溜出来是干什么的。机场不见了,人不见了,天地间只剩那一大串花,清凉的茉莉花。

"好漂亮的花!"

我不自觉地脱口而出。用的是中文,反正四面都是菲律宾人,没有人会听懂我在喃喃些什么。

但是,那戴花环的男人忽然停住脚,回头看我,他显然是听懂了。他走到我面前,放下皮包,取下花环,说:

"送给你吧!"

我愕然,他说中国话,他竟是中国人,我正惊诧不知所措的时候,花环已经套到我的颈上来了。

我来不及地道了一声谢,正惊疑间,那人已经走远了。小女儿兴奋地乱叫:

"妈妈,那个人怎么那么好,他怎么会送你花的呀?"

更兴奋的当然是我,由于被一堆光璨晶射的白花围住,我忽然自觉尊贵起来,自觉华美起来。

我飞快地跑回同伴那里去,手续仍然没办好,我急着要告诉别人,愈急愈说不清楚,大家都半信半疑以为我开玩笑。

"妈妈,那个人怎么那么好,他怎么会送你花的呀?"小女儿仍然誓不甘休地问。

我不知道,只知道颈间胸前确实有一片高密度的花丛,那人究竟是感动于乍听到的久违的乡音?还是简单地想"宝剑赠英雄",把花环送给赏花人?还是在我们母女携手处看到某种曾经熟悉的眼神？我不知道，他已经匆匆走远了，我甚至不记得他的面目，只记得他温和的笑容，以及非常白非常白的白衫。

今年夏天，当我在南部小城母亲的花圃里摘弄成把的茉莉，我会想起去夏我曾偶遇到一个人，一串花，以及魂梦里那圈不凋的芳香。

三

那种树我不知道是黄槐还是铁刀木。

铁刀木的黄花平常老是簇成一团，密不通风，有点滞人，但那种树开的花却疏松有致，成串地垂挂下来，是阳光中薄金的风铃。

那棵树被圈在青苔的石墙里，石墙在青岛西路上。这件事我已经注意很久了。

我真的不能相信在车尘弥天的青岛西路上会有一棵那么古典的树，可是，它又分明在那里，它不合逻辑，但你无奈，因为它是事实。

终于有一年，七月，我决定要犯一点小小的法，我要走进那个不常设防的柴门，我要走到树下去看那交枝错柯美得逼人的花。一点没有困难，只几步之间，我已来到树下。

不可置信的，不过几步之隔，市声已不能扰我，脚下的草地有如魔毯，一旦踏上，只觉身子腾空而起，霎时间已来到群山清风间。

这一树黄花在这里进行说法究竟有多少夏天了？冥顽如我，

直到此刻直橛橛的站在树下仰天,才觉万道花光如当头棒喝,夹脑而下,直打得满心满腔一片空茫。花的美,可以美到令人恢复无知,恢复无识,美到令人一无依恃,而光裸如赤子。我敬畏地望着那花,哈,好个对手,总算让我遇上了,我服了。

那一树黄花,在那里说法究竟有多少夏天了?

我把脸贴近树干,忽然,我惊得几乎跳起来,我看到蝉壳了!土色的背上一道裂痕,眼睛部分晶凸出来,那样宗教意味的蝉的遗蜕。

蝉壳不是什么稀罕东西,但它是我三十年前孩提时候最爱拣拾的宝物,乍然相逢,几乎觉得是神明意外的恩宠。他轻轻一拨,像拨动一座走得太快的钟,时间于是又回到混沌的子时,三十年的人世沧桑忽焉消失,我再度恢复为一个一无所知的小女孩,沿着清晨的露水,一路去剥下昨夜众蝉新褪的薄壳。

蝉壳很快就盈握了,我把它放在地上,再去更高的枝头剥取。

小小的蝉壳里,怎么会容得下那长夏不歇的鸣声呢?那鸣声是渴望?是欲求?是无奈的独白?

是我看蝉壳,看得风多露重,岁月忽已晚呢?还是蝉壳看我,看得花落人亡,地老天荒呢?

我继续剥更高的蝉壳,准备带给孩子当不花钱的玩具。地上已经积了一堆,我把它背上裂痕贴近耳朵,——于未成音处听长鸣。

而不知什么时候,有人红着眼睛从甬道走过。奇怪,这是一个什么地方?青苔厚石墙,黄花串珠的树,树下来来往往悲泣的眼睛?

我探头往高窗望去,香烟缭绕而出,一对素烛在正午看来特别黯淡的室内跃起火头。我忽然警悟,有人死了!然后,似乎忽然间我想起,这里大概就是台大医院的太平间了。

流泪的人进进出出,我呆立在一堆蝉壳旁,一阵当头笼罩的黄花下。忽然觉得分不清这三件事物,死,蝉壳以及正午阳光下亮得人眼眩的半透明的黄花。真的分不清,蝉是花?花是死?死是蝉?我痴立着,不知自己遇见了什么?

我后来仍然日日经过青岛西路,石墙仍在,我每注视那棵树,总是疑真疑幻。我曾有所遇吗?我一无所遇吗?当树开花时,花在吗?当树不开花时,花不在吗?当蝉鸣时,鸣在吗?当鸣声消歇,鸣不在吗?我用手指摸索着那粗粝的石墙,一面问着自己,一面并不要求回答。

然后,我越过它走远了。

然后,我知道那种树的名字了,叫阿勃拉,是从梵文译过来的,英文是 golden shower,怎么翻呢?翻成金雨阵吧!

第一个月盈之夜

一 月亮节

世上爱月的民族，中国人要算一个。

犹太人、阿拉伯人虽然也爱月，却不似中国人弄出一年五个"月亮节"出来。

第一个月亮节便是元宵，一年里的第一度月圆，这时候虽然一时还天寒地冻，却不免有潜伏的春意在各地部署，并且蠢蠢欲动。

第二个月亮节是二月十五日，也叫花朝，据说是百花的生日，花真聪明，怎么刚好就找到第二度月圆做生日呢？想必是群芳商量好了，从大地母亲的肚子上剖腹而生，为了纪念那圆浑的母腹，她们以月盈夜为生日。

第三个是中元节，严格地说起来是给鬼过的月亮节，其实鬼心虚虚怯怯，未必喜欢月明之夜呢！不过人世里的活人总以为他们会留下那份固执的回忆，仍然爱着那丸透明莹彻的团圞月。

第四个是中秋节，时令到了八月半，整个大地都圆熟了，乃设起人间的圆瓜圆饼圆果来遥拜圆月。中国人的拜月只如朋友见面相揖，并无"拜月教"的慎重。却反而有一份自然质朴的相知之情，一时之间恍惚只觉口中吃的竟是月光，天上悬的反是宇宙的瓜果了。台湾旧俗有"照月光"事，便是令妇人观月浴月，谓之容易怀孕。此事或于中秋或于元宵进行，想来是由于月亮由消至盈的神秘过程令人迷惑，觉得那也是一番大孕育吧？

第五个也称"下元节"，只祭祖，在十月十百日。

二 月亮与灯

据说，月亮从太阳学会发光——而灯，却从月亮学会发光，灯应该是太阳的再传弟子。

我们虽有五个月亮节，却只有上元与中秋和月亮有比较直接的关系。中秋夜用瓜果饼饵来模拟月，上元夜则用花灯来模拟月。灯是自我设限的火，极谨守极谦退，从来不想去燎原，去焚山，只想守住小小的光焰，只想本分地照出一小团可信赖的光辉。灯是招之即来，挥之即去的光，像旧式的母亲，婉转随儿女，却又自有其尊贵。

三 谁家见月能闲坐

谁家见月能闲坐？
何处逢灯不看来！

那是唐朝诗人崔液绝句《上元夜》里的句子。

> 去年元夜时
> 花市灯如昼
> 月上柳梢头
> 人约黄昏后
> 今年元夜时
> 月与灯依旧
> 不见去年人
> 泪湿青衫袖

这阕《生查子》相传或是朱淑真的,当然也有说是别人写的,我倒是宁可相信它出于一位女词人之手。

男性词人的元夜感怀,不免比女子少一份柔情多一份苍凉,像张抡的《烛影摇红》便是如此:

> 驰隙流年
> 恍如一瞬星霜换
> 今宵谁念孤泣臣
> 回首长安远
> 可是尘缘未断
> 漫惆怅华胥梦短
> 满怀幽恨
> 数点寒灯

几声孤雁

姜白石的《鹧鸪天》,所记的也是元夕的悲怆:

> 春未绿
> 鬓先丝
> 人间别久不成悲
> 谁教岁岁红莲夜
> 两处沉吟各自知

刘克庄的《生查子》也有类似的无奈:

> 繁灯夺霁华
> 戏鼓侵明发
> 物色旧时同
> 情味中年别

元夜词里最被后人赏识的恐怕是辛稼轩的《青玉案》了:

> 东风夜放花千树
> 更吹落星如雨
> 宝马雕车香满路
> 凤箫声动
> 玉壶光转

> 一夜鱼龙舞
>
> 蛾儿雪柳黄金缕
>
> 笑语盈盈暗香去
>
> 众里寻他千百度
>
> 蓦然回首
>
> 那人却在,灯火阑珊处

辛稼轩写的是一阕词,但是八百年后却有人把它当一则诗谜来忖度。

四 八百年前一诗谜

上元之夜,是月亮节,是灯节以及谜语节。

月是天上的灯,灯是地上的月,而谜语呢,谜语是人心内在的月光,启动最初的智慧,是照亮灵明处的一线幽辉。

所有的孩子都喜欢谜语。

所有的神话里的英雄,都必须通过谜语。

而稼轩的词,算不算一则谜语呢,那期间又有什么深意?八百年后的王静安坐在书桌上,写他的《人间词话》。

他是一个细腻的学者,纤柔敏感。

"尼采谓一切文学,"他在纸上写下,"余爱以血书者,后主之词,真所谓以血书者也。"

用尼采来论后主,这便是静安先生了。他又继续写下去,宁静的眼神里渐渐透出热切的凝注:

"古今之成大事业大学问者，必经过三种之境界"：

> 昨夜西风凋碧树
> 独上高楼
> 望尽天涯路
> 此第一境也。
> 衣带渐宽终不悔
> 为伊消得人憔悴
> 此第二境也。
> 众里寻他千百度
> 蓦然回首
> 那人却在，灯火阑珊处
> 此第三境也。

写完三个境界，他掷笔兀然了。这三首词的作者，晏殊、柳永和辛稼轩会同意他的说法吗？

他们并不曾设下谜话，他却偏要品味作者自己也不曾确知的语言背后的玄机，他是对的吗？

也许，所有的诗、所有的词、所有拈花微笑的禅意都是谜吧？"众里寻他千百度"，寻的是什么呢？寻的是上元夜芸芸众生里的青衫或红袖？抑或是自己心头的一点渴望？

五　第一个月盈之夜

一年里的第一个月盈之夜，此夜唯一的责任是欢乐。

一年里唯一的灯节，此夕应看遍人间繁华。

一年里唯一猜人也被人猜的日子，生命的虚虚实实，真真幻幻，除了谜语，还有什么更好的媒体可以说明？

祝福人世，祝福你——你这与我共此明月、共此繁灯、共此人生之谜的人。

一句好话

小时候过年,大人总要我们说吉祥话,但碌碌半生,竟有一天我也要教自己的孩子说吉祥话了,才蓦然警觉这世间好话是真有的,令人思之不尽,但却不是"升官""发财""添丁"这一类的,好话是什么呢?冬夜的晚上,从爆白果的馨香里,我有一句没一句地想起来了……

一

"你们爱吃肥肉?还是瘦肉?"

讲故事的是个年轻的女佣人名叫阿密,那一年我八岁,听善忘的她一遍遍重复讲这个她自己觉得非常好听的故事,不免烦腻,故事是这样的:

有个人啦,欠人家钱,一直欠,欠到过年都没有还哩,因为没有钱还嘛。后来那个债主不高兴了,他不甘心,所以到了吃年夜饭的时候,就偷偷跑到欠钱的家里,躲在门口偷

听,想知道他是真没有钱还是假没有钱,听到开饭了,那欠钱的说:

"今年过年,我们来大吃一顿,你们小孩子爱吃肥肉?还是瘦肉?"

(顺便插一句嘴,这是个老故事,那年头的肥肉瘦肉都是无上美味。)

那债主站在门外,听得清清楚楚,气得要死,心里想,你欠我钱,害我过年不方便,你们自己原来还有肥肉瘦肉拣着吃哩!他一气,就冲进屋里,要当面给他好看,等到跑到桌子一看,哪里有肉,只有一碗萝卜一碗番薯,欠钱的人站起来说:"没有办法,过年嘛,萝卜就算是肥肉,番薯就算是瘦肉,小孩子嘛!"

原来他们的肥肉就是白白的萝卜,瘦肉就是红红的番薯。他们是真穷啊,债主心软了,钱也不要了,跑回家去过年了。

许多年过去了,这个故事每到吃年夜饭时总会自动回到我的耳畔,分明已是一个不合时宜的老故事,但那个穷父亲的话多么好啊,难关要过,礼仪要守,钱却没有,但只要相恤相存,菜根也自有肥腴厚味吧!

在生命宴席极寒碜的时候,在关隘极窄极难过的时候,我仍要打起精神自己说:

"喂,你爱吃肥肉?还是瘦肉?"

二

"我喜欢跟你用同一个时间。"

他去欧洲开会,然后转美国,前后两个月才回家,我去机场接他,提醒他说:"把你的表拨回来吧,现在要用台湾时间了。"

他愣了一下,说:

"我的表一直是台湾时间啊!我根本没有拨过去!"

"那多不方便!"

"也没什么,留着台湾的时间我才知道你和小孩在干什么,我才能想象,现在你在吃饭,现在你在睡觉,现在你起来了……我喜欢跟你用同一个时间。"

他说那句话,算来也有十年了,却像一幅挂在门额的绣锦,鲜色的底子历经岁月,却仍然认得出是强旺的火红。我和他,只不过是凡世中,平凡又平凡的男子和女子,注定是没有情节可述的人,但久别乍逢的淡淡一句话里,却也有我一生惊动不已、感念不尽的恩情。

三

"好咖啡总是放在热杯子里的!"

经过罗马的时候,一位新识不久的朋友执意要带我们去喝咖啡。

"很好喝的,喝了一辈子难忘!"

我们跟着他东抹西拐大街小巷的走，石块拼成的街道美丽繁复，走久了，让人会忘记目的地，竟以为自己是出来踏石块的。

忽然，一阵咖啡浓香侵袭过来，不用主人指引，自然知道咖啡店到了。

咖啡放在小白瓷杯里，白瓷很厚，和中国人爱用的薄磁相比另有一番稳重笃实的感觉。店里的人都专心品咖啡，心无旁骛。

侍者从一个特殊的保暖器里为我们拿出杯子，我捧在手里，忍不住讶道：

"咦，这杯子本身就是热的哩！"

侍者转身，微微一躬，说：

"女士，好咖啡总是放在热杯子里的！"

他的表情既不兴奋，也不骄矜，甚至连广告意味的夸大也没有，只是淡淡地在说一句天经地义的事而已。

是的，好咖啡总是应该斟在热杯子里的，凉杯子会把咖啡带凉了，香气想来就会蚀掉一些，其实好茶好酒不也都如此吗？

原来连"物"也是如此自矜自重的，《庄子》中的好鸟择枝而栖，西洋故事里的宝剑深契石中，等待大英雄来抽拔，都是一番万物的清贵，不肯轻易亵慢了自己。古代的禅师每从喝茶啜粥去感悟众生，不知道罗马街头那端咖啡的侍者也有什么要告诉我的，我多愿自己也是一份千研万磨后的香醇，并且慎重地斟在一只洁白温暖的厚瓷杯里，带动一个美丽的清晨。

四

"将来我们一起老。"

其实,那天的会议倒是很正经的,仿佛是有关学校的研究和发展之类的。

有位老师,站了起来,说:

"我们是个新学校,老师进来的时候都一样年轻,将来要老,我们就一起老了……"

我听了,简直是急痛攻心,赶紧别过头去,免得让别人看见我的眼泪——从来没想到原来同事之间的萍水因缘也可以是这样的一生一世啊!学院里平日大家都忙,有的分析草药,有的解剖小狗,有的带学生做手术,有的正埋首典籍……研究范围相差既远,大家都不暇顾及别人,然而在一度一度的后山蝉鸣里,在一阵阵的上课钟声间,在满山台湾相思芬芳的韵律中,我们终将垂垂老去,一起交出我们的青春而老去。

能为一个学校而老,能跟其他的一时俊彦一起老,能看着一批批的孩子长大而心安理得地去老,也算是一种幸福吧?

五

"你长大了,要做人了!"

汪老师的家是我读大学的时候就常去的,他们没有子女,我在那里从他读《花间词》,跟着他的笛子唱昆曲,并且还留下来吃温暖的羊肉涮锅……

大学毕业，我做了助教，依旧常去。有一次，为了买不起一本昂价的书便去找老师给我写张名片，想得到一点折扣优待。等名片写好了，我拿来一看，忍不住叫了起来：

"老师，你写错了，你怎么写'兹介绍同事张晓风'，应该写'学生张晓风'的呀！"

老师把名片接过去，看着我，缓缓地说：

"我没有写错，你不懂，就是要这样写的，你以前是我的学生，以后私底下也是，但现在我们在一所学校里，你是助教，我是教授，阶级虽不同却都是教员，我们不是同事是什么！你不要小孩子脾气不改，你现在长大了，要做人了，我把你写成同事是给你做脸，不然老是'同学''同学'的，你哪一天才成人？要记得，你长大了，要做人了！"

那天，我拿着老师的名片去买书，得到了满意的折扣，至于省掉了多少钱我早已忘记，但不能忘记的却是名片背后的那番话。直到那一刻，我才在老师的爱纵推重里知道自己是与学者同其尊与长者同其荣的，我也许看来不"像"老师的同事，却已的确"是"老师的同事了。

竟有一句话使我一夕成长。

只因为年轻啊

一　爱——恨

小说课上，正讲着小说，我停下来发问：

"爱的反面是什么？"

"恨！"

大约因为对答案很有把握，他们回答得很快而且大声，神情明亮愉悦，此刻如果教室外面走过一个不懂中国话的老外，随他猜一百次也猜不出他们唱歌般快乐的声音竟在说一个"恨"字。

我环顾教室，心里浩叹，只因为年轻啊，只因为太年轻啊，我放下书，说：

"这样说吧，譬如说你现在正谈恋爱，然后呢？就分手了，过了五十年，你七十岁了，有一天，黄昏散步，冤家路窄，你们又碰到一起了，这时候，对方定定地看着你，说：

'×××，我恨你！'

如果情节是这样的，那么，你应该庆幸，居然被别人痛恨了半个世纪，恨也是一种很容易疲倦的情感，要有人恨你五十年也不简单，怕就怕在当时你走过去说：

'×××，还认得我吗？'

对方愣愣地呆望着你说：

'啊，有点面熟，你贵姓？'"

全班学生都笑起来，大概想象中那场面太滑稽太尴尬吧？

"所以说，爱的反面不是恨，是漠然。"

笑罢的学生能听得进结论吗？——只因太年轻啊，爱和恨是那么容易说得清楚的一个字吗？

二 受 创

来采访的学生在客厅沙发上坐成一排，其中一个发问道：

"读你的作品，发现你的情感很细致，并且总是在关怀，但是关怀就容易受伤，对不对？那怎么办呢？"

我看了她一眼，多年轻的额，多年轻的颊啊，有些问题，如果要问，就该去问岁月，问我，我能回答什么呢？但她的明眸定定地望着我，我忽然笑了起来，几乎有点促狭的口气：

"受伤，这种事是有的——但是你要保持一个完完整整不受伤的自己做什么用呢？你非要把你自己保卫得好好的不可吗？"

她惊讶地望着我，一时也答不上话。

人生世上，一颗心从擦伤、灼伤、冻伤、撞伤、压伤、扭伤，乃至到内伤，哪能一点伤害都不受呢？如果关怀和爱就必须包括受伤，那么就不要完整，只要撕裂。基督不同于世人的，岂不正在那双钉痕宛在的受伤手掌吗？

小女孩啊，只因年轻，只因一身光灿晶润的肌肤太完整，你就舍不得碰撞就害怕受创吗！

三　经济学的旁听生

"什么是经济学呢？"他站在台上，戴眼镜，灰西装，声音平静，典型的中年学者。

台下坐的是大学一年级的学生，而我，是置身在这两百人大教室里偷偷旁听的一个。

从一开学我就昂奋起来，因为在课表上看见要开一门《社会科学概论》的课程，包括四位教授来设"政治""法律""经济""人类学"四个讲座。想起可以重新做学生，去听一门门对我而言崭新的知识，那份喜悦真是掩不住藏不严，一个人坐在研究室里都忍不住要轻轻地笑起来。

"经济学就是把'有限资源'做'最适当的安排'，以得到'最好的效果'。"

台下的学生沙沙地抄着笔记。

"经济学为什么发生呢？因为资源'稀少'，不单物质'稀少'，时间也'稀少'，——而'稀少'又是为什么？因为，相对于'欲望'，一切就显得'稀少'了……"

原来是想在四门课里跳过经济学不听的，因为觉得讨论物质的东西大概无甚可观，没想到一走进教室来竟听到这一番解释。

"你以为什么是经济学呢？一个学生要考试，时间不够了，书该怎么念，这就叫经济学啊！"

我愣在那里反复想着他那句"为什么有经济学——因为稀少——为什么稀少,因为欲望"而麻颤惊动,如同山间顽崖愚壁偶闻大师说法,不免震动到石骨土髓格格作响的程度。原来整场生命也可作经济学来看,生命也是如此短小稀少啊!而人的不幸却在于那颗永远渴切不止的有所索求、有所跃动、有所未足的心,为什么是这样的呢?为什么竟是这样的呢?我痴坐着,任泪下如麻不敢去动它,不敢让身旁年轻的助教看到,不敢让大一年轻的孩子看到。奇怪,为什么他们都不流泪呢?只因为年轻吗?因年轻就看不出生命如果像戏,也只能像一场短短的独幕剧吗?"朝如青丝暮成雪",乍起乍落的一朝一暮间又何尝真有少年与壮年之分?"急罚盏,夜阑灯灭",匆匆如赴一场喧哗夜宴的人生,又岂有早到晚到早走晚走的分别?然而他们不悲伤,他们在低头记笔记。听经济学听到哭起来,这话如果是别人讲给我听的,我大概会大笑,笑人家的滥情,可是……

"所以,"经济学教授又说话了,"有位文学家卡莱亚这样形容:经济学是门'忧郁的科学'……"

我疑惑起来,这教授到底是因有心而前来说法的长者,还是以无心来渡脱的异人?至于满堂的学生正襟危坐是因岁月尚早,早如揭衣初涉水的浅溪,所以才凝然无动吗?为什么五月山栀子的香馥里,独独旁听经济学的我为这被一语道破的短促而多欲的一生而又惊又痛泪如雨下呢?

四　如果作者是花

"年年岁岁花相似，岁岁年年人不同。"

诗选的课上，我把句子写在黑板上，问学生：

"这句子写得好不好？"

"好！"

他们的声音听起来像真心的，大概在强说愁的年龄，很容易被这样工整、俏皮而又怅惘的句子所感动吧？

"这是诗句，写得比较文雅，其实有一首新疆民谣，意思也跟它差不多，却比较通俗，你们知道那歌词是怎么说的？"

他们反应灵敏，立刻争先恐后地叫出来：

> 太阳下山明早依旧爬上来，
> 花儿谢了明年还是一样地开
> 美丽小鸟飞去不回头
> 我的青春小鸟一样不回来，
> 我的青春小鸟一样不回来。

那性格活泼地干脆就唱起来了。

"这两种句子从感性上来说，都是好句子，但从逻辑上来看，却有不合理的地方——当然，文学表现不一定要合逻辑，但是我还是希望你们看得出来问题在哪里？"

他们面面相觑，又认真地反复念诵句子，却没有一个人答得上来。我等着他们，等满堂红润而聪明的脸，却终于放弃了，只因太年轻啊，有些悲凉是不容易觉察的。

"你知道为什么说'花相似'吗？是因为陌生，因为我们不懂花，正好像一百年前，我们中国是很少看到外国人，所以在我们看起来，他们全是一个样子，而现在呢，我们看多了，才知道洋人和洋人大有差别，就算都是美国人，有的人也有本领一眼看出住纽约、旧金山和南方小城的不同。我们看去年的花和今年的花一样，是因为我们不是花，不曾去认识花，体察花，如果我们不是人，是花，我们会说：

'看啊，校园里每一年都有全新的新鲜人的面孔，可是我们花却一年老似一年了。'

同样的，新疆歌谣里的小鸟虽一去不回，太阳和花其实也是一去不回的，太阳有知，太阳也要说：

'我们今天早晨升起来的时候，已经比昨天疲软苍老了，奇怪，人类却一代一代永远有年轻的面孔……'

我们是人，所以感觉到人事的沧桑变化，其实，人世间何物没有生老病死？只因我们是人，说起话来就只能看到人的痛，你们猜，那句诗的作者如果是花，花会怎么写呢？"

"年年岁岁人相似，岁岁年年花不同。"他们齐声回答。

他们其实并不笨，不，他们甚至可以说很聪明，可是，刚才他们为什么全不懂呢？只因为年轻，只因为对宇宙间生命共有的枯荣代谢的悲伤有所不知啊！

五　高倍数显微镜

他是一个生物系的老教授，外国人，我认识他的时候他已经退休了。

"小时候，父亲是医生，他看病，我就站在他旁边，他说：'孩子，你过来，这是哪一块骨头？'我就立刻说出名字来……"

我喜欢听老年人说自己幼小时候的事，人到老年还不能忘的记忆，大约有点像太湖底下捞起的石头，是洗净尘泥后的硬瘦剔透，上面附着一生岁月所冲积洗刷出的浪痕。

这人大概注定要当生物学家的。

"少年时候，喜欢看显微镜，因为那里面有一片神奇隐秘的世界，但是看到最细微的地方就看不清楚了，心里不免想，赶快做出高倍数的新式显微镜吧，让我看得更清楚，让我对细枝末节了解得更透彻，这样，我就会对生命的原质明白得更多，我的疑难就会消失……"

"后来呢？"

"后来，果然显微镜愈做愈好，我们能看清楚的东西，愈来愈多，可是……"

"可是什么？"

"可是我并没有成为我自己所预期的'更明白生命真相的人'，糟糕的是比以前更不明白了，以前的显微镜倍数不够，有些东西根本没发现，所以不知道那里隐藏了另一段秘密，但现在，我看得愈细，知道的愈多，愈不明白了，原来在奥秘的后面还连着另一串奥秘……"

我看着他清癯渐消的颊和清灼明亮的眼睛,知道他是终于"认了",半世纪以前,那意气风发的少年以为只要一架高倍数的显微镜,生命的秘密便迎刃可解,什么原因使他敢生出那番狂想呢?只因为年轻吧?只因为年轻吧?而退休后,在校园的行道树下看花开花谢的他终于低眉而笑,以近乎撒赖的口气说:

"没有办法啊,高倍数的显微镜也没有办法啊,在你想尽办法以为可以看到更多东西的时候,生命总还留下一段奥秘,是你想不通猜不透的……"

六　浪　掷

开学的时候,我要他们把自己形容一下,因为我是他们的导师,想多知道他们一点。

大一的孩子,新从成功岭下来,从某一点上看来,也只像高四罢了,他们倒是很合作,一个一个把自己尽其所能地描述了一番。

等他们说完了,我忽然觉得惊讶不可置信,他们中间照我来看分成两类,有一类说"我从前爱玩,不太用功,从现在起,我想要好好读点书",另一类说"我从前就只知道读书,从现在起我要好好参加些社团,或者去郊游。"

奇怪的是,两者都有轻微的追悔和遗憾。

我于是想起一段三十多年前的旧事,那时流行一首电影插曲(大约是叫《渔光曲》吧),阿姨舅舅都热心播唱,我虽小,听到

"月儿弯弯照九州"觉得是可以同意的,却对其中另一句大为疑惑。

"舅舅,为什么要唱'小妹妹青春水里流(或"丢"?不记得了)'呢?"

"因为她是渔家女嘛,渔家女打鱼不能去上学,当然就浪费青春啦!"

我当时只知道自己心里立刻不服气起来,但因年纪太小,不会说理由,不知怎么吵,只好不说话,但心中那股不服倒也可怕,可以埋藏三十多年。

等读中学听到"春色恼人",又不死心地去问,春天这么好,为什么反而好到令人生恼,别人也答不上来,那讨厌的甚至眨眨狎邪的眼光,暗示春天给人的恼和"性"有关。但事情一定不是这样的,一定另有一个道理,那道理我隐约知道,却说不出来。

更大以后,读浮士德,那些埋藏许久的问句都汇拢过来,我隐隐知道那里有一番解释了。

年老的浮士德,坐对满屋子自己做了一生的学问,在典籍册页的阴影中他乍乍瞥见窗外的四月,歌声传来,是庆祝复活节的喧哗队伍。那一霎间,他懊悔了,他觉得自己的一生都抛掷了,他以为只要再让他年轻一次,一切都会改观。中国元杂剧里老旦上场照例都要说一句"花有重开日,人无再少年"(说得淡然而确定,也不知看戏的人惊不惊动),而浮士德却以灵魂押注,换来第二度的少年以及因少年才"可能拥有的种种可能"。可怜的浮士德,学究天人,却不知道生命是一桩太好的东西,好到你无论选择什么方式度过,都像是一种浪费。

生命有如一枚神话世界里的珍珠，出于沙砾，归于沙砾，晶光莹润的只是中间这一段短短的幻象啊！然而，使我们颠之倒之甘之苦之的不正是这短短的一段吗？珍珠和生命还有另一个类同之处，那就是你倾家荡产去买一粒珍珠是可以的，但反过来你要拿珍珠换衣换食却是荒谬的，就连镶成珠坠挂在美人胸前也是无奈的，无非使两者合作一场"慢动作的人老珠黄"罢了。珍珠只是它圆灿含彩的自己，你只能束手无策地看着它，你只能欢喜或喟然——因为你及时赶上了它出于沙砾且必然还原为沙砾之间的这一段灿然。

而浮士德不知道——或者执意不知道，他要的是另一次"可能"，像一个不知是由于技术不好或是运气不好的赌徒，总以为只要再让他玩一盘，他准能翻本。三十多年前想跟舅舅辩的一句话我现在终于懂得该怎么说了，打鱼的女子如果算是浪掷青春的话，挑柴的女子岂不也是吗？读书的名义虽好听，而令人眼目为之昏眊，脊骨为之佝偻，还不该算是青春的虚掷吗？此外，一场刻骨的爱情就不算烟云过眼吗？一番功名利禄就不算滚滚尘埃吗？不是啊，青春太好，好到你无论怎么过都觉浪掷，回头一看，都要生悔。

"春色恼人"那句话现在也懂了，世上的事最不怕的应该就是"兵来有将可挡，水来以土能掩"，只要有对策就不怕对方出招。怕就怕在一个人正小小心心地和现实生活斗阵，打成平手之际，忽然阵外冒出一个叫宇宙大化的对手，他斜里杀出一记叫"春天"的绝招，身为人类的我们真是措手不及。对着排天倒海而来的桃红柳绿，对着蚀骨的花香，夺魂的阳光，生命的豪奢绝艳怎能不令我们张皇无措,当此之际,真是不做什么既要懊悔——做了什么也要懊悔。春色之叫人气恼跺脚,就是气在我们无招以对啊!

回头来想我导师班上的学生,聪明颖悟,却不免一半为自己的用功后悔,一半为自己的爱玩后悔——只因年轻啊,只因太年轻啊,以为只要换一个方式,一切就扭转过来而无憾了。孩子们,不是啊,真的不是这样的!生命太完美,青春太完美,甚至连一场匆匆的春天都太完美,完美到像喜庆节日里一个孩子手上的气球,飞了会哭,破了会哭,就连一日日空瘪下去也是要令人哀哭的啊!

所以,年轻的孩子,连这么简单的道理你难道也看不出来吗?生命是一个大债主,我们怎么混都是他的积欠户。既然如此,干脆宽下心来,来个"债多不愁"吧!既然青春是一场"无论做什么都觉是浪掷"的憾意,何不反过来想想,那么,也几乎等于"无论诚恳地做了什么都不必言悔",因为你或读书或玩,或作战,或打鱼,恰恰好就是另一个人叹气说他遗憾没做成的。

——然而,是这样的吗?不是这样的吗?在生命的面前我可以大发职业病做一个把别人都看作孩子的教师吗?抑或我仍然只是一个太年轻的蒙童,一个不信不服欲有所辩而又语焉不详的蒙童呢?